Malicia
Pequeñas Mentirosas

SARA SHEPARD

Traducción de Beatriz Esteban Agustí

TRAKATRÁ

Libros publicados de Sara Shepard

Título original: *Wicked*
Primera edición

© 2009, Alloy Entertainment and Sara Shepard
Published by arrangement with Rights People, London

Fotografía de Ali Smith. Diseño de muñeca de Tina Amantula.
Logo © 2011 ABC Family. All Rights Reserved.

Diseño de colección: Alonso Esteban y Dinamic Duo

Derechos exclusivos de la edición en español:
© 2013, La Factoría de Ideas. C/Pico Mulhacén, 24. Pol. Industrial «El Alquitón».
28500 Arganda del Rey. Madrid. Teléfono: 91 870 45 85

informacion@lafactoriadeideas.es
www.lafactoriadeideas.es

ISBN: 978-84-9018-053-2   Depósito Legal: M-7281-2013

Impreso por Blackprint CPI

Para Colleen, Kristen, Greg, Ryan y Brian

«El sol también sale para los perversos.»
—Lucio Anneo Séneca

Las mentes inquietas quieren saber...

¿A que sería genial poder saber lo que está pensando la gente? ¿Te imaginas que las mentes fueran tan transparentes como esos bolsos de Marc Jacobs o estuvieran tan a mano como el juego de llaves del coche o una barra de brillo de labios Hard Candy? Sabrías qué quiso decir en realidad el director de cásting del instituto cuando te dijo que lo habías hecho «muy bien» en la audición del musical *South Pacific,* o te enterarías de que el chico con el que juegas a dobles mixtos cree que los shorts de tenis Lacoste te hacen muy buen culo. Lo mejor de todo es que no tendrías que intuir si tu amiga se ha enfadado cuando la dejaste plantada y te fuiste sonriendo con el chico más guapo del último curso en aquella fiesta de Nochevieja. Solo tendrías que leer su mente para saberlo.

Por desgracia, las mentes están mejor protegidas que el Pentágono. A veces, la gente te da pistas de lo que están pensando (por ejemplo, la mueca del director de cásting cuando no llegaste al sí bemol mayor o la frialdad con la que tu amiga ignoró todos tus mensajes el uno de enero). Sin embargo, lo más habitual es que las señales más elocuentes pasen completamente desapercibidas. De hecho, cierto niño mimado de Rosewood dejó caer hace cuatro años algo muy importante que le estaba rondando por su retorcida cabecita. Pero nadie pareció darle demasiada importancia.

Quizás si alguien se hubiera dado cuenta, una chica preciosa aún seguiría viva hoy

Los aparcabicis que había a la puerta de Rosewood Day estaban repletos de bicis de montaña de veintiuna velocidades, una edición limitada de la marca Trek que el padre de Noel Kahn había conseguido directamente a través del publicista de Lance Armstrong. También había una impoluta scooter Razor color rosa chicle. Segundos después de que sonase el timbre de la última clase, los alumnos de sexto curso inundaron la entrada y una chica rubia de pelo rizado se deslizó hacia el aparcamiento, le dio una palmadita cariñosa a su moto y comenzó a abrir el candado Kryptonite que aseguraba el manillar.

De pronto, llamó su atención un cartel que el viento batía contra un muro de piedra.

—Chicas. —Convocó a sus amigas por encima del ruido de los chorros de la fuente—. Venid aquí.

—¿Qué pasa, Mona? —dijo Phi Templeton, que estaba ocupada desenredando la cuerda de su nuevo yoyó Duncan tipo mariposa.

Mona Vanderwaal señaló al papel.

—¡Mirad!

Chassey Bledsoe se subió las gafas vintage empujando el puente.

—¡Vaya!

Jenna Cavanaugh se mordió una uña pintada de rosa.

—¡Qué fuerte! —dijo con su voz dulce y aguda.

Una ráfaga de viento arrancó unas cuantas hojas de una pila que se había formado tras un concienzudo rastrillado. Era mediados de septiembre y el curso apenas había empezado hacía unas semanas, pero el otoño ya había llegado oficialmente. Cada año, los turistas de toda la Costa Este venían a Rosewood, Pensilvania, para ver el follaje otoñal de tonos rojos, naranjas, amarillos y púrpuras. Había algo en el aire que hacía de estas hojas algo increíble. Fuese lo que fuese, todo en Rosewood era maravilloso: los perros de pelaje dorado y brillante que correteaban en sus parques específicos perfectamente cuidados, los bebés de carrillos sonrosados en sus cochecitos Burberry Maclaren, o los fornidos chicos del equipo de fútbol que entrenaban en los campos del Rosewood Day, el colegio privado más prestigioso de la ciudad.

Aria Montgomery observaba a Mona y al resto de chicas desde su lugar favorito del murete de piedra del colegio con su diario Moleskine abierto sobre el regazo. La última clase del día de Aria era la de dibujo y la señora Cross la dejaba pasearse por los jardines de Rosewood para dibujar lo que quisiera. Según su profesora, le permitía hacerlo porque Aria tenía mucho talento, pero ella sospechaba que lo hacía porque en realidad se sentía incómoda. Al fin y al cabo, Aria era la única chica de la clase que no chismorreaba con sus amigas el día de la muestra de arte ni coqueteaba con los chicos mientras pintaban bodegones en tonos pastel. A Aria también le gustaría tener amigas, pero no era motivo suficiente para que la señora Cross la echara de clase.

Scott Chin, otro chico de sexto curso, vio el cartel después que ella.

—Mola —dijo mientras se giraba hacia su amiga Hanna Marin, que andaba juguetreando con la pulsera de plata de ley que su padre le acaba de comprar como regalo de disculpas porque su madre y él habían vuelto a pelearse.

—¡Han, mira! —la advirtió al tiempo que le propinaba a esta un codazo en las costillas.

—No hagas eso —contestó con brusquedad Hanna, rehuyéndolo. Aunque estaba convencida de que Scott era gay (le gustaba leer la revista *Teen Vogue* casi tanto como a ella), no le gustaba nada que le tocase su blandurria y asquerosa tripa. Miró el cartel y levantó las cejas con sorpresa—. Madre mía…

Spencer Hastings caminaba con Kirsten Cullen e iban charlando sobre la liga juvenil de hockey sobre hierba. Estuvieron a punto de tropezarse con Mona Vanderwaal, cuyo escúter Razor estaba bloqueando el paso. Cuando Spencer vio el cartel, se quedó con la boca abierta.

—¿Mañana?

Emily Fields no se había percatado del cartel tampoco, pero su amiga de natación, Gemma Curran, lo vio.

—¡Em! —gritó señalando al colorido póster.

Los ojos de Emily recorrieron el título y tembló de emoción.

Prácticamente todos los alumnos de sexto curso del Rosewood Day se habían congregado ya alrededor del aparcabicis y miraban boquiabiertos el cartel. Aria se levantó del murete y entornó los ojos para leer las letras mayúsculas.

«La cápsula del tiempo comienza mañana», anunciaba. «¡Prepárate! Es tu oportunidad de ser inmortal.»

El carboncillo se escapó de los dedos de Aria. El juego de la cápsula del tiempo era una tradición escolar que se remontaba a 1899, cuando se fundó el Rosewood Day. Solo podían participar los alumnos de sexto curso, así que era un rito de iniciación similar a comprarte tu primer sujetador en Victoria's Secret… o, si eras un chico, era igual que excitarte por primera vez mirando un catálogo de Victoria's Secret.

Todo el mundo conocía las reglas del juego: habían ido pasando de hermanos mayores a pequeños, se explicaban en los blogs de Myspace y estaban garabateadas en las primeras páginas de algunos libros de la biblioteca. Cada año, la dirección del Rosewood Day cortaba en trozos una bandera del colegio y pedía a determinados alumnos mayores que los escondieran por las instalaciones. A continuación, se colgaban una serie de escuetas pistas en el vestíbulo del colegio para poder buscar cada retal y quien encontraba uno era honrado en una asamblea especial ante todo el colegio, y podía decorar su pedacito de bandera como quisiera. Los pedazos de la bandera se volvían a coser y se enterraba en una cápsula del tiempo detrás de los campos de fútbol. No hace falta decir que encontrar un trozo de la bandera era lo más de lo más.

—¿Vas a participar? —preguntó Gemma a Emily mientras se subía hasta la barbilla la cremallera de su chaqueta del equipo de natación del YMCA de Upper Main Line.

—Supongo que sí —respondió Emily con una risa nerviosa—. Pero ¿de verdad crees que tenemos alguna posibilidad? Dicen que siempre esconden las pistas en el edificio del instituto y solo he estado allí dos veces.

Hanna estaba pensando lo mismo. No había entrado jamás al instituto. Todo lo que tuviera que ver con ese sitio la intimidaba, especialmente las chicas tan guapas que iban a estudiar allí. Siempre que Hanna iba con su madre a la tienda Saks del centro comercial King James, había un grupo de animadoras del instituto Rosewood Day en el mostrador del maquillaje. Hanna las observaba en secreto detrás de un perchero de ropa y admiraba lo bien que se ajustaban los vaqueros de corte bajo a sus caderas o cómo les caía el pelo liso y brillante por la espalda, o cómo su terso cutis no tenía ni una mancha. Antes de irse a la cama, Hanna rezaba todas las noches para ser tan guapa como las animadoras del Rosewood Day, pero por la mañana se encontraba con la misma cara en su espejo con forma de corazón: el pelo de color castaño, la piel enrojecida y los brazos gordos como morcillas.

—Al menos conoces a Melissa —murmuró Kirsten a Spencer, que también había oído lo que había dicho Emily—. A lo mejor le toca encargarse de un trozo de bandera.

Spencer negó con la cabeza.

—Ya me habría enterado. —Era todo un honor que te seleccionaran para esconder un trozo de la bandera de la cápsula del tiempo y la hermana de Spencer, Melissa, no perdía ocasión para fardar de sus responsabilidades en el Rosewood Day, especialmente si jugaban a «el mejor y el peor» cuando comían todos juntos. Este juego familiar consistía en describir los logros más ambiciosos que había conseguido cada uno ese día.

Las pesadas puertas dobles del colegio se abrieron y el resto de estudiantes de sexto salieron del edificio, incluida una pandilla de chicos que parecían recién salidos de un catálogo de J. Crew. Aria volvió al murete y fingió estar muy ocupada con sus bocetos. No quería tener contacto visual con nadie. Unos días antes, Naomi Zeigler la pilló mirando y le gritó: «¿Qué, estás enamorada de nosotras?». Al fin y al cabo, eran la élite de sexto, o como ella prefería llamarlas, las típicas rosas de Rosewood.

Las típicas rosas de Rosewood vivían en mansiones con verjas, en complejos de varias hectáreas o en antiguas granjas reconvertidas en lujosas casas con establos para los caballos y garaje para diez coches. Todas estaban cortadas por el mismo patrón: sus novios jugaban al fútbol y tenían el pelo supercorto, las chicas se reían exactamente igual, sus barras de labios de Laura Mercier hacían juego entre sí y llevaban bolsos de Dooney & Bourke. Si cerrase los ojos, Aria no podría distinguir a una rosa de Rosewood de otra.

Excepto a Alison DiLaurentis. Nadie podía confundir a Alison por nada del mundo.

Alison lideraba el grupo, avanzando por el camino de piedra del colegio. Su pelo rubio ondeaba al viento, sus ojos azul zafiro brillaban y sus hombros se mantenían rectos a pesar de los tacones de ocho centímetros que llevaba puestos. La seguían Naomi Zeigler y Riley Wolfe, sus dos confidentes más cercanas, que aguardaban a que diese el siguiente paso. La gente no había dejado de hacerle reverencias a Ali desde que se mudó a Rosewood en tercero.

Ali se acercó a Emily y a las demás nadadoras, y se detuvo un instante. Emily temía que se riera de nuevo de su pelo seco y verdoso dañado por el cloro, pero por suerte, la rubia se había fijado en otra cosa. Se le escapó una sonrisa al ver el cartel. Con un rápido golpe de muñeca, arrancó el papel del muro y se giró hacia sus amigas.

—Mi hermano va a esconder uno de los trozos de la bandera esta noche —dijo lo suficientemente alto para que todo el mundo la oyera—. Me ha prometido que me dirá dónde lo pone.

Todos comenzaron a murmurar. Hanna asintió con la cabeza con fascinación. Admiraba a Ali más que a ninguna otra animadora. Spencer, en cambio, se puso furiosa. El hermano de Ali no podía contarle dónde iba a esconder el trozo de bandera. ¡Eso era trampa! El carboncillo de Aria voló con rabia sobre su cuaderno y sus ojos se clavaron en la dulce cara de Ali. La nariz de Emily tembló con el persistente aroma a vainilla de su perfume. Era una sensación celestial, como estar a la puerta de una pastelería.

Los alumnos más mayores comenzaron a bajar por las majestuosas escaleras del instituto e interrumpieron la gran noticia que acababa de anunciar Ali. Las chicas eran altas y distantes; los chicos eran guapos y pijos, y juntos pasaron entre la gente de sexto de camino al aparcamiento auxiliar para recoger sus coches. Ali los miró con serenidad mientras se abanicaba con el cartel de la cápsula del tiempo. Un par de enclenques estudiantes de segundo con auriculares de iPhone parecieron sentirse intimidados por Ali mientras sacaban del aparcamiento sus bicis de diez velocidades. Naomi y Riley les soltaron un resoplido.

Un chico de tercero vio a Ali y se detuvo.

—¿Cómo va, Al?

—Bien —contestó mientras fruncía los labios y se ponía recta—. ¿Y tú qué tal, I?

Scott Chin le dio un codazo a Hanna, que se puso toda roja. Ian Thomas, alias I, ocupaba el segundo puesto en la lista de tíos buenos de Hanna gracias a su preciosa cara morena, su pelo rizado y rubio, y sus conmovedores ojos almendrados. El primer puesto lo ocupaba Sean Ackard, el chico por el que estaba colada desde que les tocó jugar al balón en el mismo equipo en tercero de primaria. No estaba claro por qué Ian y Ali se conocían, pero corría el rumor de que los chicos de último curso la habían invitado a una de sus fiestas exclusivas a pesar de que ella fuera mucho más pequeña.

Ian se apoyó en el aparcabicis.

—¿Has dicho que sabes dónde se esconde un trozo de la bandera de la cápsula del tiempo?

Las mejillas de Ali se ruborizaron al instante.

—¿Por qué lo dices? ¿Alguien se muere de la envidia por aquí? —disparó Ali con una sonrisa insolente.

Ian negó con la cabeza.

—Si yo fuera tú, me lo callaría. Puede que alguien intente robarte el trozo de bandera. Es parte del juego, ¿no?

Ali se rió porque le parecía imposible que fuera a suceder algo así, pero frunció ligeramente el ceño. Ian tenía razón y era totalmente legal robarle el trozo de bandera a alguien: lo ponía en la normativa oficial de la cápsula del tiempo que el director Appleton guardaba en un cajón cerrado bajo llave de su escritorio. El año pasado, un chico

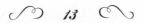

gótico de noveno robó un trozo de bandera que asomaba de la bolsa de deporte de un alumno del último curso. Hace dos años, la chica de una banda de octavo se coló en la sala de baile del colegio y robó dos trozos a dos preciosas bailarinas. La cláusula de robos, como todo el mundo la llamaba, ponía el listón aún más alto: si no eras lo bastante inteligente como para encontrar los trozos, al menos podías ser lo bastante astuto como para robárselos de la taquilla a alguien.

Spencer miró fijamente la expresión de malestar de Ali mientras perfilaba un pensamiento en su cabeza. Debía robarle el trozo de bandera como fuera. Era más que probable que todos los alumnos de sexto dejaran que la rubia se quedase ese retal, aunque fuese totalmente injusto, y seguro que nadie se atrevería a quitárselo. Spencer estaba harta de que esa chica consiguiera todo sin esforzarse lo más mínimo.

Emily pensó exactamente lo mismo. *¿Y si le robo la bandera a Ali?*, se dijo a sí misma mientras le recorría una extraña sensación por el cuerpo. ¿Qué le diría a Ali si la pillaba?

¿Podría robarle la bandera a Ali?, se preguntó Hanna mientras se mordía una uña casi inexistente. El problema era que… jamás había robado nada en su vida. Si lo hiciera, ¿la integraría Ali en su grupo algún día?

¡Cómo molaría robarle la bandera a Ali!, resonó en la cabeza de Aria mientras deslizaba su mano por el cuaderno de dibujo. Una rosa de Rosewood destronada por alguien… como Aria. Pobre Ali, tendría que buscar otro trozo de la bandera siguiendo las normas y usando la cabeza por una vez en su vida.

—No estoy preocupada. —Ali rompió el silencio—. Nadie se atreverá a robármela. Cuando tenga el trozo, lo pienso llevar encima todo el rato. —Y le guiñó el ojo a Ian mientras se colocaba la falda—. Solo me quitarán esa bandera por encima de mi cadáver.

Ian se acercó.

—Bueno, si solo hace falta eso…

El párpado de Ali tembló por un instante y se puso blanca. La sonrisa de Naomi Zeigler también languideció. Ian dibujó en su cara una mueca fría, pero enseguida tornó a una sonrisa irresistible que parecía decir que se trataba de una broma.

Alguien tosió y captó la atención de la pareja. Era Jason, el hermano de Ali, que bajaba las escaleras del instituto hacia ellos. Traía los labios apretados y los hombros encorvados, como si hubiera escuchado la conversación.

—¿Qué has dicho? —dijo Jason deteniéndose apenas a unos centímetros de la cara de Ian. El viento agitó algunos mechones dorados de su frente.

Ian se balanceó en sus zapatillas Vans negras.

—Nada, estábamos bromeando.

Jason lo miró fijamente con los ojos bien abiertos.

—¿Seguro?

—¡Jason! —bufó Ali con indignación y se puso entre medias para separarlos—. ¿Qué mosca te ha picado?

Jason miró a su hermana, luego al cartel de la cápsula del tiempo que sostenía en su mano y luego a Ian. Los alumnos que los rodeaban se miraron entre sí con cara extrañada, como si dudasen de que la pelea fuera en broma o en serio. Ian y Jason tenían la misma edad y jugaban en el primer equipo de fútbol. A lo mejor estaban picados porque Ian le robó un gol a Jason en el partido del día anterior contra el Pritchard Prep.

Ian no respondió y Jason relajó los brazos, golpeándose las caderas con las manos.

—Muy bien, lo que tú digas.

Se dio la vuelta, abrió bruscamente la puerta de un sedán negro de finales de los años sesenta que acababa de colarse en el carril bus y se metió dentro.

—Vámonos —le dijo al conductor, y cerró de golpe la puerta del coche, que se alejó de la acera petardeando y dejando una nube de humo detrás. Ian se encogió de hombros y se alejó despacio con una sonrisa de victoria en la cara.

Ali se pasó las manos por el pelo. Por una décima de segundo, la expresión de su cara fue de preocupación, como si algo se le hubiera ido de las manos, pero apenas duró un instante.

—¿Hace un jacuzzi en mi casa? —dijo alegremente a sus amigas mientras cogía del brazo a Naomi. Las chicas la siguieron hacia la arboleda que había detrás del colegio, por donde salía un atajo hacia su casa. Un trozo de papel muy familiar asomaba de la cartera amarilla de Ali. «La cápsula del tiempo comienza mañana», decía el anuncio. «¡Prepárate!»

Tenía toda la razón: debían prepararse.

Pocas semanas después, cuando casi todos los trozos de la bandera de la cápsula del tiempo habían aparecido ya, el grupo de amigas de Ali había cambiado de arriba abajo. De pronto, sus compañeras de siempre habían sido destituidas por otras nuevas amigas del alma: Spencer, Hanna, Emily y Aria.

Ninguna de las nuevas elegidas preguntó por qué las había escogido a ellas de entre todas las chicas de sexto. No querían tentar a la suerte. De vez en cuando recordaban su vida antes de Ali, lo tristes que estaban, lo perdidas que se sentían, lo convencidas que estaban de no ser nadie en el Rosewood Day. Se acordaban también de momentos muy concretos, como el día en que se anunció lo de la cápsula del tiempo. En alguna que otra ocasión se acordaron de lo que Ian le dijo a Ali y de la extraña cara de preocupación que puso ella, precisamente, que no solía inmutarse jamás por nada.

Pero normalmente preferían omitir esos recuerdos, era más divertido pensar en el futuro que perder el tiempo dándole vueltas al pasado. Ahora eran las chicas más populares del Rosewood Day y eso era toda una responsabilidad. Tenían por delante un montón de experiencias estupendas por vivir.

Pero quizás habría sido mejor no olvidarse tan rápido de ese día. Quizás Jason tenía que haberse esforzado más para salvar a Ali. Todos sabemos lo que pasó. Apenas un año y medio después, Ian cumplió su promesa.

Y mató a Ali, de verdad.

1

Muerta y enterrada

Emily Fields se acomodó en el sofá de cuero marrón y se arrancó un pellejo del pulgar que se le había resecado por el cloro de la piscina. Sus antiguas mejores amigas, Aria Montgomery, Spencer Hastings y Hanna Marin, se sentaron a su lado y dieron un sorbo al chocolate caliente Godiva que se habían servido en las tazas de cerámica. Estaban en la sala multimedia de la familia de Spencer, que estaba equipada con lo último en electrónica, una pantalla de dos metros y altavoces de sonido envolvente. En la mesita del café había una cesta de Tostitos, pero ninguna de ellas los había probado todavía.

Una mujer llamada Marion Graves estaba sentada frente a ellas en el borde del sofá de dos plazas con estampado de cuadros. Tenía una bolsa de basura doblada y aplastada en su regazo. Las chicas llevaban vaqueros desgastados, jerséis de cachemir o, en el caso de Aria, una minifalda tejana con mallas rojas. Marion llevaba una chaqueta azul marino, con pinta de ser muy cara, y una falda de tablillas a juego. Su oscuro pelo castaño brillaba y olía a crema de lavanda.

—Muy bien —dijo Marion sonriendo a Emily y al resto—. La última vez que nos vimos, os pedí que trajerais algunas cosas. ¿Las ponemos en la mesita de café?

Emily sacó un monedero de charol rosa con el anagrama de una E con volutas. Aria sacó de su bolsa de piel de yak un dibujo amarillento y arrugado. Hanna puso un trozo de papel doblado con pinta de ser una carta. Spencer colocó con cuidado una foto en blanco y negro, y una pulsera deshilachada. Los ojos de Emily se llenaron de lágrimas porque reconoció la pulsera al instante. Ali les había hecho una a todas el verano después de que pasara lo de Jenna. Se suponía que las pulseras las unirían en una amistad eterna y les recordarían que jamás podrían contar a nadie que habían dejado ciega a Jenna Cavanaugh sin querer. Sin embargo, no tenían ni idea de que Ali les ocultaba el verdadero secreto de Jenna, en vez de ser ellas quienes tenían que ocultar algo. Resulta que Jenna le había pedido a Ali que lanzara el petardo y que echara la culpa a su hermanastro, Toby. Este detalle era uno de tantos otros datos desgarradores que conocieron tras la muerte de su amiga.

Emily tragó saliva. El pesado nudo que atenazaba su estómago desde septiembre comenzó a apretar más fuerte que nunca.

Era el dos de enero. Al día siguiente tenían que volver a clase y Emily rezaba para que este semestre fuera algo menos movido que el anterior. Prácticamente en el instante en que sus antiguas amigas y ella atravesaron la puerta del Rosewood Day para comenzar el undécimo curso, empezaron a recibir mensajes misteriosos de alguien que firmaba como «A». Al principio pensaron que A era su amiga Alison (en el caso de Emily, deseó con todas sus fuerzas que así fuera), pero poco después unos obreros encontraron el cuerpo de Ali en una fosa tapada con cemento en el jardín de su casa. Siguieron recibiendo notas que desvelaban sus secretos más íntimos y, tras dos vertiginosos meses, descubrieron que se trataba de Mona Vanderwaal. En secundaria, Mona era la típica friki fan del programa *Factor Miedo* y se dedicaba a espiar a Emily, Ali y al resto cuando quedaban los viernes a dormir en casa de alguna. Cuando Ali desapareció, Mona se convirtió en la abeja reina y en la mejor amiga de Hanna. El pasado otoño, Mona robó el diario de Alison en el que ella había escrito todos los secretos de sus amigas, así que decidió arruinarles la vida porque estaba convencida de que Emily, Ali y el resto habían destrozado la suya. Además de reírse de ella, tenía quemaduras causadas por el mismo cohete que cegó a Jenna. La noche en la que Mona murió en la cantera del Ahogado (y que estuvo a punto de costarle la vida también a Spencer), la policía arrestó a Ian Thomas, el novio supersecreto de Ali, en relación con su muerte. El juicio contra Ian iba a empezar a finales de esa misma semana. Emily y el resto tenían que testificar en su contra y, a pesar de que subirse al estrado de los testigos iba a ser un millón de veces más horrible que cuando Emily tuvo que cantar un solo en el concierto de las fiestas del Rosewood Day, al menos podrían poner punto final a este suplicio de una vez por todas.

Como todo este asunto era muy difícil de superar para cuatro adolescentes, sus padres decidieron buscar ayuda profesional. Y por eso estaba allí Marion, la mejor psicoterapeuta de Filadelfia, especializada en la superación de la pérdida de seres queridos. Era el tercer domingo que Emily y sus amigas tenían cita con Marion e iban a dedicar esta sesión a dejar aflorar todas las calamidades que les habían sucedido.

Marion se estiró la falda hasta debajo de las rodillas y miró los objetos que las chicas habían dejado en la mesa.

—Estas cosas os recuerdan a Alison, ¿verdad?

Ellas asintieron. Marion abrió la bolsa de basura completamente.

—Vamos a meterlo todo aquí. Cuando terminemos, quiero que enterréis la bolsa en el jardín de Spencer para simbolizar que vais a dejar a Alison descansar en paz. En esa bolsa quedará enterrada también esa negatividad tan dañina que rodeaba vuestra amistad.

Marion siempre adornaba su discurso con expresiones *new age* del tipo «negatividad dañina», «necesidad espiritual de mantener relaciones cercanas» o «la confrontación con el proceso de pérdida de un ser querido». En la última sesión, tuvieron que repetir «La muerte de Alison no es culpa mía» una y otra vez, aparte de beber un té verde asqueroso que supuestamente iba a limpiar sus chakras de toda culpabilidad. Marion les había pedido que repitieran delante del espejo cosas del tipo «Los muertos nunca regresan» o «Nadie pretende hacerme daño». Emily deseaba con todas sus fuerzas que los mantras funcionaran porque necesitaba que su vida volviera a la normalidad.

—Muy bien, todo el mundo en pie —dijo Marion, sosteniendo la bolsa de basura—. Vamos a ello.

Se levantaron. A Emily le tembló el labio inferior cuando miró la cartera de charol rosa que le había regalado Ali cuando se hicieron amigas en sexto. A lo mejor debería haber traído otra cosa a esta sesión de expiación, quizás una de las millones de fotos que tenía de Ali. Marion clavó la mirada en Emily y movió la cabeza para señalar la bolsa. Con un sollozo, Emily echó dentro el monedero.

Aria cogió el dibujo a lápiz que había traído. Era un boceto de Ali en la puerta del Rosewood Day.

—Lo dibujé antes de que fuéramos amigas, siquiera.

Spencer agarró con cuidado los extremos de aquella pulsera que les dio cuando sucedió lo de Jenna entre los dedos índice y corazón, como si estuviera pringada de mocos.

—Adiós —susurró con firmeza. Hanna apartó la vista cuando metió su trozo de papel en la bolsa. No se molestó siquiera en explicar lo que era.

Emily observó a Spencer coger la foto en blanco y negro. Era una foto robada de Ali con Noel Kahn, que parecía mucho más joven. Ambos salían riéndose. La foto resultaba muy familiar. Emily agarró a Spencer del brazo antes de que metiera la foto en la bolsa.

—¿De dónde has sacado eso?

—Del anuario, antes de que me echaran —respondió tímidamente Spencer—. ¿Te acuerdas de que tenían un montón de fotos de Ali? Esta estaba en la sala de montaje.

—No la tires —dijo Emily, ignorando la mirada de reprobación de Marion—. Sale muy guapa.

Spencer levantó una ceja, pero puso la foto en el aparador de caoba, junto a una estatua de hierro forjado de la torre Eiffel. De todas las amigas de Ali, Emily era la que peor estaba llevando su muerte. Nunca había tenido una amiga como ella, ni antes ni después. Tampoco ayudaba demasiado que Ali hubiera sido su primer amor, la primera chica a la que había besado en su vida. Si de Emily dependiera, no enterraría a Ali en absoluto, prefería quedarse con todos los recuerdos y dejarlos en la mesilla de noche para siempre.

—¿Todo en orden? —dijo Marion frunciendo los labios color uva merlot. Cerró la bolsa con decisión y se la entregó a Spencer—. Prometedme que la enterraréis. Os ayudará, creedme. Creo que este grupo debería quedar el martes por la tarde, ¿vale? Es vuestra primera semana de clase y quiero que estéis unidas y cuidéis las unas de las otras. ¿Me haréis ese favor?

Asintieron sin demasiado entusiasmo. Salieron de la habitación detrás de Marion, cruzaron la majestuosa entrada de mármol de los Hastings y llegaron al vestíbulo. La psicóloga se despidió, se montó en su Range Rover azul marino y activó los limpiaparabrisas para quitar la nieve caída.

El gran reloj del abuelo, que colgaba en el vestíbulo, comenzó a dar la hora. Spencer cerró la puerta y se giró hacia Emily y las demás chicas. La bolsa de plástico colgaba de su mano.

—¿Y bien? —dijo Spencer—. ¿Enterramos esto o qué?

—¿Dónde? —preguntó Emily tímidamente.

—¿Qué os parece en el granero? —sugirió Aria, mientras toqueteaba un agujero de sus leggings—. Es lo más apropiado, ¿no? Es el último sitio donde… la vimos.

Emily asintió con un nudo en la garganta.

—¿A ti qué te parece, Hanna?

—Me da igual —murmuró esta sin cambiar de tono, como si prefiriera estar en otro sitio.

Todas se pusieron los abrigos y las botas, y se dirigieron al patio trasero, que estaba cubierto de nieve. No cruzaron palabra hasta llegar allí. Aunque se habían unido mucho desde que comenzaron a recibir los horribles mensajes de A, Emily no había visto a sus amigas desde la comparecencia de Ian. Ella había propuesto alguna quedada en el centro comercial King James o verse entre clase y clase en el Steam, la cafetería del Rosewood Day, pero las chicas no habían mostrado demasiado interés. Sospechaba que se evitaban por la misma razón por la que se habían separado desde que Ali desapareció: simplemente se les hacía raro estar juntas.

La antigua casa de los DiLaurentis estaba a la derecha. Los árboles y los arbustos que dividían los jardines estaban desnudos y había una capa de hielo en el porche trasero de la casa de Ali. En la acera seguía habiendo un altar para la joven: velas, peluches, flores y fotos del equipo de hockey… Por suerte, ya habían desaparecido las furgonetas y los equipos de televisión que acamparon allí durante todo un mes después de que apareciera su cuerpo. Esos días, los medios de comunicación estuvieron merodeando por los juzgados de Rosewood y la prisión del condado de Chester con la esperanza de obtener más datos sobre el inminente juicio de Ian Thomas.

La casa también era el nuevo hogar de Maya St. Germain, la ex de Emily. El todoterreno Acura de los St. Germain estaba en la entrada, lo que significaba que habían vuelto. Durante el punto álgido de todo ese circo mediático, decidieron marcharse. Emily sintió una punzada en el estómago cuando vio la alegre corona navideña y las bolsas de basura, repletas de papel de regalo, en la acera. Cuando aún estaban juntas, Maya y ella habían hablado de qué se regalarían por Navidad. Maya quería unos auriculares de DJ y Emily unos altavoces para el iPod. Romper con Maya había sido lo mejor que podía haber hecho, pero se hacía raro no tener noticias de ella.

Las chicas iban delante y se dirigieron al jardín trasero. Emily aceleró el paso para alcanzarlas y metió el pie en un charco lleno de barro. A la izquierda estaba el granero de Spencer, el lugar donde se quedaron a dormir todas juntas por última vez. Lindaba con los densos bosques cuya extensión rebasaba el kilómetro. A la derecha del granero estaba el jardín de los DiLaurentis y la zanja medio excavada donde habían encontrado el cuerpo de Ali. Quedaban restos de la cinta amarilla de la policía en el suelo, medio tapados por la nieve, y había un montón de pisadas frescas que probablemente habría dejado algún curioso.

El corazón de Emily latió con fuerza cuando miró la zanja. Estaba muy oscura. Sus ojos se llenaron de lágrimas cuando se imaginó a Ian metiendo allí el cuerpo de Ali, sin piedad alguna, y dejándola morir.

—Qué locura, ¿verdad? —señaló Aria en voz baja, mirando también a la zanja—. Ali estuvo aquí todo el tiempo.

—Menos mal que te acordaste, Spence —dijo Hanna mientras el frío aire de la tarde la hacía temblar—. Si no, Ian seguiría suelto por ahí.

Aria se puso pálida, con cara de preocupación. La noche que arrestaron a Ian, le contaron a la policía que podrían encontrar en el diario de Ali todo lo que necesitaban saber sobre lo que sucedió la noche anterior. Lo último que escribió fue que había quedado con Ian, su novio secreto, el día en que iban a dormir todas juntas para celebrar el final del séptimo curso. Ali le había dado un ultimátum a Ian: o rompía con Melissa, la hermana de Spencer, o le contaría a todo el mundo que estaban juntos.

Sin embargo, lo que convenció definitivamente a los policías fueron los recuerdos reprimidos que Spencer tenía de aquella noche. Después de que Ali y ella discutieran a la puerta del granero de los Hastings, Ali se marchó a ver a alguien, y ese alguien era Ian. Fue la última vez que se la vio con vida y todo el mundo supuso lo que pasó después. Emily jamás olvidaría cómo entró Ian a trompicones en la sala del juzgado el día de la comparecencia para declararse inocente. Cuando el juez lo mandó a prisión sin fianza y los alguaciles lo escoltaron por el pasillo, Emily advirtió que Ian les lanzaba una mirada fulminante y terrible a las chicas. *Os habéis metido con quien no debíais,* parecía pensar Ian. Estaba claro que las culpaba de su arresto.

Emily no pudo reprimir un sollozo y Spencer la miró con un gesto duro.

—Para ya, no tenemos que mortificarnos por Ian... ni por nada de lo que ha sucedido. —Se detuvo y se recolocó el gorro estampado con orejeras—. ¿Aquí os parece bien?

Emily se echó el aliento en las manos mientras las chicas asentían, entumecidas por el frío. Spencer empezó a sacar montones de tierra helada con la pala que había traído del garaje. Cuando el agujero fue lo bastante profundo, arrojó al interior la bolsa de basura. Hizo bastante ruido al caer. Entre todas, volvieron a poner la tierra dentro y taparon el agujero.

—¿Y bien? —dijo Spencer, apoyándose en la pala—. ¿Decimos unas palabras?

Las chicas se miraron las unas a las otras.

—Adiós, Ali —dijo Emily finalmente, con los ojos llenos de lágrimas por enésima vez en lo que iba de mes.

Aria la miró y sonrío.

—Adiós, Ali —repitió. Miró a Hanna, que encogió los hombros y dijo:

—Adiós, Ali.

Cuando Aria le cogió de la mano, Emily se encontró… mejor. El nudo de su estómago pareció deshacerse y notó el cuello más relajado. De pronto, parecía oler bien, como a flores frescas. Sentía que Ali, la dulce y maravillosa Ali que vivía en sus recuerdos, estaba allí y les estaba diciendo que todo saldría bien.

Emily miró a sus amigas. Todas sonreían con tranquilidad, como si también estuvieran sintiendo algo. A lo mejor Marion tenía razón y el ritual era necesario. Iba siendo hora de olvidar aquel terrible otoño: el asesino de Ali estaba en la cárcel y la pesadilla de los mensajes de A ya había terminado. Tenían un futuro tranquilo y feliz por delante.

El sol se estaba poniendo muy rápido entre los árboles y su luz teñía el cielo y la nieve de color lavanda. La brisa hacía girar despacio el molino de los Hastings y unas ardillas peleaban cerca de un gran pino. *Si una de las ardillas se sube al árbol, significará que todo está superado,* pensó Emily, jugando a la superstición en la que había confiado durante tantos años. Y en ese instante, una ardilla se fue correteando al árbol y trepó hasta la copa.

2

Somos una familia

Media hora después, Hanna Marin irrumpió por la puerta principal de su casa, acarició a Punto, su dóberman en miniatura y dejó su cartera de piel de serpiente en el sillón de la sala de estar.

—Perdón por llegar tarde —se disculpó.

La cocina olía a salsa de tomate y a pan de ajo. El padre de Hanna, su novia Isabel y Kate, la hija de esta, ya estaban sentados a la mesa. Había cuencos de cerámica con pasta y ensalada en el centro de la mesa y en el sitio vacío de Hanna esperaban un plato con bordes labrados, una servilleta y una botella de Perrier. El día de Navidad, prácticamente unos segundos después de que su madre hubiera embarcado en un avión hacia su nuevo trabajo en Singapur, Isabel decidió que debían cenar en el comedor los domingos para que el encuentro fuese más especial y «familiar».

Hanna se dejó caer en la silla, tratando de ignorar las miradas de los demás. Su padre tenía una sonrisa optimista, pero la expresión de Isabel solo podía significar dos cosas: o bien se estaba aguantando un pedo o bien estaba decepcionada porque Hanna había llegado tarde a la cita familiar. Kate, por su parte, hacía un gesto de compasión con la cabeza. Hanna sabía perfectamente cuál de ellas iba a hablar primero.

Kate se atusó su melena castaña, asquerosamente lisa, y abrió de par en par sus ojos azules.

—¿Estabas con la terapeuta?

¡Ding, ding, ding!

—Sí… —respondió Hanna, y dio un buen trago a su Perrier.

—¿Qué tal ha ido? —preguntó Kate con el mejor tono posible—. ¿Te está ayudando?

Hanna suspiró con arrogancia. Sinceramente, las citas con Marion le parecían una mierda. A lo mejor a sus amigas les serviría de algo en su nueva vida sin Ali ni A, pero Hanna estaba intentando superar la muerte de dos amigas, no de una. Todo le recordaba a Mona: cuando sacaba a Punto a correr al helado jardín de la parte de atrás de su casa, le ponía el abrigo de cuadros de Burberry que Mona le había regalado por su cumpleaños el año anterior. Cuando echaba un vistazo a su vestidor, veía la falda plateada de Jill Stuart que Mona le había prestado y que jamás le había devuelto. Cuando se miraba en el espejo para repetir los estúpidos mantras de Marion, veía los pendientes que Mona y ella habían robado en Banana Republic la primavera pasada. También veía otra cosa: la cicatriz de su barbilla. Se la hizo Mona cuando la atropelló con el todoterreno después de que Hanna averiguara que ella era A.

Odiaba que su futura hermanastra supiera con todo lujo de detalles lo que había sucedido este otoño, sobre todo que una amiga hubiera intentado matarla. De nuevo, todo Rosewood se había enterado: los medios de comunicación locales no hablaban de otra cosa desde entonces. Lo más extraño es que la fiebre A se extendió por todo el país. Los jóvenes de todas partes estaban recibiendo mensajes firmados así, aunque solía tratarse de algún exnovio o algún compañero celoso. Hanna llegó a recibir mensajes de A que eran evidentemente falsos: «¡Conozco todos tus secretos! Por cierto, ¿no querrás unos politonos por un dólar?». Qué cutre.

La mirada de Kate estaba clavada en Hanna, como si esperase que fuera a reventar de un momento a otro. Hanna cogió rápidamente un trozo de pan de ajo y le pegó un buen mordisco para no tener que hablar. Desde que Kate e Isabel se habían mudado a su casa, Hanna se pasaba todo el tiempo encerrada en su cuarto, haciendo terapia de compras en el centro comercial King James o escondiéndose en casa de Lucas, su novio. La relación no iba demasiado bien hasta que Mona murió, pero Lucas reaccionó entonces de forma sorprendente y la apoyó en todo. Ahora eran inseparables.

Hanna prefería estar fuera porque, cuando la pillaban por banda en casa, a su padre se le ocurrían tareas para que las hicieran juntas Kate y ella: sacar la ropa vieja del nuevo armario de Kate, sacar la basura o quitar la nieve de la entrada. ¿Para qué existían las empresas quitanieves? Ojalá las quitanieves pudieran llevarse a su hermanastra también.

—¿Tenéis ganas de volver a clase mañana?—dijo Isabel mientras enrollaba la pasta en su tenedor.

Hanna se encogió de hombros y sintió un dolor familiar recorriéndole el brazo derecho. Se lo había roto cuando Mona la atropelló, otro encantador recuerdo de que aquella amistad había sido una farsa.

—Muchísimas —dijo Kate para romper el silencio—. He estado releyendo el catálogo del Rosewood Day de nuevo y este colegio tiene un montón de actividades geniales. ¡Hacen cuatro obras teatrales al año!

El señor Marin e Isabel sonrieron. Hanna apretó los dientes tan fuerte que la mandíbula casi se le duerme. Desde que Kate había puesto un pie en casa, no había dejado de contar las ganas que tenía de ir al instituto Rosewood Day. Pero daba igual, el colegio era enorme y Hanna no tenía intención de cruzarse con ella jamás.

—Las instalaciones me parecen algo complicadas.—Kate se limpió delicadamente la comisura de los labios con una servilleta—. Hay edificios distintos para cada actividad; por ejemplo, el edificio de periodismo es un granero, hay una biblioteca especial para las ciencias y también un invernadero. Me voy a perder seguro —dijo enrollando un pelo castaño en su dedo índice—. Te agradecería que me enseñases dónde está todo, Hanna.

Esta estuvo a punto de soltar una carcajada. La voz de Kate había sonado tan falsa como el noventa y nueve por ciento de las gafas Chanel de eBay. Ya había hecho gala de este discurso de «seamos buenas amigas» en el restaurante Le Bec-Fin y la cosa salió como salió.

Cuando Hanna fue al baño durante los entrantes, Kate la siguió toda preocupada. Hanna se derrumbó y le contó que acababa de recibir un mensaje de A... bueno, de Mona. Ponía que Sean Ackard, con el que ella pensaba que seguía saliendo, estaba en el baile benéfico del Foxy con otra chica. Kate se compadeció al instante de Hanna y le dijo que se marchara de la cena y fuera a Rosewood para decirle un par de cosas a Sean. Incluso prometió que la cubriría, que para eso están las casi hermanastras, ¿no?

Pues no. Cuando Hanna volvió a Filadelfia... ¡sorpresa! Kate se había chivado al señor Marin de que Hanna iba por ahí con un puñado de pastillas de Percocet en el bolso. Él se enfadó tanto que canceló el viaje... y no le habló a Hanna durante semanas.

Pues no. Cuando Hanna volvió a Filadelfia... ¡sorpresa! Kate se había chivado al señor Marin de que Hanna iba por ahí con un puñado de pastillas de Percocet en el bolso. Él se enfadó tanto que canceló el viaje... y le retiró la palabra a su hija durante semanas.

—Por supuesto que Hanna te indicará dónde está todo —apuntilló el señor Marin.

Hanna apretó los puños debajo de la mesa e intentó poner tono de pena.

—Vaya, lo siento muchísimo, pero tengo un horario terrible este año.

Su padre arqueó una ceja.

—¿Y por qué no quedáis antes de clase o a la hora de comer?

Hanna suspiró con disgusto. *Me acabas de dejar vendida*, papá. ¿Ya se había olvidado de que Kate le había dado una puñalada por la espalda en aquella desastrosa cena en el Le Bec-Fin de Filadelfia este otoño, esa cena a la que en teoría solo iban a ir Hanna y su padre? Se conoce que él no lo había visto así. Para su padre, Kate no era ninguna traidora. Era perfecta. Hanna lo miró a él, luego a Isabel y a Kate una y otra vez, sintiendo cada vez más impotencia. De pronto, notó un picor en la garganta muy familiar. Echó la silla hacia atrás, se puso de pie, soltó un resoplido y corrió hacia el baño de la planta de abajo.

Puso la cabeza sobre el lavabo y dio unas arcadas. *No lo hagas,* pensó. Llevaba meses controlando los vómitos, pero Kate parecía activarla.

La primera vez que vomitó a voluntad fue cuando fue a visitar a su padre, Isabel y Kate, a Annapolis. Ali la acompañó, y Kate y ella se hicieron amigas enseguida, quizás por ese vínculo que existe entre las chicas guapas. Mientras, Hanna engullía puñados de palomitas y se sentía gorda y horrible. La gota que colmó el vaso fue que su padre la llamase «su cerdita». Corrió al baño, cogió el cepillo de dientes de Kate que había en el vaso del lavabo y se lo metió en la boca para ayudarse a vomitar.

Ali entró en el baño cuando estaba en su segunda vomitona. Le prometió que guardaría el secreto, pero Hanna descubrió muchas cosas de su amiga después de aquel episodio. Ali guardaba secretos a mucha gente, pero también había causado muchos enfrentamientos. Por ejemplo, les hizo creer a sus amigas que ellas eran responsables de lo de Jenna, cuando en realidad ellas dos lo habían preparado todo. A Hanna no le habría sorprendido que Ali hubiera salido al patio aquel día y le hubiese contado todo a Kate.

Tras unos minutos, se le pasó el malestar. Hanna suspiró, se puso en pie y buscó en el bolsillo su BlackBerry para escribir un mensaje nuevo. «No te lo vas a creer», escribió, «pero mi padre quiere que yo ejerza de comité de bienvenida en el Rosewood Day con la psicópata de Kate. ¿Podemos hacernos una manipedi de urgencia mañana por la mañana?»

Estaba buscando entre sus contactos cuando se dio cuenta de que no tenía a quién enviárselo. Mona era la única persona con la que se hacía la manicura y la pedicura.

—¿Hanna?

Hanna se giró y su padre abrió unos centímetros la puerta. Su cara reflejaba preocupación.

—¿Estás bien? —le preguntó, con ese tono tan dulce que Hanna no había escuchado desde hacía mucho tiempo.

El señor Marin se acercó y puso una mano en el hombro de su hija. Ella tragó saliva y bajó la cabeza. Cuando estaba en séptimo, antes de que sus padres se divorciaran, su padre y ella estaban muy unidos, pero se quedó hecha polvo cuando se marchó de Rosewood tras el divorcio y se fue a vivir con Isabel y Kate. A Hanna le preocupaba que hubiera cambiado a su regordeta hija de pelo castaño por la perfecta y delgada Kate. Unos meses antes, cuando había estado en el hospital tras el atropello, su padre le prometió estar más presente en su vida. Pero durante la semana que estuvo allí, dedicó más tiempo a decorar la casa al gusto de Isabel (terciopelo y borlas, vaya) que a pasarlo con ella.

Quizás quería disculparse por ello. Quizás se disculparía por enfadarse con ella este otoño sin darle la oportunidad de explicar su versión de los hechos... y por cambiar a Hanna por Isabel y Kate durante tres años enteros.

El señor Marin le dio una palmadita con rigidez.

—Oye, sé que este otoño ha sido terrible y que testificar el viernes en el juicio de Ian te está suponiendo mucho estrés. Soy consciente de que ha sido un poco brusco que Kate e Isabel se hayan mudado aquí, pero piensa que es un cambio muy grande para Kate. Ha dejado a sus amigos en Annapolis para venir y tú no has hablado apenas con ella. Debes empezar a tratarla como si fuera de la familia.

La sonrisa de Hanna se borró. Sentía que su padre le acababa de dar en toda la cabeza con la jabonera verde que había en el lavabo de porcelana. Kate no necesitaba la ayuda de Hanna en absoluto. Kate era como Ali: elegante, guapa, el centro de atención... e increíblemente manipuladora.

Cuando su padre se inclinó buscando su mirada, Hanna se dio cuenta de que había omitido unas palabras en su última frase. Justo las palabras que iban a definir las cosas de ahora en adelante.

Hanna debía empezar a tratar a Kate como si fuera de la familia, o si no...

3

El debut de Aria

—Puf, qué asco. —Aria Montgomery arrugó la nariz cuando su hermano Mike mojó un trozo de pan en un cuenco de cerámica lleno de queso suizo derretido. Giró el pan, lo sacó y chupó un larguísimo hilo de queso que colgaba del tenedor—. ¿Tienes que convertirlo todo en algo sexual?

Mike dibujó una sonrisita y siguió montándoselo con el pan. Aria se estremeció.

No podía creer que fuera el último día de vacaciones. Aria y la madre de Mike, Ella, habían decidido darse un homenaje y usar la *fondue* que habían encontrado en el sótano, debajo de unas cajas de adornos navideños y de la pista de coches Hot Wheels de Mike. Aria estaba prácticamente segura de que la *fondue* había sido un regalo de bodas de Ella y del padre de Aria, Byron, pero no se atrevió a preguntar. Intentaba evitar cualquier referencia a su padre; por ejemplo, no había hecho ningún comentario sobre la Nochebuena tan rara que pasaron su hermano y ella en la estación de esquí Bear Claw con su padre y la novia de este, Meredith, la cual se quedó en el hotel todo el rato haciendo ejercicios de yoga, cuidando de su pequeña pero evidente tripa de embarazada y rogándole a Aria que le enseñase a tejer patucos. Los padres de Aria se acababan de separar oficialmente hacía apenas unos meses, entre otras cosas porque Mona le había enviado a Ella una carta (firmando como A) en la que le contaba que Byron la estaba engañando con Meredith.

Aria estaba bastante convencida de que Ella no había olvidado todavía a su padre.

Mike miró a la botella de Heineken de Ella.

—¿De verdad no me dejas dar un traguito?

—No, por tercera vez —respondió Ella.

Mike frunció el ceño.

—Ya he bebido cerveza antes. Lo sabes, ¿no?

—No habrá sido en esta casa —respondió Ella con una mirada furiosa.

—¿Por qué tienes tantas ganas de beber cerveza? —le preguntó Aria con curiosidad—. ¿Está nervioso Mikey porque va a tener su primera cita?

—No es una cita —respondió él mientras se colocaba sobre la frente su gorra Burton de snowboard—. Solo es una amiga.

Aria dibujó una sonrisa cómplice. Por extraño que pudiera parecer, Mike le gustaba a una chica. Se llamaba Savannah y cursaba segundo en el colegio público. Se habían conocido en un grupo de Facebook de fans de lacrosse. Al parecer, Savannah estaba igual de obsesionada que Mike por ese deporte.

—Mike tiene una cita en el centro comercial —canturreó Aria—. ¿Vas a cenar otra vez en la zona de restaurantes? ¿Quizás en el Paraíso del Pollo Frito del señor Wong?

—Cállate —escupió Mike—. Vamos a tomar un postre en Rive Gauche, pero no es una cita. ¡Va a un colegio público! —dijo «colegio público» como quien diría «alcantarilla llena de sanguijuelas»—. Solo salgo con chicas que tienen pasta.

Aria abrió los ojos de par en par.

—Qué asco das.

—Mira quién fue a hablar, la fan de Shakespeare —sonrió Mike.

Aria se puso pálida. Mike llamaba Shakespeare a Fitz, el casi exnovio de Aria y exprofesor asociado de inglés. Era uno de los secretos con los que Mona la había estado atormentando en los mensajes firmados como A. Los medios habían tenido el tacto de guardar los secretos de A, pero Aria sospechaba que Mike se había enterado de lo de Ezra a través de Noel Kahn, su compañero de lacrosse y el tío más cotilla de todo el Rosewood Day. Aria le había hecho prometer a Mike que jamás le contaría nada a Ella, pero el chico no podía evitar dejar caer pistas.

Ella mojó un trozo de pan en el queso.

—Yo también voy a tener una cita en breve —les anunció sin más.

Aria soltó su tenedor de *fondue*. Estaba más sorprendida que si su madre le hubiera dicho que se volvía a Reikiavik, Islandia, donde la familia había vivido los últimos tres años.

—¿Cómo? ¿Cuándo?

Su madre jugueteó nerviosa con su collar de gruesas cuentas de color turquesa.

—El martes.

—¿Con quién?

Bajó la cabeza y dejó al descubierto la fina línea de raíces blancas de su pelo.

—Un chico con el que he estado hablando en Match.com. Tiene pinta de ser majo, pero quién sabe. No es que lo conozca mucho, apenas hemos hablado... de música y poco más. A los dos nos gustan los Rolling Stones.

Aria se encogió de hombros. En cuanto a rock de los setenta, a ella le gustaba más la Velvet Underground. Mick Jagger estaba más delgado que ella y Keith Richard tenía una pinta horrible.

—¿Y a qué se dedica?

Ella sonrió tímidamente.

—No tengo ni idea, solo sé que se llama Wolfgang.

—¿Wolfgang? —Aria casi escupió un trozo de pan—. ¿Como Wolfgang Amadeus Mozart?

Ella se estaba poniendo cada vez más roja.

—Quizás no debería ir a la cita.

—No, no, ¡claro que deberías ir! —exclamó Aria—. ¡Está genial! Se sentía feliz por ella. ¿Por qué iba a divertirse solo su padre?

—Pues a mí me parece lo peor —disparó Mike—. Debería ser ilegal que la gente de cuarenta años tenga citas.

Aria ignoró lo que había dicho.

—¿Y qué te vas a poner?

Ella miró hacia su chaqueta favorita de color berenjena. Llevaba un bordado floral alrededor del cuello y también algo parecido a una mancha de huevos revueltos cerca del dobladillo.

—¿No te parece bien esto?

Aria puso los ojos como platos y negó con la cabeza.

—Me la compré el año pasado en ese pueblo pesquero tan bonito de Dinamarca —protestó Ella—. ¡Tú también estabas! Nos la vendió aquella anciana sin dientes, ¿te acuerdas?

—Tenemos que ir de compras —exigió Aria—. Y debes teñirte el pelo. Yo te maquillo —dijo entrecerrando los ojos mientras visualizaba la balda del baño de su madre. Normalmente estaba llena de pinturas de acuarela, botes de aguarrás y proyectos de joyería a medio terminar—. ¿Tú tienes maquillaje?

Ella dio un buen trago a su cerveza.

—¿No se supone que debo gustarle tal cual soy, sin tanto… adorno?

—Seguirás siendo tú, pero en versión mejorada —dijo Aria para animarla.

Mike miró a una y a otra, y dijo:

—¿Sabéis lo que os queda genial a las tías? ¡Los implantes!

Ella recogió los platos y los llevó al fregadero.

—Muy bien —le dijo a Aria—, te dejaré maquillarme para la cita, ¿vale? Pero ahora tengo que llevar a Mike a la suya.

—¡No es una cita! —refunfuñó Mike mientras salía del salón y subía las escaleras todo enfurruñado.

Aria y Ella se rieron por lo bajo. Cuando se hubo marchado, intercambiaron una tímida mirada que transmitía un sentimiento cálido que no necesitaba ser expresado con palabras. Los últimos meses no habían sido nada fáciles. En los mensajes de Mona firmados como A, le había contado a Ella que Aria había guardado el secreto de su padre durante tres largos años y, por un tiempo, a Ella no le hizo ninguna gracia tener a su propia hija en casa. Finalmente, logró perdonarla y las dos estaban esforzándose mucho por recuperar la normalidad en su relación. Todavía no lo habían conseguido porque había muchas cosas que Aria no podía contar, incluso ahora. Apenas habían pasado tiempo a solas y Ella no se había abierto totalmente a su hija, a pesar de que antes sí lo hiciera. Pero poco a poco iban mejorando.

Ella arqueó una ceja y buscó algo en el bolsillo de canguro de su chaqueta.

—Acabo de acordarme de algo —dijo mientras sacaba una tarjeta rectangular con tres líneas que se cruzaban—. Tenía que ir a esta inauguración hoy, pero no me da tiempo. ¿Quieres ir tú?

—No sé… —dudó Aria—. Estoy cansada.

—Anda, ve —insistió Ella—. Últimamente has pasado mucho tiempo en casa, ya está bien de flagelarse.

Aria abrió la boca para protestar, pero Ella tenía razón. Llevaba todas las vacaciones en su habitación haciendo bufandas de punto y jugando con el muñequito de Shakespeare que Ezra le había dado cuando se marchó de Rosewood, en noviembre. Todos los días tenía la esperanza de saber algo de él: un correo electrónico, un mensaje, cualquier cosa. Sobre todo teniendo en cuenta que Rosewood, Ali y la propia Aria habían salido tantísimo en las noticias últimamente. Pero pasaban las semanas… y no sabía nada.

Apretó una de las esquinas de la tarjeta contra la palma de su mano. Si Ella estaba teniendo el valor de volver a la vida normal, Aria también debía hacerlo. Y no había mejor momento para empezar que ya mismo.

De camino a la inauguración de la exposición, Aria debía pasar por la calle de Ali. Allí estaba su casa, donde habían estado por la mañana. Spencer vivía al lado y los Cavanaugh enfrente. Aria se preguntó si Jenna estaría en casa, preparándose para volver al Rosewood Day. Había oído que había estado recibiendo clases particulares.

No pasaba un día sin que Aria no se acordase de la última vez que habló con ella. Fue en la facultad de Bellas Artes de Hollis, cuando a Aria le dio un ataque de pánico durante una tormenta.

Quería disculparse por lo que le habían hecho aquella horrible noche en la que Jenna se quedó ciega, pero la chica le contó que Ali y ella habían preparado todo para librarse de una vez por todas de Toby, su hermanastro. Ali estaba de acuerdo porque al parecer tenía problemas parecidos con su hermano.

Durante una temporada, Aria se obsesionó con qué sería lo que quiso decir con eso de que tenía problemas con su hermano. Toby solía tocar a Jenna de manera, digamos, «inapropiada». ¿Quizás Jason le estaba haciendo lo mismo a su hermana? Prefería no pensarlo. Jamás había notado nada raro entre Ali y Jason. De hecho, siempre le había parecido que quería protegerla.

Entonces, Aria se dio cuenta de algo. Claro. Ali no tenía problemas con Jason, simplemente se lo había inventado para ganarse la confianza de Jenna y sonsacarle lo que estaba sucediendo. Había hecho lo mismo con ella con su actitud comprensiva y su enfado cuando pilló a Byron liándose con Meredith en el aparcamiento de Hollis. Cuando se enteró del secreto de Aria, Ali la amenazó durante meses con contarlo. Ya había hecho lo mismo con las demás amigas. La única duda era por qué a Ali le importaba lo más mínimo lo que ocultaba una pringada como Jenna Cavanaugh.

Quince minutos después, Aria llegó a la galería de arte. La inauguración se celebraba en una antigua y elegante hacienda situada en el bosque. Aparcó el Subaru de Ella en el terraplén de grava y, cuando salió del coche, escuchó un crujido. El cielo estaba muy oscuro.

Un extraño graznido sonaba entre los árboles y después se escuchó ese crujido de nuevo. Aria dio un paso atrás.

—¿Hola? —dijo en voz baja.

Un par de ojos la observaban a sus espaldas con curiosidad, detrás de una destartalada valla de madera. Por un instante, el corazón de Aria se quedó petrificado, pero luego se dio cuenta de que esos ojos estaban rodeados de pelaje. Solo era una llama. Se acercaron algunas llamas más a la valla, con sus enormes pestañas, y Aria sonrió y respiró tranquila, suponiendo que habría un montón de animales en la granja. Después de tantos meses siendo observada, era difícil quitarse de encima la paranoia de que alguien la vigilaba.

El interior de la granja olía a pan recién horneado y se escuchaba una canción de Billie Holiday en el equipo de música. Pasó una camarera con una bandeja gigante llena de cócteles bellini. Aria se lanzó ansiosamente a por uno y, después de bebérselo, echó un vistazo a la sala. Había al menos cincuenta pinturas en las paredes con pequeñas placas con el título, el nombre del artista y el precio. Varios grupos de mujeres con el pelo cortado en ángulo charlaban en corros cerca de los aperitivos. Un chico con gafas de pasta negra hablaba, algo agitado, con una mujer de pecho grande y un moño alto con un tocado rojo. También había un hombre con mirada inquieta y el pelo canoso y encrespado que le susurraba algo a su esposa; ella se parecía mucho a Sienna Miller y bebía sorbos de lo que parecía un vaso de burbon.

El corazón de Aria latía con fuerza. No se trataba de los coleccionistas habituales de la zona que solían acudir a las inauguraciones de Rosewood; no se parecían a los padres de Spencer, que llevaban trajes caros y bolsos de Chanel de mil dólares. Aria estaba convencida de que este era el verdadero mundillo del arte, puede que incluso fuera como el de Nueva York.

La exposición tenía obras de tres artistas, aunque la mayoría de los asistentes estaban mirando las pinturas abstractas de alguien llamado Xavier Reeves. Aria se acercó a una de las obras ante la que había menos gente arremolinada y puso su mejor pose de crítica de arte: mano en la barbilla y cara de pensamiento profundo. El cuadro consistía en un enorme círculo morado con uno más pequeño y oscuro en el centro.

Interesante, pensó Aria, pero sinceramente… parecía un pezón gigante.

—¿Qué te parecen las pinceladas? —le preguntó alguien a su espalda.

Aria se dio la vuelta y se encontró con los dulces ojos marrones de un chico alto que llevaba un jersey de canalé negro y unos vaqueros de tono azul oscuro. El escalofrío de emoción que recorrió el cuerpo de Aria hizo que le temblasen los dedos de los pies en las gastadas bailarinas. Los marcados pómulos de este chico y su pelo supercorto con tupé al frente le recordó a Sondre, un músico guapísimo que conoció en Noruega el año pasado. Sondre y ella pasaron juntos muchísimas horas en el bar de un pescador de Bergen, bebiendo whisky casero e inventándose historias sobre los trofeos de pesca que el señor tenía colgados en el bar.

Aria examinó de nuevo el cuadro.

—Las pinceladas son muy… potentes.

—Sí —asintió el chico—. Y muy emotivas.

—Desde luego. —Aria estaba emocionada por estar manteniendo una conversación artística de verdad, sobre todo con alguien tan guapo. Tampoco estaba mal estar rodeada de gente que no fuera de Rosewood y no escuchar cotilleos sobre el inminente juicio de Ian. Trató de pensar en algo más que decir.

—Me recuerda a…

El chico se acercó un poco más con una sonrisa.

—Un niño tomando el pecho.

Aria abrió los ojos con sorpresa. ¡No era la única que veía la semejanza!

—Sí que se parece un poco, ¿verdad? —dijo entre risas—, pero creo que debemos tomárnoslo en serio. El cuadro se llama *La separación infranqueable*. Xavier Reeves quizás haya querido representar la soledad, o quizás la lucha de clases.

—Menuda tontería. —El chico estaba tan cerca de Aria que podía oler su aliento a chicle de canela y a bellini—. Entonces me dirás que ese de ahí, que se llama *El tiempo transcurre convenientemente*, no es un pene, ¿no?

Una mujer mayor con gafas de pasta de colores los miró asombrada. Aria se tapó la boca para no reírse y se dio cuenta de que su nuevo amigo tenía una peca con forma de media luna en la oreja izquierda. Ojalá no se hubiera puesto el jersey verde de cuello vuelto lleno de bolas que no se había quitado en todas las vacaciones. También debería haber limpiado la mancha de *fondue* que tenía en el pecho.

Él apuró la bebida de su vaso.

—Bueno, ¿y cómo te llamas?

—Aria —masculló tímidamente a la varilla del cóctel.

—Un placer conocerte, Aria. —Un grupo de gente pasó a su lado y los obligó a acercarse el uno al otro. Cuando la mano de su amigo se chocó con su cintura, Aria se puso colorada. ¿La había tocado por accidente… o a propósito?

El chico trajo un par de bebidas más y le dio un vaso a Aria.

—Entonces, ¿trabajas por aquí o todavía estudias?

Aria abrió la boca mientras sopesaba qué decir. No sabía qué edad tenía él; parecía lo suficientemente joven como para estar en la universidad, de hecho se lo imaginaba en una de esas casas victorianas antiguas cerca de Hollis College. Pero eso mismo había pensado de Ezra en su momento.

Antes de que Aria pudiera responder, una mujer con un vestido de pata de gallo se puso en medio de los dos. Con el pelo de punta que tenía, se parecía a Cruella De Vil, la mala de *101 Dálmatas*.

—¿Te importa si te lo robo un minuto? —dijo Cruella mientras se cogía del brazo del chico, que apretó cariñosamente el brazo de la mujer.

—Claro, cómo no —respondió Aria apartándose, algo decepcionada.

—Lo siento —dijo Cruella con una sonrisa de disculpa. El color de su barra de labios era casi negro—. Entenderás que Xavier está bastante solicitado esta noche.

—¿Xavier? —exclamó Aria. Le dio un vuelco el corazón y lo agarró del brazo—. ¿Tú eres… el pintor?

Su amigo se detuvo y sus ojos brillaron con un toque de malicia.

—Me has pillado —dijo, inclinándose hacia ella—. Por cierto, esa pintura… en realidad sí es un pecho.

Cruella tiró de Xavier, que enseguida le cogió el paso y le susurró algo al oído. Los dos se rieron antes de zambullirse en la muchedumbre de la élite artística, donde todos hablaban con entusiasmo de lo brillante e inspirador que era el trabajo de Xavier.

Mientras el artista sonreía y daba la mano a sus admiradores, Aria solo podía desear que hubiera alguna trampilla en el suelo para desaparecer de allí al instante. Había incumplido una norma básica de cualquier inauguración: nunca hables de la obra con extraños, porque no sabes quiénes pueden ser. Y por todos los santos, ¡jamás te rías de la obra maestra de una prometedora estrella!

Pero, a juzgar por la traviesa sonrisa que Xavier acababa de lanzarle, no parecía que le hubiera molestado mucho su comentario. Y ella se quedó bastante tranquila, la verdad.

4

La última de la clase

El lunes por la mañana, Spencer Hastings estaba medio tumbada en la mesa de la clase de lengua, garabateando las respuestas del examen de la novela *Fiesta*. Quería añadir algunas frases que había leído en un ensayo crítico de Hemingway para ganarse unos puntos con la profesora, la señora Stafford. Últimamente estaba intentado rebañar de aquí y de allá todo lo que podía.

El altavoz de la clase de pronto crujió.

—Señora Stafford —se oyó a la secretaria del colegio, la señora Wagner—, ¿puede venir un momento Spencer Hastings a secretaría?

Los trece estudiantes levantaron la vista del papel y la miraron como si hubiera venido a clase tan solo con el sujetador de encaje azul y las braguitas que se había comprado en las rebajas posnavideñas de Saks. La señora Stafford, que se parecía muchísimo a una cocinera de la tele, aunque era evidente que no había cascado un huevo ni se había puesto un mandil en su vida, cerró su ajada edición del *Ulises*.

—Claro, ve —le dijo con una mirada que parecía decir «qué habrás hecho esta vez». Spencer no pudo evitar hacerse esa misma pregunta.

Se levantó, hizo unas cuantas respiraciones de relajación de yoga sin que se notase y dejó el examen bocabajo en la mesa de la señora Stafford. No podía culpar a la profesora por tratarla así. Había sido la primera estudiante del Rosewood Day nominada al premio de ensayo de la Orquídea Dorada. Fue toda una noticia, tanto como para ser portada del *Philadelphia Sentinel*. En la última fase, cuando el jurado se reunió para anunciar que había ganado el premio, Spencer no pudo contenerse más y dijo la verdad: le había copiado el trabajo de economía a su hermana Melissa. Desde entonces, todos los profesores tenían la duda de si había copiado en sus asignaturas también y desde luego ya no era candidata a leer el discurso en el día de la graduación. El colegio le llegó a pedir que dimitiera de su cargo de vicepresidenta del consejo, también la echaron de la obra de teatro en la que iba a participar y tuvo que renunciar al puesto de editora jefe del anuario. Llegaron a amenazarla con expulsarla del instituto, pero sus padres lograron resolverlo, probablemente con una suculenta donación.

Podía entender que el Rosewood Day no se olvidara del asunto de la noche a la mañana, pero después de todos los sobresalientes que había sacado, todos los comités que había presidido y los clubes que había creado, ¿no podían aflojar un poco la presión? ¿A nadie le importaba que hubieran encontrado el cuerpo de Ali a unos metros de su jardín o que hubiera recibido mensajes terribles de Mona Vanderwaal, que había intentado hacerse pasar por su amiga muerta? ¿Nadie se acordaba de que Mona casi la tira por la cantera del Ahogado porque no quiso aliarse con ella y firmar mensajes como A? ¿Ya se habían olvidado de que el asesino de Ali estaba en la cárcel gracias a ella? Pues no. Lo único que le importaba a la gente es que había hecho quedar mal al Rosewood Day.

Cerró la puerta de la clase de lengua y se dirigió a secretaría. El vestíbulo olía como siempre: a cera de pino y a una mezcla de perfume y colonia. Cientos de copos de nieve de papel brillante colgaban del techo. Cada año, por diciembre, los niños de primaria del colegio Rosewood Day participaban en un concurso y los diseños ganadores se exponían en el colegio y el instituto durante el invierno. Spencer solía sentirse fatal de pequeña cuando su clase no ganaba. El jurado anunciaba siempre los ganadores justo antes de las vacaciones, así que solía fastidiarle todas las Navidades. Siempre había tenido mal perder. Todavía hoy se acordaba de cuando Andrew Campbell salió elegido delegado en vez de ella, o de cuando Ali le quitó su puesto en el equipo de hockey en séptimo, o incluso de cuando no tuvo la oportunidad de decorar un trozo de bandera de la cápsula del tiempo en sexto. Aunque se siguió celebrando el concurso todos los años, nunca le importó tanto como aquel primer año en que pudo participar. Ali tampoco pudo decorar ningún trozo de tela, al menos le quedaba ese consuelo.

—¿Spencer? —dijo alguien desde la esquina. *Hablando del rey de Roma*, pensó con disgusto. Era Andrew Campbell, el delegado de clase en persona.

Andrew se acercó a ella mientras se colocaba su pelo rubio detrás de las orejas.

—¿Qué haces dando vueltas por los pasillos?

Qué cotilla era Andrew. Sin duda estaba encantado de que Spencer ya no pudiera leer el discurso de graduación. Estaba convencida de que ese chico tenía un muñeco vudú escondido debajo de la cama y, al parecer, lo había usado y había surtido efecto. Probablemente él pensase que se lo tenía merecido, dado que le había propuesto ser su acompañante en la gala benéfica del Foxy el pasado otoño y lo había dejado tirado nada más llegar.

—Me han llamado de secretaría —dijo con frialdad Spencer, con la esperanza de que no fueran malas noticias. Aceleró el paso y sus tacones con plataforma repiquetearon por el parqué pulido.

—Yo también voy para allá —dijo Andrew caminando a su lado—. El señor Rosen quiere que hablemos de mi visita a Grecia estas vacaciones. —El señor Rosen era el consejero del club de las Naciones Unidas—. Estuve con el club de Futuros Líderes de Filadelfia. De hecho, creía que tú también vendrías.

Spencer se moría de ganas de pegarle una torta en la cara. Inmediatamente después del desastre de la Orquídea Dorada, la expulsaron del club de Futuros Líderes y estaba segura de que Andrew lo sabía.

—Me coincidía con otra cosa —respondió gélidamente. En realidad, era verdad: tenía que cuidar de la casa mientras sus padres pasaban las vacaciones esquiando en su chalé de montaña de Beaver Creek, Colorado. No se habían molestado en invitarla, por supuesto.

—¡Qué pena! —dijo Andrew mirándola con curiosidad—. ¿Todo bien?

Spencer se detuvo asombrada y se echó las manos a la cabeza.

—¡Pues claro que no! ¡Todo me va fatal! ¿Qué, ya estás contento?

Andrew se apartó parpadeando a toda velocidad. Poco a poco se dio cuenta de lo que pasaba.

—¡Ah! Lo dices por lo de la Orquídea Dorada… Se me había olvidado —dijo cerrando los ojos—. Soy idiota.

—Es igual —respondió Spencer rechinando los dientes. ¿Cómo se iba a haber olvidado Andrew de eso? Era peor que escuchar cómo se regodeaba de sus maravillosas vacaciones de Navidad. Spencer miró el copo de nieve perfectamente recortado que colgaba de la fuente para minusválidos. A Andrew también se le daba bien recortar. Hasta de pequeños tenían esa pequeña batalla para ver quién era el mejor en todo.

—Supongo que lo he borrado de mi mente —se le escapó a Andrew, y prosiguió hablando cada vez más alto—. Por eso me sorprendió tanto no verte en Grecia. Qué pena que no pudieras venir. No había nadie en el grupo tan… lista. Ni tan maja.

Spencer se puso a juguetear nerviosa con las borlas de cuero de su bolso. Era lo más bonito que le habían dicho en mucho tiempo, y la última persona de quien esperaba escuchar algo así era de Andrew.

—Me tengo que ir —dijo ella y salió corriendo hacia el despacho del director.

—Te está esperando —le dijo la mujer cuando irrumpió tras la doble puerta de la secretaría. Caminó hacia el despacho de Appleton y pasó junto al enorme tiburón de papel maché que habían hecho para el desfile del día de los Fundadores del año pasado. ¿Qué querría Appleton? A lo mejor se había dado cuenta de que había sido demasiado duro y quería disculparse. A lo mejor quería devolverle su cargo o dejarla actuar de nuevo en la obra. El club de teatro tenía pensado representar *La tempestad*, pero justo antes de las vacaciones de Navidad, el Rosewood Day le dijo a Christopher Briggs, el director sénior, que no podía usar pirotécnica en el escenario ni reproducir la tormenta, tan esencial para la obra, así que Christopher se enfadó y decidió hacer un cásting para *Hamlet*. Desde que la gente empezara a estudiar sus papeles, no se había perdido ni un solo ensayo.

Cuando cerró cuidadosamente la puerta de Appleton y se giró, se le heló completamente la sangre. Sus padres estaban sentados el uno junto al otro en unas rígidas sillas de cuero. Veronica Hastings llevaba un vestido de lana negro y el pelo peinado hacia atrás, sujeto con una cinta de terciopelo. Tenía la cara hinchada y colorada de tanto llorar. Peter Hastings llevaba un traje de tres piezas y unos mocasines muy brillantes. Estaba apretando tanto la mandíbula que en cualquier momento se iba a partir los dientes.

—¡Ah! —bramó Appleton mientras se levantaba de su mesa—. Los dejaré solos un instante. —Y salió de la oficina cerrando la puerta tras de sí.

Los oídos de Spencer pitaban en medio de tanto silencio.

—¿Qué… ha pasado? —preguntó, mientras se sentaba en una silla.

Su padre se recolocó incómodamente.

—Spencer, tu abuela ha muerto esta mañana.

La joven parpadeó.

—¿Nana?

—Sí —respondió en voz baja su madre—. Ha sufrido un infarto. —Juntó las manos sobre su regazo y prosiguió, muy en su papel—: Mañana por la mañana leeremos su testamento porque tu padre se tiene que ir a Florida a preparar la finca antes del funeral, que será el lunes.

—Oh, Dios mío —susurró Spencer.

Se sentó muy quieta, esperando a que le brotaran las lágrimas. ¿Cuándo fue la última vez que vio a Nana? Habían estado en su casa de Cape May, Nueva Jersey, hacía apenas un par de meses, pero ella estaba en Florida. Hacía siglos que no iba por Nueva Jersey. El caso es que Spencer había tenido que enfrentarse a muchas muertes ya, normalmente de gente muy joven. Nana tuvo una vida feliz y suntuosa hasta los noventa y nueve años. Además, tampoco es que fuera la abuela más cariñosa del mundo. Vale, fue muy generosa al montar un enorme cuarto de juegos para Melissa y ella en su mansión de Cape May, lleno de casas de muñecas, pequeños ponis y cubos repletos de piezas de Lego, pero siempre se ponía tensa cuando Spencer se acercaba a abrazarla y nunca quiso ver las tarjetas de cumpleaños artesanales que le hacía de pequeña. Siempre se quejaba cuando sacaba de la habitación los aviones de Lego y los dejaba encima de su piano. A veces tenía la duda de si a Nana le gustaban los niños y se llegó a plantear si la sala de juegos era solo una forma de librarse de ella y de su hermana.

La señora Hastings dio un buen sorbo a su *latte* de Starbucks.

—Nos hemos enterado de la noticia en plena reunión con Appleton —dijo, después de tragar.

Se quedó de piedra. ¿Sus padres habían venido para otra cosa?

—¿Habíais quedado para hablar de mí?

—No —respondió con rigidez la señora Hastings.

Spencer dio un fuerte resuello. Su madre cerró el bolso y se puso de pie. Su padre también se levantó y miró su reloj.

—Bueno, tenemos que marcharnos.

Un dolor recorrió el cuerpo de Spencer. Quería que la consolasen, pero desde hacía meses tenían con ella una actitud muy fría por culpa del escándalo de la Orquídea Dorada. Sus padres ya sabían que había copiado el trabajo de Melissa, pero hubieran preferido que no dijera nada y aceptase el premio. Ahora no lo admitían, claro, de hecho se hicieron los sorprendidos cuando Spencer confesó toda la verdad.

—¿Mamá? —Su voz se rompió al pronunciar esta palabra—. ¿Papá? ¿Os importa… quedaros conmigo un rato?

Su madre se detuvo un instante y el corazón de Spencer se aceleró. Pero la señora Hastings se puso la bufanda de cachemir en el cuello y cogió a su marido de la mano; ambos se dirigieron hacia la puerta y la dejaron sola en el despacho.

5

El cambio de guardia

El lunes a la hora de comer, Hanna recorría despacio el vestíbulo del edificio de arte hacia su clase de tejidos. No había nada mejor que comenzar un semestre con buen aspecto. Había perdido dos kilos y medio durante las vacaciones y su pelo castaño brillaba gracias al tratamiento acondicionador de ylang-ylang que había pagado con la tarjeta de crédito para emergencias de su padre. Un grupo de chavales con jerséis del equipo de hockey se apoyaron en las taquillas cuando pasó por delante. Uno de ellos incluso le silbó.

Muy bien, se dijo a sí misma, sonriendo mientras los saludaba. Todavía estaba en el mercado.

Por supuesto, en algunas situaciones no se sentía como la fabulosa Hanna que había llegado a ser. Por ejemplo, la hora de la comida era el momento del día en el que la gente iba a mirar y a que la mirasen, pero Hanna no tenía claro qué hacer. Había dado por supuesto que comería con Lucas, pero él tenía una reunión con el equipo de debate. Antaño, Mona y ella solían ir al Steam y bebían café americano mientras criticaban los bolsos y zapatos de todo el mundo. Después de comerse unos yogures bajos en grasas acompañados de agua mineral Smart Water, cogían los mejores sitios frente a los espejos del baño del departamento de Lengua para retocarse el maquillaje. Pero en aquel momento prefería evitar esos lugares. Le parecía patético sentarse sola en la cafetería, aparte de que no necesitaba retocarse el maquillaje.

Suspiró mirando con envidia a un grupo de chicas muy risueñas que iban camino del Steam. Ojalá pudiera estar con ellas un rato. Ese había sido siempre un motivo de discusión con Mona: nunca había sitio para nadie más y ahora Hanna no podía quitarse de encima la persistente sensación de que todo el colegio pensara que ella era «la chica cuya amiga intentó matarla».

—¡Hanna! —dijo una voz—. ¡Hola!

Se detuvo y entrecerró los ojos para distinguir quién era esa chica alta y delgada que la saludaba. Un sabor amargo inundó su boca: Kate.

Le daban arcadas tan solo de verla con la americana y la falda escocesa del Rosewood Day. Hanna hubiera preferido huir en dirección contraria, pero Kate se acercó a toda velocidad a pesar de los tacones de siete centímetros que llevaba puestos. Su cara reflejaba más entusiasmo y felicidad que un personaje de Disney y, por su aliento, cualquiera diría que se había comido ocho caramelos de menta.

—¡Te he estado buscando por todas partes!

—Ah… —resopló Hanna, mirando a su alrededor para ver si alguien podía interrumpir aquella conversación. Se habría conformado con el listillo de Mike Montgomery, o incluso con el virgen de su ex, Sean Ackard. Pero en el pasillo solo había gente del coro de madrigales del Rosewood Day, que acababan de ponerse a cantar gregoriano. *Qué frikis.* Por el rabillo del ojo vio a una chica alta y muy guapa de pelo negro, con unas enormes gafas de sol de Gucci. Llevaba un perro guía a su lado.

Era Jenna Cavanaugh.

Un escalofrío recorrió la espalda de Hanna. Había muchas cosas de Jenna que no sabía. Mona y ella habían sido amigas, de hecho ella había ido a verla a su casa el día que se quedó ciega por culpa del cohete. Eso significaba que Mona había estado al tanto de lo que le habían hecho por accidente mientras Hanna y ella fueron amigas. Era increíble, con la de horas que Mona pasó en casa de Hanna, las vacaciones en el Caribe, todas esas tardes de compras y de sesiones en el spa… Pero Hanna jamás sospechó que el cohete que dejó ciega a Jenna también le había provocado quemaduras a Mona.

—¿Qué haces a la hora de comer? —preguntó Kate para sobresalto de Hanna—. ¿Te va bien enseñarme el colegio?

La aludida comenzó a caminar.

—No puedo —dijo con arrogancia. ¡A la porra su padre y su charla sobre tratar a Kate como si fuera de la familia!—. Ve a secretaría y di que te has perdido, seguro que te hacen un mapa.

Intentó dar esquinazo a Kate, pero no hubo manera. Hanna podía percibir la fragancia del gel con aroma a melocotón que usaba Kate y decidió que el melocotón falso sería su olor más odiado a partir de ese momento.

—¿Nos tomamos un café? —insistió Kate—. Invito yo.

Hanna cerró los ojos. Kate debía de ser imbécil si creía que le iba a funcionar todo este peloteo. Cuando Mona y ella se hicieron amigas a comienzos de octavo, se ganó su confianza de esa misma manera, pero no podía ignorar cómo terminó todo. Aunque la cara de Kate fuese asquerosamente amable, resultaba evidente que no aceptaría un no por respuesta. Sin embargo, Hanna llegó a la conclusión de que, si era muy dura con ella, Kate volvería a colársela, como en el restaurante Le Bec-Fin.

Resopló y se colocó el pelo detrás de los hombros.

—Vale.

Volvieron hacia el Steam, que estaba allí mismo. Sonaba *Panic at the Disco,* las dos máquinas de café estaban encendidas y las mesas llenas de gente. El club de teatro estaba en un rincón, hablando de las pruebas para *Hamlet*. Hanna había oído que, ahora que habían prohibido actuar a Spencer Hastings, una chica de segundo llamada Nora tenía muchas posibilidades de ser Ofelia. Había otras chicas más jóvenes mirando boquiabiertas el antiguo cartel del acosador de Rosewood, que no había vuelto a asomar desde que terminó todo el asunto de A. La policía suponía que lo más probable era que se tratase de Mona. Unos cuantos chicos del equipo de fútbol estaban reunidos frente a un ordenador. Hanna sintió que todos la estaban mirando pero, cuando se dio la vuelta para saludar, nadie la estaba haciendo caso. Todos miraban a Kate: tan guapa, tan delgada... y con tan buen culo.

Ambas se pusieron a la cola y, mientras Kate repasaba el menú, Hanna escuchó cuchicheos al otro lado del local. Se dio la vuelta y vio a Naomi Zeigler y a Riley Wolfe, sus peores y más antiguas enemigas, que la observaban desde aquella mesa de madera que solía ser la favorita de Mona y ella.

—Hola, Hanna —se mofó Naomi. Había vuelto de vacaciones con un corte de pelo radical y desenfadado, como el de la modelo Agyness Deyn, pero a Naomi le quedaba fatal.

También la saludó Riley Wolfe, que llevaba su pelo rojizo recogido en un moño de estilo bailarina. Sus ojos se clavaron en la cicatriz que tenía Hanna en la barbilla.

A esta se le revolvió el estómago y trató de tapársela con la mano. Daba igual la cantidad de base, maquillaje o carísimos tratamientos láser que se hubiera dado: no había forma de que desapareciera la dichosa marca.

Kate siguió la mirada de Hanna.

—Anda, esa rubia va a mi clase de francés. Tiene pinta de ser majísima, ¿es amiga tuya?

Antes de que Hanna pudiera decir que ni de broma, Naomi ya estaba saludando a Kate con la mano y diciéndole hola. Kate cruzó el local hacia su mesa. Hanna se quedó unos pasos detrás, fingiendo que le interesaba muchísimo la pizarra del menú del Steam, aunque prácticamente se lo supiera de memoria. No necesitaba saber lo que Naomi y Riley le dijeran a Kate, la verdad. Le importaban un rábano esas chicas.

—Eres nueva por aquí, ¿no? —le preguntó Naomi a Kate cuando se acercó.

—Eso es —dijo esta con una gran sonrisa—. Kate Randal, soy la hermanastra de Hanna. Bueno, más bien su futura hermanastra. Acabo de venir de Annapolis.

—¡No sabíamos que tuviera una hermanastra! —La sonrisa de Naomi le recordó a Hanna a una de esas calabazas de Halloween.

—Pues sí —dijo Kate mientras abría los brazos de manera teatral—. Yo misma, en persona.

—Me encantan tus botas —dijo Riley señalándolas—. ¿Son de Marc Jacobs?

—Más bien vintage —admitió Kate—. Las compré en París.

Soy tan guay, he estado en París, pensó burlonamente Hanna.

—Mason Byers ha preguntado por ti —dijo Riley con una mirada pícara.

Los ojos de Kate comenzaron a brillar.

—¿Y quién es Mason?

—Está buenísimo —apuntó Naomi—. ¿Quieres sentarte con nosotras? —preguntó mientras se daba la vuelta para robarles una silla a unas chicas, sin importarle en absoluto haber tirado una mochila al suelo.

Kate se giró para mirar a Hanna y arqueó una ceja como diciendo «por qué no». Hanna dio un paso atrás, negando con la cabeza.

Riley apretó sus brillantes labios.

—¿No somos dignas de merecer que te sientes con nosotras, Hanna? —Su voz rezumaba sarcasmo—. ¿O es que pasas de tener amigas, ahora que Mona no está?

—A lo mejor está haciendo una purga de amistad —sugirió Naomi, dándole un codazo a Riley.

Kate miró a Hanna, luego a Naomi y a Riley. Parecía estar preguntándose si debía reírse o no. Hanna sentía mucha presión en el pecho, como si el sujetador hubiera encogido tres tallas de pronto. Trató de ignorar lo que habían dicho, se dio la vuelta, se colocó el pelo y se dirigió al pasillo, que estaba abarrotado.

Pero en cuanto se encontró segura entre la muchedumbre que salía de la cafetería, se desmoronó.

Pasar de tener amigas, hacer una purga de amistad... Muy bien, Kate podía hacerse amiga de las imbéciles a las que más odiaba. Ahora mismo, seguro que Naomi y Riley estaban contándole a Kate que A le hizo confesar a Hanna que tenía un problema de bulimia y que Sean Ackard había rechazado su proposición de echar un polvo en la fiesta de Noel Kahn.

Hanna se imaginaba a Kate partiéndose de risa, ahora que todas eran tan amiguitas.

Llena de furia y apartando a codazos a unos estudiantes de primero, que caminaban despacio, recorrió el pasillo hasta llegar a la clase de tejidos. Aunque se suponía que debía odiar a Mona, Hanna habría dado lo que fuera por tenerla a su lado en esos momentos. Meses antes, cuando Naomi y Riley se burlaron de ella por lo de su problema, Mona se plantó y desmintió los rumores para recordarles a todos quién mandaba en el Rosewood Day. Fue muy bonito.

Por desgracia, ahora ya no tenía una amiga que la ayudara. Quizás no volvería a tener una jamás.

6

El milagro de la iglesia de Emily

El lunes por la noche, después del entrenamiento de natación, Emily subió las escaleras hasta su cuarto, que compartía con su hermana Carolyn. Cerró la puerta y se echó en la cama. El entrenamiento no había sido tan duro, pero estaba cansadísima, como si le hubieran atado ladrillos a los brazos y las piernas.

Alargó la mano hasta la radio y movió el dial. Al pasar por una emisora de noticias, escuchó un nombre conocido y se detuvo.

—El juicio contra Ian Thomas comenzará el viernes en Rosewood —dijo la eficaz y elocuente periodista—. Sin embargo, el señor Thomas sigue negando su participación en la muerte de Alison DiLaurentis y algunas fuentes cercanas a la fiscalía del distrito afirman que quizás el caso no prospere por falta de pruebas.

Emily se incorporó en la cama y se sintió mareada. ¿Cómo que falta de pruebas? Evidentemente, Ian no admitiría haber cometido el brutal asesinato de Ali, pero ¿quién podría creer en su palabra? Sobre todo después de la declaración de Spencer. Emily recordó la entrevista por videoconferencia que había dado Ian desde la cárcel del condado de Chester. No hacía más que repetir: «Yo no he matado a Alison, ¿por qué dice eso la gente? ¿Por qué se iba a inventar eso nadie?». Tenía la frente llena de sudor, estaba muy pálido y su aspecto era deplorable. «Alguien quiere que esté aquí, alguien está ocultando la verdad y pagará por ello.» Al día siguiente, cuando

Emily se conectó para ver la entrevista de nuevo, el archivo había desaparecido misteriosamente.

Subió el volumen para ver si la periodista añadía algo más, pero ya habían pasado al informe del tráfico.

Alguien tocó suavemente la puerta. La señora Fields asomó la cabeza.

—La cena está lista. He hecho macarrones con queso.

Emily abrazó su morsa de peluche favorita. Normalmente era capaz de comerse toda la olla de macarrones de una sentada, pero hoy tenía el estómago revuelto.

—No tengo hambre —musitó.

La señora Fields entró en su cuarto y se limpió las manos en su delantal con dibujos de gallinas.

—¿Estás bien?

—Sí, sí —mintió Emily, tratando de dibujar una sonrisa. Pero en realidad llevaba todo el día conteniendo las lágrimas. Cuando hicieron el ritual para superar lo de Ali el día anterior, había tratado de ser fuerte, pero en el fondo no podía soportar la idea de que su amiga estuviera muerta y no fuese a volver. Ya está. Se acabó. Fin de la historia. Emily no podía contar siquiera las veces que había sentido la imperante necesidad de salir del colegio, ir a casa de Spencer y desenterrar el monedero que le había regalado Ali para no separarse jamás de él.

Es más, se sentía muy incómoda volviendo al Rosewood Day. Emily había pasado todo el día esquivando a Maya por miedo a enfrentarse a ella. En el entrenamiento de natación, se limitó a hacer los ejercicios mecánicamente. No podía evitar pensar en dejar el equipo, sobre todo desde que su exnovio y el mejor amigo de este, Seth Cardiff, se dedicaban a lanzarle sonrisitas y miradas desagradables porque evidentemente reprobaban que le interesaran más las chicas que los chicos.

La señora Fields apretó los labios como queriendo decir que no se creía esa excusa. Cogió la mano de Emily y dijo:

—¿Por qué no me acompañas a la colecta de Holy Trinity esta noche?

Emily arqueó una ceja con recelo.

—¿Quieres que vaya a la iglesia? —Emily tenía entendido que la iglesia católica y las lesbianas pegaban menos que las rayas y los cuadros.

—El padre Tyson me ha preguntado por ti —dijo la señora Fields—, y no por el tema de tu homosexualidad —añadió enseguida—. Le preocupa cómo estás después de lo que pasó con Mona el semestre pasado. La colecta puede estar bien, habrá música y una subasta. Quizás te sientas más tranquila allí.

Emily se apoyó agradecida en el hombro de su madre. Apenas unos meses antes, su madre no le hablaba y mucho menos la invitaba a ir a la iglesia. Estaba encantada de volver a dormir en su comodísima cama de Rosewood en vez de en la granja de sus superpuritanos tíos de Iowa, donde la enviaron para que se librara de los supuestos demonios de la homosexualidad. Emily también se sentía feliz de que Carolyn compartiera habitación con ella de nuevo en vez de rehuirla para que no se le contagiara el lesbianismo. Ya no le importaba no estar enamorada de Maya; tampoco le importaba que todo el colegio supiera que era lesbiana o que los chicos la persiguieran con la esperanza de pillarla enrollándose con otra chica. Claro, era lo que se suponía que hacían las lesbianas todo el rato.

Lo más importante era que su familia la aceptase. Por Navidad, Carolyn le regaló un póster de la campeona olímpica Amanda Beard con un bañador de competición de TYR de dos piezas para que quitase el antiguo póster en el que salía Michael Phelps con un minúsculo short de Speedo. El padre de Emily le regaló una lata gigante de té de jazmín porque a «las chicas como ella» les gustaba más el té que el café. Jake y Beth, sus hermanos mayores, le regalaron la colección completa de la serie *L Word* en DVD. Incluso le propusieron ver juntos algunos capítulos después de cenar. Tanta buena intención la hacía sentir algo rara, de hecho le daban escalofríos solo de pensar en su padre leyendo información sobre lesbianas en Internet, pero en el fondo se sentía muy feliz.

El cambio de ciento ochenta grados que había dado su familia la animaba a mejorar su relación con ellos. Quizás su madre notase algo también. Lo único que quería Emily era que su vida volviera a ser tal y como era antes de que sucediera todo lo de A. Desde siempre, en su casa habían ido a Holy Trinity, la iglesia católica más grande de Rosewood. Quizás le vendría bien acercarse por allí.

—Vale —dijo Emily mientras se incorporaba en la cama—. Te acompaño.

—Muy bien —sonrió la señora Fields—. Nos vamos en tres cuartos de hora —añadió, y salió de la habitación.

Emily se puso de pie, se acercó al gran ventanal de su cuarto y se apoyó en el marco. La luna asomaba ya por encima de los árboles, un manto de nieve cubría los oscuros maizales detrás de su casa y una gruesa capa de hielo se extendía por el tejado del castillo de columpios de los vecinos.

De pronto, algo blanco cruzó una línea de maizales secos. Emily se incorporó con los nervios de punta. Trató de convencerse a sí misma de que había sido un ciervo, pero era imposible estar segura. Entrecerró los ojos para tratar de distinguir algo, pero solo pudo ver oscuridad

Holy Trinity era una de las iglesias más antiguas de Rosewood. El edificio estaba construido en piedra y el pequeño cementerio de la parte trasera tenía lápidas desordenadas que le recordaban a una dentadura torcida. Más o menos por Halloween, cuando estaban en séptimo curso, Ali les contó a todas las chicas una historia de miedo sobre el fantasma de una niña que perseguía a su hermana pequeña en sueños. Retó a Emily y al resto a colarse en ese mismo cementerio de noche y decir «Los huesos de mi hermana muerta» veinte veces sin gritar ni salir corriendo. Tan solo Hanna logró hacerlo, pero habría sido capaz de pasearse desnuda por el Rosewood Day para demostrarle a Ali que ella también molaba.

El interior de la iglesia olía tal y como recordaba: una mezcla rara de moho, carne asada y pis de gato. Las vidrieras que cubrían los muros y el techo con escenas bíblicas eran muy bonitas, pero daban algo de miedo. Emily se preguntaba si Dios, fuera quien fuera, las estaría mirando y si estaría espeluznado por verla a ella en un lugar sagrado. Esperaba que no enviase una plaga de langostas a Rosewood por su culpa.

La señora Fields saludó al padre Tyson, el amable cura de pelo cano que había bautizado a Emily, le había enseñado los diez mandamientos y que la había enganchado a la trilogía de *El señor de los anillos*. Cogió dos cafés del puesto que habían montado junto a una enorme estatua de la virgen María, y la nadadora se dirigió hacia el escenario.

Tras colocarse detrás de un hombre muy alto y sus dos niños, la señora Fields consultó el programa musical.

—Ahora está tocando un grupo que se llama Carpe Diem. ¡Qué bien! Los integrantes son alumnos de tercero del Holy Trinity.

A Emily se le escapó un gruñido. El verano entre cuarto y quinto, sus padres la enviaron a Long Pines, un campamento de la parroquia. Jeffrey Kane, uno de los catequistas, tenía un grupo y tocaron la última noche de campamento. Hacían versiones de Creed y Jeffrey se dedicó a poner las caras más estúpidas y desencajadas que una podría imaginar, como si estuviera teniendo una visión religiosa. No le costó mucho trabajo deducir qué estilo de música podría tocar un grupo escolar con un nombre como Carpe Diem.

Unos tonos gangosos comenzaron a llenar la sala. El escenario estaba medio tapado por un enorme amplificador y Emily solo podía ver a un chico con pelo desaliñado a la batería. A medida que avanzó la introducción instrumental, el grupo pareció tener un estilo más cercano al rock emo que a Creed II. Cuando el cantante entonó el primer verso, le sorprendió que sonase tan bien.

La joven se coló entre el señor y los niños para ver mejor al grupo. Un chaval larguirucho estaba al micrófono con una guitarra acústica de tonalidad miel. Llevaba una camiseta desgastada de color avena, pantalones negros y las mismas zapatillas Vans burdeos que llevaba ella. Resultaba bastante grato porque Emily había esperado que el cantante fuera un clon de Jeffrey Kane.

Al lado de Emily había una chica que estaba cantando la letra. Al detenerse a escuchar lo que decía, Emily se dio cuenta que el grupo estaba tocando una versión de su canción favorita de Avril Lavigne, *Nobody's Home*. Durante su vuelo a Iowa, puso en bucle este tema porque sentía que ella era la chica confundida y solitaria de la que hablaba Avril.

Cuando el grupo terminó la canción, el cantante se alejó del micrófono y miró al público. Sus ojos azules y limpios se fijaron en Emily, y sonrió. De pronto, ella sintió una corriente eléctrica por todo el cuerpo, desde la cabeza hasta los pies. Era como si el café que se había tomado tuviera diez veces más cafeína de lo normal.

Miró disimuladamente a su alrededor. Su madre se había marchado al puesto de café para hablar con sus amigas del coro, la señora Jamison y la señora Hard. Un grupo de señoras mayores se habían sentado en los bancos de la iglesia como si esto fuera una misa, y miraban extrañadas hacia el escenario. El padre Tyson estaba en el confesionario y se reía por algo que acababa de contarle un hombre mayor. Parecía increíble que nadie se hubiera percatado de lo que acababa de suceder. Solo había sentido una descarga similar en dos ocasiones: la primera fue cuando besó a Ali en su casita del árbol en séptimo y la segunda cuando besó a Maya en el fotomatón de la fiesta de Noel Khan, el otoño pasado. Probablemente había sido por el entrenamiento tan duro de hoy, o quizás era una reacción al nuevo sabor de PowerBar que había probado antes de entrenar.

El cantante dejó la guitarra en el pie y saludó al público.

—Yo soy Isaac, estos son Keith y Chris —dijo señalando a sus compañeros de grupo—. Vamos a hacer un breve descanso y ahora venimos.

Cuando Isaac se puso en pie, miró a Emily de nuevo y dio paso hacia ella. El corazón de la chica comenzó a latir con fuerza y levantó la mano para saludar justo cuando al batería se le cayó uno de los timbales. Isaac se dio la vuelta.

—¡Serás bobo! —dijo Isaac entre risas, dándole un golpe en el hombro a su amigo antes de desaparecer junto al resto de compañeros detrás de una cortina rosa que llevaba al camerino improvisado de la iglesia.

Emily apretó los dientes. ¿Por qué lo había saludado?

—¿Lo conoces? —dijo una voz envidiosa detrás de ella.

Emily se dio la vuelta y se encontró con dos chicas con la camisa blanca y la pulcra falda negra de tablas del uniforme del Holy Trinity.

—Pues… no —respondió Emily.

Las chicas se miraron con alivio.

—Isaac va a mi clase de matemáticas —le dijo la rubia a su amiga—. Es tan misterioso, ¡no sabía que tenía un grupo!

—¿Y tiene novia? —preguntó su amiga de pelo oscuro.

Emily se apoyó en uno y otro pie. Eran como Hanna Marin en versión colegio católico: muy delgadas, cabellera larga y brillante, maquillaje perfecto y mochilas Coach a juego. Emily se tocó el pelo, que estaba lacio y estropeado por el cloro, y se estiró los pantalones caqui de Old Navy, que eran de una talla más grande de la que debería usar. De pronto se arrepintió de no haberse maquillado, aunque tampoco es que soliera hacerlo.

Por supuesto, no había motivos para competir con estas chicas. No es que a Emily le gustase Isaac ni nada por el estilo; la corriente eléctrica que había sentido, y que aún hormigueaba en sus dedos, había sido… casualidad. Un accidente. Sí, eso había sido. De pronto, Emily sintió que alguien le tocaba el hombro. Dio un respingo y se giró.

Era Isaac, que le sonreía.

—Hola.

—Eh… hola —dijo Emily, ignorando las mariposas que sentía dentro—. Me llamo Emily.

—Yo soy Isaac. —De cerca, olía como el champú de naranja de Body Shop, el mismo que había usado Emily durante años.

—Me ha encantado vuestra versión de *Nobody's Home* —dijo Emily sin poder contenerse—. Esa canción me ayudó mucho a superar un viaje que hice a Iowa.

—¿Iowa? Me parece que es un sitio algo duro —bromeó—. Fui allí con mi grupo juvenil una vez. ¿Y a ti qué se te perdió por ahí?

Emily dudó qué decir mientras se rascaba la nuca. Podía sentir cómo la miraban las chicas del colegio católico. A lo mejor había metido la pata sacando el tema de Iowa o diciendo que se identificaba con esa letra tan desesperada.

—Nada, fui a ver a mi familia —dijo, finalmente, mientras jugueteaba con la tapa de plástico de su vaso de café—. Mis tíos viven en las afueras de Des Moines.

—¡Os pillé! —dijo Isaac y se acercó a un grupo de niños muy pequeños que estaban jugando al lado—. Has dicho que te identificas con la letra. Se rieron de mí cuando canté por primera vez este tema sobre una chica, pero creo que la canción puede aplicarse a cualquiera. Todos podemos compartir esa sensación de no encajar y de no tener con quién hablar.

—Opino lo mismo —asintió Emily, contenta de haber conocido a alguien que pensara lo mismo que ella. Se dio la vuelta y buscó a su madre con la mirada. Seguía enfrascada en la conversación con sus amigas junto al puesto de café. Se alegró de que siguiera allí porque no tenía claro que pudiera soportar su vigilancia en un momento así.

Isaac tamborileó los dedos en el desgastado banco de iglesia que tenía al lado.

—Tú no vas al Holy Trinity, ¿verdad?

—No, voy al Rosewood Day —dijo Emily negando con la cabeza.

—Ajá… —respondió Isaac tímidamente mientras bajaba la mirada—. Perdona, tengo que volver al escenario, pero podemos hablar de música otro día, ¿te parece? Podemos ir a cenar o a pasear… Vamos, una cita.

Emily estuvo a punto de atragantarse con el café. ¿Una cita? Quería puntualizar que ella no salía con chicos, pero los músculos de su cara no parecían saber decir esas palabras.

—¿Un paseo con este tiempo? —se le escapó mientras señalaba a la cantidad de nieve acumulada en las vidrieras.

—¿Por qué no? —contestó él, encogiéndose de hombros—. Tengo un par de trineos hinchables y hay una colina estupenda detrás de Hollis.

Emily lo miró sorprendida.

—¿Te refieres a la montaña detrás de la facultad de Química?

Isaac se quitó el pelo de la frente y asintió.

—Esa misma.

—Solía ir con mis amigas. —Algunos de los recuerdos invernales más bonitos de Emily habían tenido lugar allí, cuando Ali y el resto jugaban con los trineos en Hollis Hills. Sin embargo, a Ali le pareció que los trineos eran de pringados a partir de sexto y Emily no conocía a nadie más que quisiera acompañarla.

Suspiró profundamente y respondió:

—Me encantaría quedar contigo para ir con los trineos.

Los ojos de Isaac brillaron.

—¡Genial!

Se dieron los números de teléfono mientras las chicas del Holy Trinity los miraban boquiabiertas. Cuando Isaac se despidió y Emily se acercó a su madre y a las amigas de esta, se paró a pensar en qué demonios acababa de hacer. No era posible que hubiese fijado una cita con él. Iban a jugar con los trineos como amigos. Se lo dejaría claro en cuanto se vieran.

Pero cuando Emily vio a Isaac alejarse entre la multitud y pararse cada dos por tres para saludar a otros chicos y a los miembros de la congregación, no le quedó claro que solo quisiera ser amiga suya. De pronto, no tenía ni idea de lo que quería.

7

Los Hastings, una familia feliz

A primera hora del martes, Spencer subía las escaleras del juzgado de Rosewood detrás de su hermana. El viento golpeaba su espalda. Su familia había quedado con Ernest Calloway, el abogado de los Hastings, para leer el testamento de su abuela Nana.

Melissa le abrió la puerta a su hermana. En el oscuro pasillo del juzgado había corriente y apenas lucían unas pocas bombillas amarillentas. Era demasiado pronto para que ningún empleado hubiera llegado ya al trabajo. Spencer tembló de miedo porque la última vez que estuvo allí fue para la comparecencia de Ian, y tendría que volver a finales de esa misma semana para testificar en su juicio.

Sus pasos resonaban en el suelo de mármol de las escaleras. La sala de juntas en la que el señor Calloway los había convocado para la lectura estaba cerrada con llave todavía. Las hermanas Hastings fueron las primeras en llegar. Spencer se deslizó, adherida a la pared del pasillo, hasta la alfombra oriental y observó la cara de estreñido que tenía William W. Rosewood en el óleo de la pared. En el siglo xvii fundó la ciudad junto a otros cuáqueros; durante cientos de años, la ciudad de Rosewood había pertenecido tan solo a tres familias y solía haber más vacas que gente. De hecho, el centro comercial King James se construyó en lo que fuera la zona de pasto de una granja.

Melissa se desplomó en el muro junto a ella, mientras contenía las lágrimas con un clínex rosa. Había estado llorando sin parar desde que Nana murió. Las dos hermanas escucharon el viento que golpeaba las ventanas y que hacía crujir todo el edificio. Melissa dio un sorbo al capuchino que había comprado en Starbucks antes de llegar. Miró a Spencer a los ojos.

—¿Quieres un poco?

Su hermana negó con la cabeza. Melissa estaba muy amable últimamente, todo un cambio para su carácter de gata salvaje y sus aires de superioridad habituales. Probablemente fuera porque sus padres estaban enfadados también con ella. Había mentido a la policía durante siglos y había dicho que había estado con Ian, que por aquel entonces era su novio, la noche en la que Ali desapareció. Para ser sinceros, Melissa se despertó por la noche y vio que Ian se había marchado. Temía decir nada porque Ian y ella habían tenido un accidente y doña perfecta no podía admitir que había bebido y que luego se había ido a la cama con su novio. De hecho, Melissa estaba demasiado amable aquella mañana, lo que hizo sonar la alarma en la cabeza de Spencer.

Melissa dio un trago largo a su café y la miró detenidamente.

—¿Has oído las noticias? Dicen que no hay suficientes pruebas para encarcelar a Ian.

Su hermana se puso muy tensa.

—He oído un reportaje esta mañana. —Pero también había escuchado la refutación de Jackson Hughes, el fiscal de Rosewood, quien afirmaba que había pruebas de sobra y que los ciudadanos merecían poner punto y final a este horrible crimen de una vez por todas. Spencer y sus amigas habían tenido cientos de reuniones con el señor Hughes para hablar del juicio. Ella misma había quedado con Hughes alguna vez más que el resto porque, según él, su testimonio era el más importante de todos dado que había visto a Ali e Ian juntos momentos antes de que la joven desapareciera. Habían analizado todas las preguntas que tendría que responder, lo que tenía que decir y cómo debía comportarse. Para Spencer no era muy distinto a actuar en una función teatral, excepto porque al final la gente no aplaudiría, sino que alguien iría a la cárcel hasta el final de sus días.

Melissa gimoteó y Spencer la observó. Su hermana mantenía la mirada baja y la boca apretada en un gesto de preocupación.

—¿Qué? —preguntó Spencer con recelo. La alarma de su cabeza sonaba cada vez más fuerte.

—¿Sabes por qué no tienen pruebas suficientes? —preguntó Melissa en voz baja.

Spencer negó con la cabeza.

—Por lo de la Orquídea Dorada —respondió, observándola por el rabillo del ojo—. Mentiste sobre el trabajo, así que no tienen claro que seas… una fuente fiable.

Spencer notó un nudo en la garganta.

—¡Pero no tiene nada que ver una cosa con la otra!

Melissa apretó los labios y miró con decisión por la ventana.

—Tú me crees, ¿no? —preguntó Spencer con impaciencia. Durante mucho tiempo no pudo recordar nada de lo que pasó la noche que Ali desapareció, pero poco a poco todas las piezas fueron encajando. Se acordó de dos siluetas borrosas en el bosque, una era Ali y la otra era Ian, sin duda—. Sé lo que vi —prosiguió Spencer—, Ian estaba allí.

—Son habladurías —murmuró Melissa. Entonces, miró a Spencer mientras se mordía con fuerza el labio superior—. Hay algo más —dijo, tragando saliva—. Ian me llamó anoche.

—¿Desde la cárcel? —Spencer sintió lo mismo que cuando Melissa la tiró del roble del jardín: primero, sorpresa y luego, cuando aterrizó en el suelo, un dolor punzante—. Y… ¿qué te dijo?

Había tanto silencio en el pasillo que Spencer pudo escuchar a su hermana tragar saliva.

—Bueno, para empezar, su madre está muy enferma.

—¿Cómo de enferma?

—Tiene cáncer, pero no sé de qué tipo. Está hecho polvo. Ian tiene una relación muy estrecha con su madre y le da miedo pensar que el arresto y el juicio hayan provocado la enfermedad.

Spencer se quitó una pelusilla de su abrigo de cachemir con apatía. Ian era el único responsable del juicio.

Melissa se aclaró la garganta y sus ojos enrojecidos se abrieron de par en par.

—No entiende por qué le hemos hecho esto, Spence. Me rogó que no testificáramos en su contra en el juicio. No hace más que decir que ha sido un malentendido. No mató a Ali. Sonaba desesperado de verdad…

Su hermana se quedó con la boca abierta.

—¿Me estás diciendo que no vas a testificar en su contra?

La vena del cuello de cisne de Melissa comenzó a palpitar mientras jugueteaba con su llavero de Tiffany.

—No puedo sacármelo de la cabeza, eso es todo. Si Ian es culpable, entonces cometió el crimen mientras salíamos juntos. ¿Cómo pude no darme cuenta?

Spencer asintió y notó un repentino agotamiento. A pesar de todo, entendía su punto de vista. Ian y su hermana habían sido la pareja ideal en el instituto y Spencer se acordaba de lo mal que lo pasó esta cuando Ian la dejó a mitad de curso en primero de carrera. Ian regresó a Rosewood aquel otoño para entrenar al equipo de hockey de Spencer (*¡qué miedo!*) y enseguida volvió a salir con Melissa. Aparentemente, era el novio perfecto: atento, dulce, sincero y auténtico. Era el tipo de chico que ayudaría a las ancianas a cruzar la calle. Es como si Spencer y Andrew Campbell estuvieran saliendo y de pronto él fuera arrestado por trapichear con cristal en su Mini Cooper.

Una máquina quitanieves retumbó en la calle y Spencer levantó la vista bruscamente. No quería decir que Andrew y ella pudieran salir juntos en absoluto. Solo era un ejemplo, no le gustaba ese chico para nada. Tan solo quería decir que era el típico chico ideal del Rosewood Day.

Melissa iba a decir algo cuando las puertas principales de abajo se abrieron y el señor y la señora Hastings cruzaron el vestíbulo. Daniel y Genevieve, los tíos de Spencer, y sus primos Jonathan y Smith aparecieron detrás. Los cuatro parecían agotados, como si hubieran atravesado el país en coche para llegar allí, pero en realidad vivían en Havenford, apenas a quince minutos.

El señor Calloway fue el último en aparecer por la puerta. Subió las escaleras, abrió la sala de reuniones y los condujo a todos dentro. La señora Hastings pasó al lado de Spencer, quitándose los guantes de Hermès con la boca y envuelta por una nube de perfume Chanel N.° 5.

Spencer se sentó en una de las sillas giratorias de cuero que rodeaban la enorme mesa de cerezo. Melissa apartó la silla a su lado. Su padre se sentó en el otro extremo de la sala y el señor Calloway lo hizo junto a él. Genevieve se quitó el abrigo de piel mientras Smith y Jonathan desconectaban sus BlackBerrys y se colocaban las corbatas de Brooks Brothers. Los dos habían sido siempre unos remilgados, al menos eso recordaba Spencer. Cuando celebraban la Navidad todos juntos, Smith y Jonathan siempre abrían los regalos cuidadosamente para que el papel no se rompiera.

—Comencemos, ¿les parece? —dijo el señor Calloway mientras se subía las gafas de carey por encima del caballete de la nariz y sacaba un documento de una carpeta. La luz cenital brillaba en su calva mientras leía el preámbulo del testamento de Nana, en el que se afirmaba que estaba en plenas facultades en el momento de redactarlo. Dejó escrito que dividiría la mansión de Florida, la casa de la playa de Cape May y su ático de Filadelfia, así como sus ahorros, entre sus hijos: el padre de Spencer, el tío Daniel y la tía Penelope. Cuando el señor Calloway nombró a Penelope, todo el mundo puso cara de extrañeza. Se miraron los unos a los otros, como si ella se hubiese presentado y no se hubieran dado cuenta. Por supuesto, no estaba allí.

Spencer no tenía claro cuándo fue la última vez que vio a su tía. La familia siempre se quejaba de ella. Era la más pequeña de todos y nunca se había casado. Cambiaba constantemente de trabajo: había hecho sus incursiones en el diseño de moda, luego en el periodismo e incluso se dedicó a un negocio de tarot por internet desde su casa de la playa, en Bali. Después de aquello, desapareció y se dedicó a viajar por el mundo y a gastarse sus ahorros, sin intención alguna de visitar a nadie durante años. Estaba claro que todos temían que Penelope heredase algo. Spencer sintió de pronto cierta afinidad con su tía, quizás porque todas las generaciones de Hastings necesitaban una oveja negra.

—En cuanto al resto de activos de la señora Hastings —prosiguió el señor Calloway mientras daba la vuelta a la hoja—, cada uno de sus nietos legítimos recibirá dos millones de dólares, como se detalla a continuación.

Smith y Jonathan se incorporaron. Spencer se quedó atónita. ¿Dos millones de dólares?

El señor Calloway entrecerró los ojos pare ver mejor.

—Dos millones de dólares para su nieto Smithson, dos millones de dólares para su nieto Jonathan y dos millones de dólares para su nieta Melissa. —Se detuvo y miró por un instante a Spencer. Su cara dibujó una expresión muy extraña—. Pues nada, eso es… todo. Bien, necesito que firmen aquí.

—¿Cómo? —gruñó Spencer y todos la miraron—. Lo siento. —Tartamudeó, tocándose el pelo con nerviosismo—. Creo que se ha olvidado usted de una de sus nietas.

El señor Calloway abrió la boca y volvió a cerrarla, como los peces del estanque de los Hastings. La señora Hastings se levantó bruscamente, haciendo el mismo gesto de pez con la boca. Genevieve se aclaró la voz y fijó su mirada deliberadamente en su anillo de esmeralda de tres quilates. Los primos de Spencer y Melissa se acercaron al testamento.

—Aquí—dijo en voz baja el señor Calloway, señalando a la página.

—¿Señor Calloway? —insistió Spencer. Miró primero al abogado y después a sus padres. Finalmente, soltó una risa nerviosa.

—Aparezco en el testamento, ¿no?

Con los ojos como platos, Melissa le quitó el testamento a Smith y se lo entregó a Spencer. Examinó el documento un instante mientras su corazón martilleaba.

Eso es lo que ponía: Nana había dejado dos millones de dólares a Smithson Pierpont Hastings, Jonathan Barnard Hastings y a Melissa Josephine Hastings. El nombre de Spencer no aparecía por ningún lado.

—¿A qué viene esto? —susurró.

Su padre se puso en pie de pronto.

—Spencer, será mejor que vayas al coche.

—¿Cómo? —musitó ella, horrorizada.

Su padre la cogió del brazo y la sacó de la sala.

—Por favor —susurró—, espéranos allí.

Spencer no sabía si podía hacer otra cosa que no fuera obedecer. Su padre se dio la vuelta y el portazo retumbó en las tranquilas paredes del juzgado. Escuchó durante unos instantes su propia respiración y a continuación, conteniendo un sollozo, salió de allí, corrió hacia su coche, lo puso en marcha y salió corriendo del aparcamiento. No pensaba esperar a nadie. Quería alejarse del juzgado todo lo que pudiera y olvidarse de lo que había sucedido..

8

¿A que es genial ligar por Internet?

A última hora del martes, Aria estaba sentada en el taburete del cuarto de baño de su madre con su bolsa de estampado de flores lleno de maquillaje en el regazo. Miró a Ella en el espejo.

—Dios mío… ¡no! —espetó al ver las líneas naranjas de los pómulos de su madre—. Te has puesto demasiado maquillaje. Se supone que has tomado el sol, no que te has chamuscado.

Su madre frunció el ceño y se limpió la cara con un clínex.

—Estamos en invierno, ¿quién va a tomar el sol de todos modos?

—Hay que lograr el mismo tono que cuando fuiste a Creta. ¿Te acuerdas lo morenos que nos pusimos todos en aquel crucero para avistar pájaros frailecillos? Y… —Aria se detuvo de pronto. No debía haber sacado el tema de Creta: Byron también había estado en ese viaje.

—Las pieles morenas dicen «melanoma» a gritos —respondió Ella sin parecer molestarse mientras se colocaba uno de los rulos rosas que llevaba en la cabeza—. ¿Cuándo me puedo quitar esto?

Aria miró el reloj. La gran cita de Match.com de su madre, el misterioso Wolfgang *(¡puf!)* a quien le encantaban los Rolling Stones, llegaría en quince minutos.

—Ya puedes, supongo —dijo mientras le quitaba el primer rulo. Un mechón moreno de Ella cayó por su espalda. Aria le quitó los demás y agitó el bote de Rave para echarle un poco de laca en el pelo—. ¡Ya estás lista!

—Qué buena pinta —respondió su madre al sentarse.

Aria no era experta en maquillaje y peinados, pero se había divertido mucho preparándola para la gran cita y lo cierto era que no habían pasado tanto tiempo juntas desde que Aria había vuelto a casa. Es más, toda esta historia le había servido para distraerse y no pensar en Xavier. Llevaba dos días obsesionada con la conversación que tuvieron en la galería de arte: no tenía claro si habían estado ligando o si solo se había tratado de una charla amistosa. Los artistas solían ser tan sensibles que resultaba imposible saber cuáles eran sus intenciones. Sin embargo, tenía la esperanza de que la llamase. Aria había dejado su nombre y teléfono en el libro de visitas de la galería con un asterisco al lado. Los artistas solían mirar esas cosas, ¿no? No podía evitar imaginarse su primera cita: empezarían pintando un lienzo con las manos y terminarían enrollándose a lo loco en el suelo del estudio de Xavier.

Ella cogió un rímel y se acercó al espejo.

—¿De verdad te parece bien que tenga una cita?

—Claro que sí —contestó su hija, aunque en el fondo no le pareciera un plan demasiado prometedor. El chico se llamaba Wolfgang, por amor de Dios. ¿Y si le daba por hablar en verso? ¿Y si era el tipo que hacía de Wolfgang Amadeus Mozart en el festival de grandes compositores de la historia del conservatorio Hollis? ¿Y si se presentaba vestido con jubón, calzas y una peluca empolvada?

Ella se levantó y volvió a su habitación. En medio de la alfombra, se detuvo.

—¡Oh!

Sus ojos se quedaron clavados en el vestido de color verde azulado que había dejado en la cama de matrimonio. A primera hora de la tarde, había estado revisando el armario de su madre en busca de la ropa perfecta para la cita. Temía no encontrar nada decente entre los dashikis, las túnicas y las togas tibetanas que solía llevar Ella. El vestido estaba al fondo, envuelto todavía en el plástico de la tintorería. Era sencillo y le hacía una silueta delgada. El cuello tenía un pequeño detalle con forma de concha. A Aria le había parecido la mejor opción para la cita pero, a juzgar por la cara que puso su madre, ya no estaba tan segura.

Ella se sentó junto al vestido y pasó la mano por el tejido de seda.

—Se me había olvidado que lo tenía —dijo con un hilo de voz—. Lo llevé al baile benéfico de Hollis cuando Byron consiguió la titularidad de su plaza. Fue aquella noche en que te quedaste a dormir en casa de Alison DiLaurentis por primera vez. Tuvimos que salir corriendo para comprarte un saco de dormir porque no tenías, ¿te acuerdas?

Aria se sentó en el sillón orejero que había en un rincón de la habitación. Se acordaba perfectamente de la primera noche que durmió en su casa, fue justo después de aquel rastrillo benéfico del Rosewood Day en el que Ali le pidió ayuda para ordenar los objetos de lujo. La primera sensación que tuvo Aria es que le estaba tomando el pelo; apenas una semana antes, Ali le había pedido a Chassey Bledsoe que probase el nuevo perfume que había encontrado y resultó que ese «perfume» era el agua sucia del estanque de los patos de Rosewood.

Ella sostuvo el vestido en su regazo.

—Ya sabrás que Byron… Bueno, que Meredith… —Y ahuecó las manos en su tripa, haciendo el gesto de estar embarazada.

Aria se mordió el labio y asintió en silencio con un gran pesar en su corazón. Era la primera vez que Ella nombraba el estado de Meredith. Había intentado evitar cualquier referencia a los embarazos cuando había hablado con su madre, pero era una tontería pensar que podrían evitar el tema eternamente.

Ella suspiró, aunque seguía apretando la mandíbula.

—Bueno, va siendo hora de darle una nueva historia a este vestido. Hay que pasar página —dijo, mirando a su hija—. ¿Y tú, has pasado página ya?

Aria levantó una ceja.

—¿Te refieres a Byron?

Ella apartó del hombro su pelo ondulado.

—No, me refiero a tu profesor… El señor Fitz.

—¿Estás al tanto de esa historia?

Ella recorrió con el dedo la cremallera del vestido.

—Tu padre me lo contó todo —respondió con una sonrisa incómoda—. Creo que el señor Fitz fue a Hollis. Byron escuchó algo de que le habían pedido que dejase el Rosewood Day... por tu culpa. —Y volvió a mirarla—. Me habría gustado que me lo contases tú, la verdad.

Aria se quedó mirando el gran cuadro abstracto colgado en el otro extremo de la habitación: Ella había pintado a Aria y a Mike flotando en el espacio sideral. Si no se lo había contado a su madre en su momento era porque directamente no le cogía el teléfono.

Esta bajó la mirada tímidamente, como si acabara de darse cuenta de eso mismo.

—No se aprovecharía de ti, ¿verdad?

Aria negó con la cabeza, escondiéndose detrás del pelo.

—En absoluto, todo fue muy inocente.

Se acordó de las pocas veces que estuvo con Ezra: aquella vez que se besaron en los oscuros y pegajosos baños del Snooker's, aquel beso en el despacho del colegio, aquellas horas robadas en su apartamento de Old Hollis. Había sido el primer chico del que había estado enamorada y aparentemente él también la quería. Cuando Ezra le dijo que lo llamara dentro de unos años, Aria quiso creer que le estaba diciendo que la esperaría. Pero si alguien te espera, te llama de vez en cuando, ¿no? Ahora dudaba de si no habría sido demasiado ingenua.

Suspiró.

—Quizás no estábamos hechos el uno para el otro. Pero creo que he conocido a alguien especial.

—¿En serio? —Ella se sentó en el borde de la cama y se quitó las zapatillas y los calcetines—. ¿Y quién es?

—Pues... alguien —respondió Aria suavemente. No quería gafar el tema—. Todavía no lo tengo claro.

—Bueno, eso es estupendo —afirmó, y acarició la cabeza de su hija con tanto cariño que a Aria se le llenaron los ojos de lágrimas. Por fin estaban hablando. Las cosas empezaban a normalizarse entre ellas, aparentemente.

Ella cogió la percha del vestido y lo llevó al baño. Cerró la puerta, abrió el grifo y sonó el timbre de la puerta.

—¡Mierda! —Sacó la cabeza por la puerta con cara de sorpresa—. Ha llegado pronto, ¿te importa abrir?

—¿Yo? —gritó Aria.

—Dile que bajo en un segundo. —Su madre cerró de un portazo.

Aria parpadeó. El timbre volvió a sonar. Se acercó corriendo al baño.

—¿Y qué hago si es feo? —susurró, pero lo bastante alto como para que la oyera—. ¿Y si le salen pelos de las orejas?

—Solo es una cita, Aria. —Ella se rió.

La joven se estiró y bajó las escaleras. Desde allí podía ver una sombra que se movía intranquila tras el cristal esmerilado de la puerta principal.

Cogió aire y abrió. Se encontró con un chico con pelo corto en el porche. Durante unos instantes, fue incapaz de articular palabra.

—¿Xavier…? —dijo, finalmente.

—¿Aria? —respondió él, entrecerrando los ojos con recelo—. ¿Tú eres…?

—¿Hola? —Ella bajó corriendo las escaleras detrás, mientras se terminaba de colocar un pendiente de aro. El vestido verde azulado le quedaba fenomenal y su oscura melena le caía por la espalda.

—¡Hola! —le dijo a Xavier con una gran sonrisa—. ¡Tú debes de ser Wolfgang!

—Ay, no… —respondió él llevándose la mano a la boca—. Ese es el nombre de mi perfil. —Miró a Aria y luego a Ella. De pronto floreció una sonrisa en sus labios, como si estuviera intentando no reírse. Con la luz del vestíbulo, parecía más mayor que el otro día. Probablemente tuviera treinta y pocos.

—Me llamo Xavier, ¿tú eres Ella?

—Eso es —respondió mientras ponía su mano sobre el hombro de Aria—. Esta es mi hija, Aria.

—Lo sé —dijo Xavier lentamente.

Ella puso cara de extrañeza.

—Nos conocimos el domingo —intervino rápidamente Aria, sin poder evitar el tono de perplejidad de su voz—. En la inauguración de la galería. Xavier es uno de los artistas que exponen.

—¿Eres Xavier Reeves? —preguntó alegremente Ella—. Quería ir a la inauguración, pero le di mi invitación a Aria. —Miró a su hija y prosiguió—. He estado tan ocupada hoy que no te he preguntado qué tal estuvo.

—Pues… —dijo Aria parpadeando.

Xavier tocó el brazo de Ella.

—¡No puede decir nada malo conmigo aquí delante! Pregúntale luego, cuando me marche.

Ella se rió como si hubiera sido lo más gracioso que había escuchado en la vida. Después agarró a Aria por el hombro. Podía sentir cómo le temblaba el brazo a su madre.

—Menuda coincidencia, ¿verdad? —dijo Xavier.

—Una coincidencia maravillosa —apostilló Ella.

Miró a Aria con expectación y su hija sintió la necesidad de poner la misma sonrisa tonta.

—Maravillosa, sí. —Aunque, más bien, le resultaba surrealista

9

No eres ninguna paranoica si te está persiguiendo de verdad

Ese mismo martes, un rato más tarde, Emily cerró la puerta del Volvo de su madre y cruzó la calle hasta el enorme patio delantero de la casa de Spencer. Se había saltado la segunda parte del entrenamiento de natación para quedar con sus amigas y ver qué tal estaba cada una, como Marion les había sugerido.

Cuando iba a llamar al timbre, sonó su Nokia. Rebuscó en su anorak de tono amarillo claro y miró la pantalla. Isaac le acaba de mandar un politono. Cuando lo abrió, se encontró con que era su canción favorita de Jimmy Eat World, la que decía algo así como «¿Todavía sientes las mariposas?». El pasado septiembre escuchó muchísimo esa canción, cuando se estaba pillando por Maya. «Hola, Emily», decía el mensaje. «Esta canción me recuerda a ti. Nos vemos en Chem Hill mañana.»

Se puso roja y se sintió halagada. Isaac y ella se habían estado mandando mensajes todo el día. Él le había contado con todo lujo de detalles su clase de religión; su profesor era nada más y nada menos que el padre Tyson, que también le había recomendado a Isaac los libros de *El señor de los anillos*, mientras que Emily le contó lo mal que lo había pasado en clase de historia con la exposición oral de la batalla de Bunker Hill. Habían hablado de sus libros y programas de la tele favoritos, y habían descubierto que a los dos les gustaban las películas de M. Night Shyamalan, aunque los diálogos fueran horribles. Emily jamás había sido de esas chicas que estaban pegadas al teléfono durante las clases, de hecho estaba prohibido usarlo en el Rosewood Day, pero cuando escuchaba el discreto tono de su teléfono sentía la necesidad de responder a Isaac inmediatamente.

En varias ocasiones a lo largo del día se había preguntado qué se suponía que estaba haciendo y trató de lidiar con sus sentimientos. ¿Le gustaba Isaac? ¿Podía sentir algo así de verdad?

Emily llegó a la entrada de la casa de Spencer y una rama crujió a su lado. Miró a la oscura y tranquila calle; el aire estaba frío, no olía a nada. Una gruesa capa de hielo había pintado de blanco la bandera roja del buzón de los Cavanaugh. Justo enfrente estaba la casa de los Vanderwaal, abandonada y con un aire misterioso. La familia de Mona había desaparecido de la ciudad después de que ella muriese. Un escalofrío recorrió el cuerpo de Emily. Había vivido todo este tiempo a unos metros de Spencer, y ninguna de ellas se había dado cuenta de nada.

Temblando, Emily se guardó el teléfono en el bolsillo y pulsó el timbre de la casa de Spencer. Escuchó unos pasos y su amiga abrió la puerta con su melena rubia desbordando sus hombros.

—Estamos en la sala multimedia —murmuró.

El olor a mantequilla flotaba en el aire y Aria y Hanna estaban sentadas en el sofá, comiendo palomitas de un enorme bol de plástico. En la tele echaban *The Hills*, pero el sonido estaba silenciado.

—Bueno —dijo Emily mientras se sentaba en el diván—, ¿hay que llamar a Marion, o cómo va esto?

Spencer se encogió de hombros.

—No dijo nada, solo comentó que teníamos que… hablar.

Las chicas se miraron las unas a las otras, en silencio.

—Bueno, ¿estamos haciendo los cánticos? —dijo Hanna, fingiendo voz de preocupación.

—Omm… —respondió Aria, echándose a reír.

Emily cogió un hilo suelto de su chaqueta azul marino del Rosewood Day, como si se sintiera molesta y quisiera defender a Marion. Solo quería ayudar. Echó un vistazo a la habitación y se fijó en lo que estaba apoyado en la base de la escultura de la torre Eiffel. Era la fotografía en blanco y negro de Ali delante de los aparcabicis del Rosewood Day. Llevaba la chaqueta doblada en el brazo. Era la foto que Emily le había pedido a Spencer que no tirase.

Emily estudió la imagen. Había algo muy crudo y realista en ella. Podía sentir prácticamente el aire fresco de otoño y el olor de los manzanos silvestres que había en el jardín delantero del colegio. Ali miraba a la cámara y se reía. En la mano derecha llevaba un papel. Emily trató de distinguir qué ponía. «La cápsula del tiempo comienza mañana. ¡Prepárate!»

—Vaya… —dijo mientras se levantaba del diván para mostrarles la foto a las chicas. Aria leyó el cartel y también se quedó sorprendida.

—¿Os acordáis de ese día? —preguntó Emily—. Ali dijo que encontraría uno de los trozos de la bandera.

—¿De qué día hablas? —dijo Hanna mientras descruzaba sus largas piernas y se acercaba a ellas—. Ah, vale.

Hacía mucho tiempo que Emily no pensaba en aquel día. Cuando vio el cartel de la cápsula del tiempo, se puso muy contenta. En ese momento, Ali se marchó con Naomi y Riley, pasó por el medio de toda la gente y rompió el anuncio diciendo que ella se haría con uno de los trozos de la bandera.

Emily levantó la vista, sobresaltada por el recuerdo que acababa de venirle a la cabeza.

—Chicas, ¿os acordáis de que Ian se acercó a hablar con ella?

Spencer asintió lentamente.

—Le tomó el pelo a Ali diciendo que no debía alardear de que iba a conseguir un trozo de bandera porque alguien podía robárselo.

Hanna se llevó la mano a la boca de pronto.

—Y Ali dijo que solo le podrían quitar la bandera por encima de…

—Su cadáver —terminó Spencer con la cara pálida—. Luego, Ian dijo que si solo hacía falta eso…

—Madre mía —susurró Aria.

A Emily se le revolvió el estómago. Las palabras de Ian habían sido muy inquietantes y proféticas, pero ¿cómo podrían haberse imaginado que iba en serio? En aquella época, lo único que Emily sabía de Ian Thomas es que era el típico representante de los cursos superiores que echaba una mano en las excursiones al campo de los chicos de primaria o que cuidaba de los niños en la cafetería si los buses no podían salir por culpa de alguna nevada. Aquel día, cuando Ali se marchó con sus amigas, Ian se dirigió con indiferencia hacia su coche. No tenía pinta de ir a cometer un asesinato... lo que resultaba bastante escalofriante.

—A la mañana siguiente, ella estaba de lo más crecidita. Todo el mundo sabía que había encontrado el trozo de bandera —continuó Spencer con el ceño fruncido, como si todavía estuviera molesta porque Ali lo hubiese encontrado en vez de ella.

Hanna se quedó mirando la foto.

—Me moría de ganas de tener ese trozo de bandera.

—Yo también —admitió Emily. Miró a Aria, que se movía intranquila en el sofá e intentaba evitar las miradas de todas.

—Todas queríamos uno. —Spencer se sentó en el sofá y se abrazó a un cojín de satén azul—. De lo contrario, no nos habríamos plantado en su jardín dos días después para robárselo.

—¿Y no os resulta raro que alguien se lo robase antes? —preguntó Hanna mientras daba vueltas a la pulsera de grandes cuentas turquesas que llevaba en la muñeca—. ¿Qué sucedería exactamente?

De pronto, la hermana de Spencer, Melissa, irrumpió en la habitación. Llevaba un jersey holgado de color beige y pantalones anchos. Traía la cara pálida.

—Chicas —dijo con voz temblorosa—, poned las noticias ahora mismo. —Señaló a la televisión.

Emily y las demás se quedaron mirándola sin reaccionar durante un instante. Frustrada, Melissa cogió el mando a distancia y cambió de canal ella misma. La pantalla mostraba una multitud apuntando con sus micrófonos a la cara de un hombre. La imagen de la cámara temblaba, como si estuvieran zarandeando a alguien. De pronto, algunas cabezas se apartaron y Emily pudo ver a un chico con una mandíbula muy marcada y unos increíbles ojos verdes. Era Darren Wilden, el policía más joven de Rosewood, quien había ayudado a encontrar a Spencer cuando Mona la secuestró. Wilden salió del encuadre y la cámara se centró en un tipo con un traje arrugado. Su pelo largo y rubio era inconfundible. Emily se quedó helada.

—¿Ian? —susurró.

Aria cogió a Emily de la mano.

Spencer se quedó mirando a Melissa con el rostro completamente lívido.

—¿Qué ha pasado? ¿Por qué no está en la cárcel?

Melissa negó con la cabeza, desesperanzada.

—No lo sé.

La melena rubia de Ian brillaba como una estatua de bronce pulida, pero tenía la cara amarillenta. La imagen cambió a la reportera de News4.

—Se le ha diagnosticado un cáncer de páncreas muy agresivo a la madre del señor Thomas —explicó—. Se ha celebrado una vista de urgencia y Thomas ha recibido un permiso temporal de libertad bajo fianza para poder visitarla.

—¿Cómo? —gritó Hanna.

Un recuadro en la parte inferior de la pantalla decía: «El Juez Baxter resuelve la petición de libertad bajo fianza de Thomas». Los latidos retumbaban con fuerza en los oídos de Emily. El abogado de Ian, un hombre de pelo cano con un traje a rayas, se abrió paso entre la gente y se colocó delante de las cámaras. Los focos brillaban al fondo.

—El último deseo de la madre de mi cliente es pasar sus últimos días con su hijo —anunció—. Estoy muy contento de que hayamos conseguido este permiso temporal. Ian permanecerá bajo arresto domiciliario hasta que comience el juicio este viernes.

Emily sintió un mareo.

—¿Arresto domiciliario? —repitió, soltando la mano de Aria.

La familia de Ian vivía en una casa enorme, tipo cabo Cod, apenas a un kilómetro y medio de la de los Hastings. Un día, cuando Ali todavía estaba viva y Melissa salía con Ian, Emily lo escuchó contarle a su hermana que podía ver el molino de los Hastings desde la ventana de su habitación.

—No puede ser verdad —dijo Aria con rigidez.

Los periodistas lanzaron sus micrófonos a la cara de Ian.

—¿Cómo se siente después de conocer la decisión? —le preguntaron—. ¿Cómo ha sido la experiencia de estar en la cárcel del condado? ¿Cree que lo han acusado de forma injusta?

—Sí, me han acusado de forma injusta —dijo Ian, con voz fuerte y enfadada—. La cárcel ha sido, tal y como se la pueden imaginar, un infierno. —Apretó los labios y miró directamente a cámara—. Haré todo lo que esté de mi mano para no regresar jamás a ese sitio.

Emily tembló con un escalofrío. Se acordó de la entrevista online de Ian que había visto antes de Navidad. «Alguien quiere que esté aquí, alguien está ocultando la verdad y pagará por ello.»

Los periodistas persiguieron a Ian hasta la limusina que lo esperaba.

—¿Qué quiere decir con que no va a regresar? —gritaron—. ¿Fue otra persona quien cometió el asesinato? ¿Tiene usted algún dato que desconozcamos?

Ian no respondió. Dejó que el abogado lo condujera hasta el vehículo.

Emily miró a las demás. Hanna tenía muy mala cara, Aria mordisqueaba el cuello de su jersey. Melissa había salido de la habitación con un portazo. Spencer se puso de pie y las miró a todas.

—No va a pasar nada —dijo convencida—. No nos pongamos nerviosas.

—Probablemente venga a por nosotras —susurró Emily con el corazón a cien—. Está muy enfadado, nos echa la culpa de todo.

Un pequeño músculo cerca de la boca de Spencer comenzó a temblar.

La cámara hizo zum en Ian cuando se subió al asiento trasero de la limusina. Por un instante les pareció que las estaba mirando fijamente desde el otro lado de la cámara con sus ojos de trastornado. Hanna no pudo evitar soltar un pequeño grito.

Las chicas vieron que Ian, ya sentado en el asiento de cuero, buscaba algo en el bolsillo de su chaqueta. El abogado cerró la puerta y la cámara volvió a encuadrar a la periodista. Abajo, se podía leer: «El Juez Baxter deja en libertad bajo fianza a Thomas».

De pronto, el teléfono de Emily sonó, haciéndola dar un respingo. También en ese instante, sonó un tono en el bolso de Hanna. Luego hubo otro bip. El Treo de Aria, que tenía en su regazo, se encendió. A continuación sonó dos veces el Sidekick de Spencer, con el timbre característico de los antiguos teléfonos ingleses.

La televisión brillaba al fondo. Solo podían ver las luces traseras de la limusina de Ian, que se alejaba despacio. Emily miró a sus amigas mientras poco a poco su cara se desencajaba.

Se quedó mirando a la pantalla LCD de su teléfono. «Un mensaje nuevo.»

Sus manos temblaron cuando pulsó el botón «Leer».

> De verdad, zorras… ¿En serio creíais que os ibais a librar de mí tan fácilmente? No habéis recibido vuestro merecido todavía. Qué ganas tengo de daros lo vuestro… ¡Besos! —A.

10

La familia es lo primero, si es que la tienes

Unos segundos después, Spencer hablaba por teléfono con el agente Wilden. Puso el modo manos libres para que sus amigas pudieran escucharlo todo.

—Eso es —gritó al micrófono—, Ian nos acaba de mandar un mensaje de amenaza a todas.

—¿Estáis seguras de que es Ian? —decía la voz de Wilden al otro lado de la línea.

—Al cien por cien —respondió Spencer. Miró al resto y todas asintieron. ¿Quién más podría haber enviado algo así? Ian tenía que estar enfadadísimo con ellas. Las pruebas que presentaron lo inculpaban y, tras sus testimonios (en concreto el de ella) durante la primera vista, lo sentenciarían a pasar en prisión el resto de su vida. Además, habían visto que se metía la mano en la chaqueta nada más subirse al coche, como si buscase el teléfono móvil...

—Estoy a tres kilómetros de tu casa —respondió Wilden—, ahora mismo voy.

Lo escucharon llegar un minuto después. Wilden iba con un plumas de la policía de Rosewood que olía ligeramente a naftalina. Llevaba una pistolera y su clásico walkie-talkie. Cuando se quitó la gorra negra de lana, su pelo se quedó apelmazado.

—No me puedo creer que el juez lo haya dejado en libertad. —Su voz era dura—. En serio, no me lo puedo creer. —Atravesó el vestíbulo con rabia contenida, como un león que ronda por su jaula en el zoo de Filadelfia.

Spencer arqueó una ceja. No había visto a Wilden tan tenso desde que el director Appleton lo amenazó con expulsarlo del instituto por intentar robar su moto Ducati. Incluso la noche en la que Mona murió, cuando Wilden tuvo que placar a Ian en el patio de Spencer para que no huyera, se mantuvo sereno y tranquilo.

Pero era un alivio comprobar que estaba tan enfadado como ellas.

—Mira el mensaje —dijo Spencer, plantándole a Wilden su Sidekick en las narices. El agente frunció el ceño y estudió la pantalla. Su walkie-talkie emitió unos cuantos ruidos y pitidos, pero él los ignoró completamente.

Finalmente, Wilden le devolvió el aparato a Spencer.

—Entonces, creéis que es de Ian, ¿no?

—Pues claro que sí —insistió Emily.

El agente se metió las manos en los bolsillos y se sentó en el diván con estampado de rosas.

—Ya sé qué opinión os va a merecer esto —dijo con cuidado—, pero quiero que contempléis la posibilidad de que se trate de un farsante.

—¿Cómo que un farsante? —gritó Hanna.

—Pensadlo. —Wilden se incorporó y apoyó los codos sobre las rodillas—. Desde que esta historia ha salido en televisión, un montón de gente se ha dedicado a mandar amenazas firmando como A. Aunque se intente ocultar el número de teléfono, hay formas de obtener ese dato —dijo, señalando al teléfono de Spencer—. Es probable que quien haya escrito eso lo haya sincronizado con la puesta en libertad de Ian para que parezca que lo ha mandado él. Eso es todo.

—Ya, pero ¿qué pasa si lo ha mandado él de verdad? —indicó Spencer señalando hacia la sala multimedia, donde todavía sonaban las noticias—. A lo mejor pretende amedrentarnos para que nos callemos en el juicio.

Wilden respondió con una sonrisa ligeramente condescendiente.

—Entiendo que hayáis llegado a esa conclusión, pero ponte en el lugar de Ian: aunque esté loco de verdad, ahora se encuentra en libertad. Y quiere seguir estándolo. No intentaría hacer algo tan estúpido como eso.

Spencer se agarró de la nuca. Tenía la misma sensación que cuando probó una máquina de entrenamiento para astronautas de la NASA en aquel viaje con su familia al Centro Espacial Kennedy en Florida, es decir, sentía náuseas y no tenía claro cuándo iba a acabar esto.

—Pero él mató a Ali —espetó.

—¿No podéis arrestarlo otra vez hasta el juicio? —sugirió Aria.

—Chicas, la justicia no funciona así —dijo Wilden—. No puedo arrestar a quien me dé la gana. No soy yo el que decide eso. —Miró a su alrededor y pudo comprobar la cara de decepción de las chicas—. Vigilaré a Ian personalmente, ¿vale? E intentaremos averiguar desde dónde se ha enviado ese mensaje. Le pararemos los pies a quien haya escrito eso, os lo prometo. Mientras, intentad no preocuparos en exceso. Alguien os quiere desquiciar. Es probable que sea algún niñato que no tiene nada mejor que hacer. Bueno, ¿vamos a intentar relajarnos y no comernos demasiado la cabeza con esto?

Ninguna fue capaz de decir nada. Wilden inclinó la cabeza.

—¡Venga, chicas!

Un estridente ruido sonó en su cinturón y sobresaltó a todas. Wilden bajó la vista y sacó su teléfono móvil.

—Perdonad, tengo que cogerlo. Os veo luego. —Se despidió disculpándose con la mano antes de salir.

La puerta se cerró sin hacer ruido y llenó el vestíbulo de aire frío y cortante. La habitación se quedó en silencio, a excepción del murmullo de la televisión. Spencer le dio la vuelta a su Sidekick.

—A lo mejor Wilden tiene razón —dijo en voz baja, como si ni siquiera ella creyera en sus palabras—. Quizás sea un farsante.

—Sí —dijo Hanna, deteniéndose para tragar saliva—. Yo recibí un par de mensajes falsos.

Spencer hizo rechinar sus dientes. Ella también había recibido algunos mensajes falsos, pero no tenían nada que ver con este.

—Haremos lo de siempre, ¿no? —sugirió Aria—. Si alguna recibe un mensaje, se lo contará al resto, ¿vale?

Todas asintieron, pero Spencer sabía que el plan no había funcionado demasiado bien la última vez. A le había mandado mensajes personales muy duros y ella no se atrevió a compartirlos con el resto. Sus amigas tampoco lo hicieron. Aquellos mensajes eran de Mona, quien se había enterado de sus secretos más íntimos gracias al diario de Ali. Había sido capaz de pasar desapercibida mientras les echaba toda la mierda encima. Ian llevaba en la cárcel más de dos meses. ¿Qué podría saber de ellas, aparte de que estaban aterrorizadas? Nada. Y Wilden les había prometido que investigaría el asunto.

Pero tampoco se sentía mucho mejor.

No podía hacer mucho más aparte de acompañar a la puerta a sus amigas. Spencer las observó dirigirse hacia sus coches en la rotonda donde se había apartado la nieve de forma minuciosa. El mundo se había detenido por completo, atenazado por el invierno. Unos carámbanos de hielo colgaban del garaje y brillaban con los faros de los coches.

De pronto, algo parpadeó cerca de los árboles que separaban el jardín de Spencer y el de Ali. Después, escuchó una tos; Spencer se dio la vuelta y soltó un grito. Melissa estaba en el vestíbulo, con las manos sobre las caderas y una expresión fantasmagórica.

—¡Dios! —dijo Spencer mientras se llevaba la mano al pecho.

—Lo siento —respondió Melissa. Entró en silencio a la sala de estar y pasó la mano por el arpa de época—. He oído lo que le habéis contado a Wilden. ¿Habéis recibido otro mensaje?

Spencer levantó una ceja con gesto desconfiado. ¿Melissa había estado cotilleando detrás de la puerta?

—Si estabas escuchando, ¿por qué no le dijiste a Wilden que Ian te llamó desde la cárcel para pedirte que no testificáramos? —preguntó Spencer—. Wilden podría haber pensado entonces que Ian escribió el mensaje y quizás hasta lo hubiese arrestado de nuevo.

Melissa tocó una nota en el arpa. Su cara reflejaba un gesto de impotencia.

—¿Has visto a Ian en la tele? Está muy... delgado. No le dan ni de comer en la cárcel.

Un escalofrío de rabia e incredulidad recorrió el cuerpo de Spencer. ¿En serio Melissa sentía pena por él?

—Reconócelo, crees que es mentira que viera a Ian y a Ali aquella noche, igual que mentí con el tema de la Orquídea Dorada. Prefieres que Ian nos haga daño a nosotras antes que considerar que la ha matado y que merece pagarlo con la cárcel.

Melissa se encogió de hombros y tocó otra cuerda. El sonido desafinado llenó el vacío de la sala.

—Por supuesto que no quiero que nadie os haga daño, pero como te decía... ¿y si todo ha sido una terrible equivocación? ¿Qué pasa si no lo hizo Ian?

—¡Fue él, seguro! —gritó Spencer con el corazón en un puño. Le pareció curioso que Melissa no aclarase si pensaba que había mentido o no.

Melissa agitó su mano con desprecio, como si no quisiera discutir lo mismo otra vez.

—De todos modos, creo que Wilden tiene razón con lo de los mensajes. No ha sido Ian, no sería tan tonto de amenazaros ahora. Puede que esté enfadado, pero no es idiota.

Llena de frustración, Spencer se alejó de su hermana y miró detenidamente al frío y vacío patio delantero. Su madre estaba aparcando en ese instante. Segundos después, la puerta del garaje que daba a la cocina se cerró y los tacones de la señora Hastings repiquetearon en el suelo. Melissa suspiró y atravesó el comedor. Spencer escuchó sus murmullos y después el ruido de las bolsas de la compra.

Su corazón empezó a latir con fuerza. Tenía ganas de subir corriendo y esconderse en su cuarto para no pensar en Ian ni en nadie más, pero era la primera vez que podía enfrentarse a su madre después del asunto del testamento de Nana.

Relajó los hombros, respiró hondo y recorrió el pasillo hasta la cocina. Su madre estaba apoyada contra la encimera, sacando un pan de romero de una bolsa de Fresh Fields. Melissa apareció de pronto por la puerta del garaje con una caja de Moët.

—¿Para qué es ese champán? —preguntó Spencer arrugando la nariz.

—Para la cena benéfica, evidentemente —respondió Melissa con cara de pocos amigos.

—¿Qué cena benéfica? —quiso saber su hermana.

Melissa bajó la barbilla con cara de sorpresa. Miró a su madre, pero la señora Hastings, con los labios apretados, seguía ocupada sacando verdura y pasta integral de las bolsas.

—Vamos a celebrar una colecta benéfica aquí para Rosewood —explicó Melissa.

Spencer soltó un pequeño grito. ¿Una colecta benéfica? Su madre y ella solían organizar juntas ese tipo de eventos. Ella se encargaba de las invitaciones, echaba una mano con el menú, llevaba el listado de confirmaciones e incluso creaba listas de reproducción de música clásica. Era de lo poco que hacía mejor que Melissa, casi nadie era tan obsesivo como para crear dosieres de cada invitado con información detallada sobre quiénes no comían carne o quiénes pasaban de sentarse al lado de la repugnante familia Pembroke.

Spencer miró a su madre con el corazón a mil.

—¿Mamá?

Pero se dio la vuelta y acarició su pulsera de diamantes, como si Spencer fuera a robársela.

—¿Necesitas… ayuda para organizar la colecta? —preguntó con la voz rota.

La señora Hastings agarró con firmeza un bote de moras orgánicas en conserva.

—Ya está todo, gracias.

Spencer sintió un frío nudo en el estómago. Respiró hondo y dijo:

—Quería preguntarte una cosa sobre el testamento de Nana. ¿Por qué no me incluyó? ¿No es ilegal darles algo a algunos nietos y dejar a otros sin nada?

Su madre dejó las conservas en la despensa y se rió con frialdad.

—Pues claro que no es ilegal, Spencer. Nana puede hacer lo que quiera con su dinero. —Se puso la capa de cachemir sobre los hombros y pasó por delante de Spencer para entrar al garaje.

—Pero… —gritó Spencer. Su madre no se dio la vuelta y cerró de un portazo. Las campanillas que colgaban del picaporte tintinearon con fuerza y despertaron a los perros, que dormían la siesta.

Sintió un leve mareo. La habían repudiado, así de claro. Sus padres le habrían contado a Nana el desastre de la Orquídea Dorada y la habrían animado a cambiar el testamento para dejarla fuera porque era una vergüenza para la familia. Spencer cerró los ojos e imaginó cómo sería su vida ahora mismo si hubiera cerrado el pico y hubiese aceptado el premio de la Orquídea Dorada. ¿Habría ido al programa *Good Morning America*, como los demás ganadores, y habría aceptado todas las felicitaciones de la gente? ¿Habría ido a una universidad en la que hubieran valorado un trabajo que no había escrito ella y que ni siquiera entendía? Si hubiera estado calladita, ¿tendría que soportar los rumores de que Ian iba a ser absuelto por falta de una testigo fiable?

Se acercó a la mesa central con encimera de granito y no reprimió un pequeño y patético gemido. Melissa dejó una bolsa de la compra en la mesa y se acercó a su lado.

—Lo siento mucho, Spence —dijo en voz baja. Dudó por un momento, pero finalmente rodeó a su hermana con sus delgados brazos. Spencer se sentía demasiado débil como para resistirse—. Están siendo muy duros contigo.

Spencer se dejó caer sobre una silla de la cocina y buscó una servilleta en el cajón para secarse las lágrimas.

Melissa se sentó a su lado.

—No entiendo nada, y mira que le he dado vueltas. No sé por qué Nana te dejó fuera del testamento.

—Me odiaba —dijo Spencer con franqueza, mientras invadía su nariz ese cosquilleo previo a una buena llantina—. Te robé el trabajo, y luego admití que lo había robado. Soy lo peor.

—No creo que tenga nada que ver con eso —respondió acercándose a Spencer, que percibió el olor a crema solar Neutrogena de su hermana. Qué infantil era Melissa, se ponía crema aunque fuera a pasar el día entero encerrada en casa—. Hay algo que me resulta muy sospechoso.

Spencer se quitó la servilleta de los ojos.

—¿Sospechoso?

Melissa acercó la silla.

—Nana dejó dinero a todos sus nietos legítimos. —Dicho esto, golpeó la mesa remarcando las dos últimas palabras. Después, miró a Spencer inquisitivamente, como si tuviera que deducir algo de su afirmación. Melissa miró por la ventana. Su madre todavía estaba sacando cosas del coche—. Creo que esta familia tiene muchos secretos —susurró—, cosas que no quieren que sepamos ni tú ni yo. Todo tiene que parecer perfecto, pero por dentro… —le insinuó.

Spencer frunció el ceño. Aunque no tenía ni idea de lo que estaba hablando su hermana, sintió una especie de bofetada.

—¿Me vas a explicar de una vez qué quieres decir?

Melissa se recostó en su asiento.

—Nietos legítimos —repitió—. Spence… a lo mejor eres adoptada.

11

Si no puedes vencerla, únete a ella

Era miércoles por la mañana y Hanna se tapó la cabeza con el edredón para no escuchar a Kate cantar en la ducha.

—Está convencida de que va a conseguir el papel protagonista en la obra… —murmuró por su BlackBerry—. Me encantaría ver su cara cuando el director le diga que van a representar a Shakespeare, no un musical.

Lucas se rió.

—¿De verdad te amenazó con chivarse si no le enseñabas el colegio?

—Básicamente, sí —gruñó—. ¿Te importa si me voy a vivir contigo hasta que me gradúe?

—Ojalá pudieras —respondió él—, aunque tendríamos que compartir mi cuarto.

—No me importaría nada —ronroneó Hanna.

—A mí tampoco. —Estaba segura de que Lucas lo decía con una sonrisa en la boca.

Alguien llamó a la puerta e Isabel asomó la cabeza. Antes de prometerse con su padre, trabajaba como enfermera de urgencias y, al parecer, seguía poniéndose los pijamas del hospital para dormir. Puf.

—¿Hanna? —Sus ojos estaban más tristes de lo habitual—. No puedes hablar por teléfono hasta que hayas hecho la cama, ¿recuerdas?

—Muy bien —respondió en voz baja y con mala cara. Segundos después de haber metido sus maletas Tumi en casa, cambió las contraventanas artesanales, puso cortinas de terciopelo arrugado y estableció las siguientes normas: nada de Internet después de las nueve de la noche, nada de hablar por teléfono si no estaban hechas las tareas domésticas y nada de chicos en casa si no estaban Isabel o el padre de Hanna. Básicamente, estaba viviendo en un estado policial.

—Lo siento, tengo que colgar —dijo Hanna por teléfono lo bastante alto como para que Isabel la oyera.

—Vale —respondió Lucas—, yo también debo irme. Hemos quedado los del club de fotografía ahora por la mañana.

Su chico le mandó un beso por teléfono y colgó. Sintió un cosquilleo en los pies y todas las preocupaciones y enfados se desvanecieron. Lucas era mucho mejor novio que Sean Ackard y gracias a él compensaba el hecho de que apenas tuviera amigas. Él entendía perfectamente el trago que suponía aceptar lo que Mona le había hecho y siempre se reía de las retorcidas historias de Kate. Además, desde que se había cortado el pelo y usaba una bandolera Jack Spade en vez de esa mochila cutre de JanSport, Lucas se había deshecho del aspecto de pringado que tenía cuando se conocieron.

En cuanto Hanna se aseguró de que Isabel se había ido al dormitorio que compartía con su padre (¡qué asco!), estiró el edredón para que pareciese que había hecho la cama. Después se sentó en su tocador y encendió el televisor LCD. Los altavoces retumbaron con las noticias de la mañana: «Rosewood responde ante la libertad temporal de Ian Thomas», decía un recuadro en la parte inferior de la pantalla con letras mayúsculas. Hanna se quedó paralizada. No quería ver el reportaje, pero no podía apartar los ojos de las imágenes.

Un periodista bajito y pelirrojo estaba en la estación de trenes regionales preguntando a los viajeros su opinión sobre el juicio.

—Me parece despreciable —decía una señora delgada y elegante con un abrigo de cachemir de cuello alto—. No deberían darle ni un segundo de libertad a ese hombre después de lo que le hizo a aquella pobre chica.

La cámara encuadró a una chica de pelo negro de unos veinte años. Debajo de su imagen ponía su nombre: Alexandra Pratt. Hanna la reconoció al instante: había sido la estrella del equipo de hockey del Rosewood Day en su día y se graduó cuando ella estaba en sexto, un año antes que Ian, Melissa Hastings y Jason, el hermano de Ali.

—Seguro que es culpable —dijo Alexandra sin quitarse sus enormes gafas de Valentino—. Alison jugaba al hockey de vez en cuando con nosotras los fines de semana. Ian iba a hablar con ella a veces después de los partidos. Yo no conocía mucho a Ali, pero creo que se sentía algo incómoda. Ella era muy joven.

Hanna abrió su crema cicatrizante Mederma. Su recuerdo no era exactamente así, de hecho, Ali se ponía roja y su sonrisa se iluminaba cada vez que veía a Ian. Una noche en la que durmieron todas juntas, estuvieron practicando los besos con la almohada que Ali había cosido en la clase de costura de sexto y Spencer obligó a todas a decir a qué chico les gustaría besar. «Ian Thomas», confesó Ali antes de taparse rápidamente la boca.

La foto de graduación de Ian apareció en pantalla. Su sonrisa era amplia, bonita y... falsa. Hanna miró hacia otro lado. Anoche, después de otra cena familiar extraña, estuvo buscando la tarjeta del agente Wilden en su bolso. Quería preguntarle cómo iba a ser de estricto el arresto domiciliario de Ian. ¿Lo iban a encadenar a la cama? ¿Tendría que llevar una pulsera electrónica como la de Martha Stewart? Le gustaría creer a Wilden y pensar que el mensaje de A era cosa de algún farsante, pero cualquier reafirmación le vendría bien. El agente, en todo momento, había intentado llevarse bien con ella cuando su madre y él salieron juntos.

Era una pena que Wilden no estuviera muy receptivo.

—Lo siento, Hanna, pero no puedo hablar sobre el caso. —Justo cuando Hanna iba a colgar, el agente se aclaró la voz y prosiguió—. Mira, tengo tantas ganas como tú de verlo entre rejas. Se merece estar encerrado por lo que hizo.

Hanna apagó la televisión en cuanto comenzaron a hablar de la amenaza de E. coli en las lechugas de una tienda de la ciudad. Tras ponerse unas capas más de Mederma, base y maquillaje, Hanna se convenció de que la cicatriz ya no podía ocultarse más. Se dio un par de toques del perfume de Narciso Rodríguez, se estiró la falda del uniforme, metió sus cosas en su bolso de Fendi y bajó las escaleras.

Kate ya estaba desayunando en la cocina. Cuando vio a Hanna, puso una sonrisa de oreja a oreja.

—¡Mira, Hanna! —gritó—, Tom ha traído anoche este melón ecológico de Fresh Fields. ¡Tienes que probarlo!

A Hanna no le hacía ninguna gracia que llamase Tom a su padre, como si fuera de su edad. No es que ella no llamase a Isabel por su nombre, es que directamente evitaba nombrarla por completo. Hanna atravesó la cocina y se puso una taza de café.

—No me gusta el melón —contestó con remilgo—, sabe a esperma.

—¡Hanna! —la regañó su padre. No se había dado cuenta de que estaba en la isla central terminándose una tostada con mantequilla. Isabel estaba a su lado y todavía llevaba ese horrible pijama verde. Tenía un bronceado especialmente falso.

El señor Marin se acercó a las chicas y puso una mano en el hombro de Hanna y la otra en el de Kate.

—Me marcho, nos vemos luego.

—Hasta luego, Tom —dijo Kate con dulzura.

Su padre se fue e Isabel subió las escaleras. Hanna se quedó mirando la portada del *Philadephia Inquirer* que su padre había dejado en la mesa, pero por desgracia todos los titulares hablaban de la libertad bajo fianza de Ian. Kate seguía comiendo su melón y Hanna sentía ganas de levantarse ya, pero ¿por qué no se marchaba su hermanastra? Al fin y al cabo, la casa era suya, no de Kate.

—Hanna… —la llamó con voz triste y melancólica. Levantó la vista y la miró con superioridad—. Hanna, lo siento —dijo apurada—. No puedo seguir así… No soy capaz de estar aquí callada. Sé que estás enfadada por lo que pasó en otoño, lo del Le Bec-Fin. Me porté fatal y lo siento mucho.

Hanna pasó una página del periódico. Las esquelas, genial. Fingió que leía con fascinación un artículo sobre Ethel Norris, ochenta y cinco años, coreógrafa de una compañía de Filadelfia. Había muerto ayer mientras dormía.

—Para mí tampoco es fácil —prosiguió Kate—. Echo de menos a mi padre, ojalá estuviera vivo. Sin ánimo de desmerecer a Tom, me resulta raro ver a mi madre con otra persona. Y me resulta raro tener que estar demostrando todo el día que me siento feliz por ellos. No nos tienen demasiado en cuenta a nosotras, ¿no?

Hanna estaba tan furiosa que le habría gustado tirar el melón de Kate a la otra punta de la cocina. Todas sus palabras estaban tan medidas, como si se hubiera descargado de Internet el guión de un discurso para que la gente se compadeciera de ella.

Kate suspiró.

—Siento mucho lo que te hice en Filadelfia, pero llevaba un día horrible y descargué contigo lo que no debía. —Golpeó el plato al apoyar el tenedor—. Justo antes de la cena me pasó algo terrible. No se lo conté en su momento a mi madre para que no se cayera de espaldas.

Hanna frunció el ceño y miró a Kate durante unas décimas de segundo. ¿Qué habría pasado?

Kate apartó el plato.

—El verano pasado salí con un chico que se llamaba Connor. Una noche, pocas semanas antes de que empezasen las clases, él... quiso ir más lejos. —Arrugó la frente y su labio inferior comenzó a temblar—. Me dejó al día siguiente. Un mes después, fui al ginecólogo y... tuve malas noticias.

Hanna se quedó con los ojos como platos.

—¿Te quedaste embarazada?

—No, fue otra cosa —respondió Kate negando rápidamente con la cabeza.

Hanna estaba convencida de que si abría más la boca terminaría dándose con la barbilla en la mesa. Su cerebro iba a mil revoluciones por minuto tratando de adivinar qué otra cosa podría ser. ¿Una ETS? ¿Un tercer ovario? ¿Un pezón con forma rara?

—Pero ¿estás bien?

Kate se encogió de hombros.

—Ahora sí, pero he tenido una época muy mala. Tenía mucho miedo.

Hanna entrecerró los ojos.

—¿Y por qué me estás contando esto?

—Porque quería que supieras lo que sucedió —admitió Kate. Sus ojos comenzaron a llenarse de lágrimas—. Mira, no se lo cuentes a nadie. Mi madre lo sabe, pero Tom no.

Hanna dio un sorbo al café. Se había quedado helada con las palabras de Kate, aunque también se sentía algo aliviada. Doña perfecta la había cagado y jamás hubiera imaginado que la vería llorar.

—No le diré nada a nadie —dijo Hanna—. Todos tenemos nuestros problemas.

Kate sollozó y respondió:

—Cierto. ¿Y cuáles son los tuyos?

Hanna dejó la taza de lunares sobre la mesa mientras sopesaba la situación. Aunque solo fuera por eso, era el momento de enterarse de si Ali le había contado su secreto a Kate.

—Bueno, seguramente ya lo sabrás, pero la primera vez que lo hice fue cuando Alison y yo fuimos a Annapolis.

Miró a Kate tratando de averiguar si sabía por dónde iban los tiros. Esta pinchó un trozo de melón con el tenedor mientras miraba a su alrededor con intranquilidad.

—¿Sigues haciendo eso? —preguntó en voz baja. Hanna sintió una mezcla de emoción y de decepción: acababa de confirmar que Ali se lo había contado todo.

—La verdad es que no —murmuró Hanna.

Se quedaron en silencio un rato y Hanna vio por la ventana un montón de nieve en el patio de los vecinos. Aunque fuera tempranísimo, sus irritantes hijos de seis años estaban en la calle tirando bolas de nieve a las ardillas. Kate ladeó la cabeza burlonamente.

—Si no te lo pregunto, reviento. ¿Qué te pasa con Naomi y Riley?

Hanna apretó los dientes.

—¿Por qué lo dices? ¿No son tus nuevas amigas?

Kate se colocó pensativa un mechón de pelo castaño detrás de la oreja.

—Bueno, creo que intentan ser amables. A lo mejor deberías darles una oportunidad.

—Lo siento, pero no hablo con nadie que me insulta a la cara. —Hanna resopló.

Kate se inclinó y respondió:

—Probablemente lo hagan porque te tienen envidia. Si fueras simpática con ellas, seguro que serían más amables contigo. Piénsalo bien: si nos uniéramos a ellas, seríamos invencibles.

Hanna levantó una ceja.

—¿Cómo que «seríamos»?

—Mira, Hanna —respondió—, tú y yo podríamos dominar ese grupo totalmente.

Hanna parpadeó y miró hacia el estante que había encima de la mesa, del que colgaban de distintos ganchos varias ollas y sartenes All-Clad que su madre había comprado hace años en Williams-Sonoma. La señora Marin había dejado aquí la mayor parte de sus cosas antes de irse a Singapur, pero Isabel no tenía ningún pudor en usarlas como si fueran suyas.

Kate tenía algo de razón, eso estaba claro. Naomi y Riley se sentían inseguras hasta la médula desde que Alison DiLaurentis las dejó tiradas sin motivo aparente y decidió hacerse amiga de Hanna, Spencer, Aria y Emily. Estaría bien tener un grupo de nuevo, sobre todo si ella iba a poder llevar las riendas.

—Vale, acepto —decidió Hanna.

—¡Genial! —se alegró Kate y levantó el vaso de zumo para brindar con su taza de café. Las dos sonrieron y bebieron un sorbo. A continuación, Hanna volvió a mirar el periódico, que todavía tenía abierto delante de ella. Su vista se quedó clavada en los paquetes de vacaciones a las Bermudas. «Todos tus sueños se harán realidad», decía el eslogan.

Más valía que fuera verdad.

12

Todo depende de cómo lo mires

A última hora de la tarde del miércoles, Aria y Mike estaban en el Rabbit Rabbit, el restaurante vegetariano favorito de los Montgomery. El local olía a una mezcla de albahaca, orégano y tofu. En los altavoces sonaba una canción de Regina Spektor y todas las mesas estaban llenas de familias, parejas y chicos de su edad. Tras la liberación de Ian y el mensaje de A que había recibido ayer, se sentía más tranquila rodeada de gente.

Mike miró a su alrededor y se puso la capucha de su enorme sudadera Champion.

—No entiendo por qué tenemos que cenar con este tipo. Mamá solo ha quedado con él dos veces.

Aria no lo entendía muy bien tampoco. Ayer, Ella había vuelto de su cita con Xavier entusiasmada con lo bien que se llevaban y con cómo fluía todo entre ellos dos. Al parecer, Xavier le había enseñado el estudio esa tarde y, cuando Aria llegó a casa después de clase, se encontró con una nota de su madre en la cocina en la que les pedía a Mike y a ella que se arreglasen y que estuvieran a las siete en punto en el Rabbit Rabbit. Por supuesto, Xavier también iba a ir. ¿Quién iba a decir que sus padres, cada uno por su lado, volverían a enamorarse con tanta facilidad? Ni siquiera estaban divorciados oficialmente.

Aria se sentía feliz por su madre, claro, pero no podía evitar cierto bochorno. Había llegado a pensar que le gustaba a Xavier y resultaba muy doloroso haberse hecho ilusiones con lo que pasó en la galería de arte aquel día.

Mike respiró ruidosamente y distrajo a Aria de sus pensamientos.

—Aquí huele a pis de conejo. —Y fingió tener arcadas.

Aria puso los ojos en blanco.

—Lo que te molesta es que mamá haya elegido un restaurante donde no puedas pedir alitas.

Mike hizo un gurruño con la servilleta.

—¿Qué culpa tengo yo? Un tío hecho y derecho como yo no puede vivir de verduritas.

Aria sintió vergüenza ajena al escuchar a su hermano referirse a sí mismo como «un tío hecho y derecho».

—Por cierto, ¿qué tal tu cita con Savannah el otro día?

Mike crujió los nudillos mientras repasaba el menú.

—Eso es cosa mía, así que te quedarás con las ganas de saberlo.

Aria arqueó una ceja.

—¡Ajá! Por una vez no has saltado para negar que era una cita.

Mike se encogió de hombros y clavó el tenedor en el cactus del centro de mesa. Aria cogió un lápiz de color azul, hecho de almidón de maíz, del bote que había en la mesa. En el Rabbit Rabbit dejaban lápices de colores en todas las mesas para que los clientes pintasen algo por detrás de los manteles individuales. Después, colgaban los dibujos en las paredes. En ese momento, ya estaban cubiertas por completo y habían empezado a ponerlos en el techo.

—¡Habéis venido! —dijo Ella al acercarse a ellos acompañada de Xavier. Su pelo recién teñido brillaba de forma especial. Las mejillas de Xavier estaban sonrosadas por el frío. Aria trató de sonreír, pero le quedó más bien como una mueca.

Ella señaló a Xavier.

—Aria, vosotros ya os conocéis. Xavier, este es mi hijo, Michelangelo.

Mike puso cara de ir a vomitar de un momento a otro.

—Nadie me llama así.

—No se lo diré a nadie —respondió Xavier ofreciéndole la mano—. Encantado de conocerte. —Y miró a Aria—. Me alegro de verte otra vez.

La joven respondió con una sonrisa forzada. Estaba demasiado avergonzada como para aguantarle la mirada. Echó un vistazo a su alrededor y trató de encontrar el último mantel que había pintado Ali antes de morir. Una vez vino con la familia de Aria, y su amiga dibujó un chico y una chica de la mano que saltaban hacia un arcoíris. «Están saliendo en secreto», les dijo a todos mientras miraba a Aria. Poco antes, Ali y Aria habían pillado a Byron con Meredith... pero en ese momento, quizás se estuviera refiriendo a su relación secreta con Ian.

Xavier y Ella se quitaron los abrigos y se sentaron. Él echó un vistazo a los dibujos, claramente encantado con lo que estaba viendo, mientras que ella no paraba quieta un instante y jugaba nerviosamente con su pelo, sus joyas y su tenedor. Tras unos segundos de silencio, Mike se quedó mirando a Xavier.

—Bueno, ¿y cuántos años tienes?

Ella lo fulminó con la mirada, pero Xavier respondió:

—Tengo treinta y cuatro.

—Sabrás que mamá tiene cuarenta, ¿no?

—¡Mike! —exclamó Ella, pero Aria pensó que la situación estaba resultando de lo más tierna. Jamás había visto a Mike con esa actitud tan protectora.

—Lo sé —respondió Xavier, riéndose—. Me lo ha dicho.

La camarera, una chica con rastas, bastante pecho y un pirsin en el tabique nasal les preguntó qué querían beber. Aria pidió un té verde, mientras que Xavier y Ella pidieron un par de copas de cabernet. Mike también pidió una copa de vino, pero la camarera lo ignoró y se dio la vuelta.

Xavier miró a Mike y a Aria.

—He oído que habéis vivido una temporada en Islandia. Yo he estado allí un par de veces.

—¿En serio? —preguntó Aria muy sorprendida.

—Déjame adivinar: te encantó —interrumpió su hermano con sorna mientras jugueteaba con la pulsera del equipo de lacrosse del Rosewood Day que llevaba en la muñeca—. Son tan cultos y el paisaje se mantiene tan virgen... Y son tan educados...

Xavier se rascó la barbilla.

—Bueno, en realidad me pareció un lugar bastante raro. ¿Quién querría bañarse en aguas que huelen a huevos podridos? ¿Y por qué están tan obsesionados con los caballos enanos? No lo pillo.

Mike se quedó pasmado y miró a su madre.

—¿Le has dicho que respondiera eso?

Negó con la cabeza, algo afligida.

Mike volvió a mirar a Xavier, en esta ocasión extasiado.

—Gracias, ¡es lo que llevo siglos queriendo explicarle a mi familia! Pero no, a ellos también les encantan los caballitos. Les parecían monísimos. ¿Sabes qué pasaría si un enano de esos tuviera que vérselas con un percherón clydesdale como los de los anuncios de Budweiser? El clydesdale le daría una buena paliza. ¡No iba a sobrevivir ni un caballito de mierda!

—¡Ya te digo! —asintió Xavier.

Mike se frotó las manos con evidente emoción. Aria trató de disimular una sonrisa porque tenía sospechas de las verdaderas razones por las que su hermano odiaba a esos caballos. Pocos días después de llegar a Reikiavik, Mike y ella fueron de excursión a una zona volcánica. Aunque el chico del establo le ofreció a Mike el caballo más viejo, gordo y lento de toda la isla, se puso pálido en el mismo instante en que se encaramó a la silla de montar. Según él, tenía un calambre en la pierna y prefería no hacer la excursión… pero nunca había tenido calambres y simplemente no quería admitir que estaba muerto de miedo.

La camarera trajo las bebidas y Mike y Xavier estuvieron hablando de otras cosas que no les gustaban de Islandia, entre ellas que el tiburón podrido les pareciera una delicatesen o que creyeran que los duendes huldufólk vivían en las rocas y acantilados… o que se conocieran solo por el nombre porque todos descendían de tres tribus incestuosas.

De vez en cuando, Ella miraba a Aria y se preguntaba por qué no defendía a Islandia, pero su hija no parecía tener muchas ganas de hablar.

Al final de la cena, cuando estaban terminando las famosas galletas de avena ecológicas del restaurante, sonó el iPhone de Mike. Miró a la pantalla y se puso en pie.

—Un momento —se disculpó murmurando y salió a la calle.

Aria y Ella intercambiaron una mirada cómplice. Normalmente, Mike no se cortaba en hablar por teléfono en la mesa, aunque la conversación tratase de lo grande que tenía el pecho alguna chica.

—Creemos que Mike tiene novia —le explicó Ella a Xavier, y luego se levantó—. Ahora mismo vuelvo —les anunció, y se marchó hacia el baño.

Aria jugueteó con la servilleta de su regazo y miró con impotencia que Ella se alejaba entre las mesas. Le habría gustado seguir a su madre, pero no quería que Xavier se diera cuenta de que no le apetecía quedarse a solas con él.

Podía notar que la estaba mirando. Xavier dio un buen trago a su segundo vaso de vino y le dijo a Aria:

—Estás muy callada.

Se encogió de hombros.

—A lo mejor es que soy así.

—Me cuesta creerlo.

Ella levantó la vista bruscamente. Xavier sonrió, pero no resultaba especialmente fácil descifrar la expresión de su rostro. Cogió un lápiz verde oscuro del vaso y empezó a dibujar en su mantel.

—¿Cómo llevas que tu madre y yo estemos saliendo?

—Bien —respondió rápidamente Aria al tiempo que removía su capuchino con la cucharilla. ¿Preguntaba porque había notado que le gustaba? ¿O lo hacía por educación, por ser la hija de Ella?

Xavier dejó el lápiz verde en el vaso de nuevo y garabateó algo con la pintura negra.

—Tu madre me ha contado que también eres artista.

—Algo así —respondió Aria con frialdad.

Aria se mordió el labio, sintió que la estaba poniendo en un compromiso.

—Me gustan los surrealistas, ya sabes, Klee, Max Ernst, Magritte, M. C. Escher.

Xavier hizo una mueca.

—Escher.

—¿Qué pasa con Escher?

Él negó con la cabeza.

—Todos los chavales de mi colegio tenían un póster de Escher en su cuarto porque les parecía muy profundo. ¡Madre mía, un pájaro que se convierte en pez! ¡Oh, una mano que dibuja otra mano! ¡Perspectivas nuevas! Qué mareo.

Aria se acomodó en la silla, riéndose.

—¿Conociste personalmente a Escher? ¿Te pegaba en el patio cuando erais pequeños o algo? ¿Te quitó tu cochecito de juguete?

—Murió a principios de los setenta, me parece —respondió con un resoplido—. No soy tan mayor.

—No lo tengo yo tan claro —respondió Aria levantando una ceja.

—Escher me parece demasiado comercial —apuntó Xavier con una sonrisa.

—¡Era un genio! ¿Cómo puedes ser comercial si estás muerto?

Xavier la miró un instante y se rió.

—Pues sí que eres fan de Escher... En fin, ¿qué te parece si hacemos un concurso? —preguntó mientras daba vueltas a un lápiz en su mano—. Los dos dibujamos algo que haya en este local. Quien lo haga mejor será quien tenga razón sobre Escher y podrá comerse la última galleta de avena —propuso mientras apuntaba hacia el plato—. Me he dado cuenta de que te la estás comiendo con los ojos. ¿No la quieres porque estás a dieta y no has dicho nada?

—No he estado a dieta jamás —respondió burlonamente.

—Eso dicen todas —los ojos de Xavier brillaron con luz trémula—, pero nunca es cierto.

—¿Acaso eres experto en psicología femenina? —graznó Aria entre risas por la pequeña discusión que estaban teniendo. Se sentía como en su clásico del cine favorito, *Historias de Filadelfia*, en el que Katherine Hepburn y Cary Grant se picaban el uno al otro constantemente.

»Participaré en tu pequeño concurso —y cogió un lapicero rojo. Nunca podía resistirse a mostrar lo bien que dibujaba—, pero vamos a poner un límite de tiempo. Un minuto.

—De acuerdo —respondió él mirando el reloj con forma de tomate que había en la barra del bar—. El segundero está en las doce. ¡Vamos allá!

Aria buscó a su alrededor algo que dibujar. Se fijó en un señor mayor que estaba apoyado en la barra bebiendo de una taza de cerámica. El lápiz se deslizó con destreza por el mantel capturando su expresión de cansancio y tranquilidad. Cuando terminó de dar algunos detalles, la aguja del reloj volvió a pasar por las doce.

—¡Tiempo! —anunció Aria.

—Tú primero —dijo Xavier, y tapó su mantel con la mano. Aria le mostró el dibujo y él asintió, impresionado. Miró al dibujo y luego al hombre—. ¿Cómo has sido capaz de pintar eso en un minuto?

—Son años de práctica —respondió Aria—. Solía dibujar a mis compañeros de colegio sin que se dieran cuenta. Bueno, ¿entonces la galleta es para mí? —preguntó, dándole un golpecito a Xavier en la mano que todavía cubría el dibujo—. Pobre don abstracto, ¿te da vergüenza enseñar el tuyo?

—No… —Xavier retiró la mano del mantel poco a poco. Las líneas de su dibujo eran claras y las sombras estaban muy bien hechas. Había dibujado a una preciosa chica de pelo negro. Tenía pendientes de aro, como los de Aria. Y ese no era el único parecido.

—Vaya —dijo ella tragando saliva. Xavier había dibujado incluso el pequeño lunar de su mejilla y las pecas de su nariz. Parecía haberla estado examinando toda la noche, como si supiera que iba a surgir ese momento.

De la cocina salía un olor a tahini que le revolvió el estómago a Aria. Por un lado, el dibujo de Xavier era muy dulce: el novio de su madre estaba intentando llevarse bien con ella… pero por otro, no era buena idea.

—¿No te gusta? —preguntó Xavier con sorpresa.

Abrió la boca para contestar, pero de pronto sonó su teléfono.

—Perdona un segundo —murmuró la joven. Sacó el Treo del compartimento interior de su bolso. «Dos mensajes multimedia», decía la pantalla. Aria tapó con la mano la pantalla para evitar el reflejo de la luz.

Xavier seguía observándola, así que Aria procuró no atragantarse. Alguien le había mandado una foto de ellos dos en la exposición del domingo. Estaban muy cerca el uno del otro y los labios de Xavier casi rozaban el oído de Aria. La siguiente foto se abrió inmediatamente: eran ellos dos en el Rabbit Rabbit. Xavier tenía tapado el dibujo con sus manos y Aria aparecía inclinada hacia delante sobre la mesa, dándole un toque juguetón para que se lo enseñara. La cámara había captado la décima de segundo en la que parecía que estaban agarrados de la mano. Ambas fotos resultaban muy creíbles.

La segunda foto la habían tomado hacía apenas unos segundos. Con el corazón en la garganta, miró a su alrededor. Mike estaba fuera, hablando animadamente por teléfono. Su madre justo volvía del baño y el hombre al que había dibujado estaba sufriendo un ataque de tos en ese instante.

El teléfono volvió a sonar. Con pulso tembloroso, Aria abrió el mensaje y leyó un poema:

> A los artistas les gustan los tríos,
> quizás tu madre diga que sí.
> Si guardas mi secreto,
> haré lo mismo por ti.
> —A

El teléfono se deslizó entre sus dedos. Se puso en pie de un salto y estuvo a punto de tirar el vaso de agua.

—Tengo que irme. —Guardó el dibujo de Xavier en su bolso.

—¿Cómo? ¿Por qué? —preguntó él con cara de no entender nada.

—Porque sí. —Se puso el abrigo y señaló a la galleta que quedaba en el plato con forma de mazorca—. Toda tuya, enhorabuena. —Se dio la vuelta y casi se chocó con la camarera, que llevaba una bandeja llena de fritos de tofu. Tanto si las fotos eran de un farsante como si no, no debía meterse en la relación de su madre.

13

Buena química en Chemistry Hill

Aquel miércoles, a esa misma hora, cuando la luna empezaba a asomar entre las copas de los árboles y las luces del aparcamiento de Hollis se encendieron, Emily llegó a lo más alto de Chemistry Hill con un trineo hinchable con forma de dónut en las manos.

—¿Seguro que quieres echar una carrera? —retó a Isaac, que también llevaba un rosco gigante bajo el brazo—. Tengo el trineo más rápido de todo Rosewood.

—¿Y eso quién te lo ha dicho? —respondió él con un brillo en los ojos—. Nunca has competido contra mí.

Emily agarró el trineo por las asas moradas y dijo:

—Gana quien llegue primero a ese árbol grande de abajo. Preparados… Listos…

—¡Ya! —se le adelantó Isaac mientras saltaba en el trineo y se deslizaba por la colina.

—¡Oye! —gritó ella, y se tiró de cabeza con su neumático. Dobló las rodillas y levantó los pies para que las botas no rozasen el suelo. Dirigió el trineo hacia la zona con más pendiente para ir más rápido, pero por desgracia Isaac también iba hacia allá. Emily lo alcanzó a toda mecha, aunque se chocaron en medio de la pendiente y terminaron rodando por la nieve.

El trineo de Isaac prosiguió colina abajo sin él.

—¡Mira! —gritó, apuntando con el dedo mientras pasaba por el árbol de meta—. ¡Técnicamente he ganado!

—Has hecho trampas —protestó ella en broma—. Mi hermano solía salir antes de tiempo también. Me ponía de los nervios.

—¿Yo también te pongo de los nervios? —preguntó Isaac con picardía.

Emily bajó la mirada hacia sus mitones rojos.

—No sé… —dijo en voz baja—. A lo mejor.

Sus mejillas empezaron a colorearse.

Cuando Emily llegó con su coche al aparcamiento de la facultad de Química y vio a Isaac junto a su furgoneta con los dos trineos hinchables, el corazón se le puso a mil. Isaac estaba más guapo vestido para jugar en la nieve que con la camiseta y los vaqueros de rockero emo. Llevaba un gorro de lana azul bien calado que arremolinaba su pelo alrededor de las orejas y que resaltaba aún más sus ojos claros. Sus mitones tenían bordados unos renos en las palmas de las manos. Confesó que su madre le tejía un par igual todos los años. La bufanda le daba dos vueltas al cuello y cubría cada centímetro de su piel. Emily no sabía por qué, pero desde luego le hacía parecer vulnerable y adorable.

Ella quería pensar que esas mariposas que sentía dentro se debían a que estaba conociendo a un nuevo amigo, o quizás eran los efectos secundarios de una hipotermia aguda, dado que hacía siete bajo cero según el termómetro del Volvo de su madre. En realidad, no tenía ni idea de a qué respondían todos esos sentimientos.

—Hacía siglos que no venía por aquí. —Emily rompió el silencio mientras miraba al edificio de ladrillo de Química al pie de la colina—. Mis hermanos descubrieron este sitio, ahora están en la universidad, en California. No sé cómo han podido mudarse a un sitio donde nunca nieva.

—Tienes suerte de tener hermanos —admitió Isaac—. Yo soy hijo único.

—Alguna vez he deseado serlo yo también —se quejó ella—. Siempre había demasiada gente en casa y nunca he tenido ropa nueva, todo el rato heredaba remiendos.

—Pero te sientes muy solo —respondió él—. Cuando era pequeño, vivía en un barrio en el que no había apenas niños, así que tenía que jugar por mi cuenta. Solía dar paseos a mi aire, como si fuera un explorador. «El gran Isaac descubre un increíble riachuelo. El gran Isaac conquista una montaña.» Si alguien me escuchó alguna vez, seguro que pensó que estaba loco.

—El gran Isaac, ¿eh? —se rió Emily, porque le parecía una auténtica monada—. Bueno, los hermanos están sobrevalorados, de hecho hemos tenido algunos rifirrafes últimamente.

Isaac se apoyó en un codo y se colocó frente a ella.

—¿Por qué?

La nieve había comenzado a traspasar los vaqueros y la ropa interior térmica de Emily. Ella se refería a la reacción de su familia cuando se enteraron de que le gustaba Maya. Carolyn se quedó alucinada, pero Jake y Beth la borraron de su lista de reenvío de correos divertidos durante una buena temporada.

—Asuntos familiares, lo normal —dijo, finalmente—. Nada interesante.

Isaac asintió. Se puso en pie y propuso ir a rescatar los trineos antes de que oscureciera demasiado. Emily lo observó bajar la colina y la invadió una sensación extraña. ¿Por qué no le había contado a Isaac la verdad? ¿Por qué le resultaba tan difícil?

En ese instante, miró al aparcamiento. Había un coche dando vueltas alrededor de las plazas y se detuvo debajo de una farola al pie de Hollis Hill, no muy lejos de donde habían chocado Isaac y ella. Ponía «Policía de Rosewood» en la puerta. Emily trató de reconocer al conductor porque el pelo le resultaba familiar. Era el agente Wilden.

La expresión de su frente reflejaba preocupación y parecía estar gritando a alguien por teléfono. Lo observó un instante; cuando era más pequeña, Carolyn y ella solían llevar a escondidas a su habitación la tele de la cocina para ver las películas de miedo que ponían de madrugada, aunque siempre las veían con el volumen muy bajo. Hacía mucho tiempo que no leía los labios, pero estaba bastante segura de que Wilden acababa de decir «No te acerques».

El corazón de Emily comenzó a bombear con fuerza. ¿Que no se acercara a quién? En ese mismo instante, Wilden vio a Emily y se le quedaron los ojos como platos. La saludó con la cabeza y bajó la mirada bruscamente.

Ella se sintió intranquila y se preguntó si Wilden había venido aquí para tener un poco de intimidad y resolver algún asunto personal. Era una tontería pensar que toda su vida girara en torno al caso de Ali.

De pronto sonó su teléfono, que estaba en el bolsillo con cremallera de su anorak. Emily se llevó un buen susto, pero lo sacó y se quedó helada. El nombre de Aria aparecía en pantalla.

—Hola —suspiró Emily con alivio—. ¿Qué tal?

—¿Has recibido algún mensaje raro? —preguntó Aria.

Emily cambió de pie y la nieve crujió debajo. Isaac, mientras, se perdió entre los árboles en busca de su trineo.

—No...

—Pues yo sí. Y sea quien sea me ha sacado una foto, Emily. Esta noche. Quien escribe los mensajes sabe dónde estamos y qué hacemos.

Una ráfaga de viento golpeó la cara de Emily y llenó sus ojos de lágrimas.

—¿Estás segura?

—He llamado a la comisaría para hablar con Wilden hace veinte minutos —explicó—, pero me ha dicho que tenía una reunión importante y que no podía hablar.

—Un momento —respondió confundida Emily, acariciándose la barbilla—. Wilden no está en la comisaría, acabo de verlo hace un segundo. —Miró de nuevo hacia abajo, pero el coche patrulla ya no estaba bajo la farola. El nudo de su estómago se apretó aún más. Wilden le debía de haber dicho a Aria que iba a patrullar, no que tenía una reunión. Seguro que había habido un malentendido.

—¿Y dónde andas? —preguntó Aria.

Isaac apareció entre los árboles con su trineo. Miró hacia arriba y saludó con la mano a Emily. Tragó saliva mientras su corazón parecía que se le iba a salir por la boca.

—Tengo que colgar —dijo bruscamente—. Ya te llamo luego.

—¡Espera! —dijo Aria muy preocupada—. No te he...

Emily cerró su teléfono y cortó la conversación. Isaac llevaba el neumático de forma triunfal sobre la cabeza.

—El gran Isaac ha tenido que pelear con un oso para recuperarlo —dijo, alzando la voz.

Emily le devolvió una risa forzada, tratando de calmarse. Tenía que haber alguna explicación lógica para el mensaje de Aria. No podía ser tan grave.

Isaac se dejó caer sobre el trineo y se quedó mirándola.

—No dijimos cuál sería el premio si yo ganaba la carrera.

Emily respiró fuerte para relajarse y concentrarse en la conversación.

—¿Qué tal un diploma al mayor tramposo de la historia? ¿O una bola de nieve en toda la cara?

—¡Se me ocurre otra cosa! —respondió él y, antes de que se diera cuenta, se acercó a ella y la besó dulcemente en los labios. Cuando se apartó, Emily se tapó la boca con las manos. Notaba el sabor de los caramelos Tic Tac de té que Isaac había estado chupando antes. Sentía un hormigueo en los labios, como si le hubiera picado algo.

Isaac abrió bien los ojos para estudiar la expresión de la cara de Emily.

—¿Estás bien?

—Sí —dijo con una sonrisa bobalicona. Según lo decía, tuvo la sensación de que era totalmente cierto.

Él la cogió de la mano y también sonrió. La cabeza de Emily daba más vueltas que si hubiera montado en un tiovivo durante un buen rato.

De pronto, su teléfono volvió a sonar.

—Lo siento, me acaba de llamar mi amiga —le explicó mientras buscaba el móvil—. Probablemente sea ella otra vez. —Se dio la vuelta y vio que tenía un mensaje.

El corazón se le puso a mil. Miró a la enorme y oscura colina, pero estaban solos. Muy despacio, abrió el mensaje.

iOye, Em! ¿No dice la Biblia que los chicos de bien no deben besarse con gente como tú? ¿Qué se supone que debo hacer? No le contaré a nadie tus pecados si tú haces lo mismo con los míos. Besos. —A

14

¡Viva Hanna!

Un rato más tarde, ese mismo miércoles, Hanna esperaba en la entrada de Rive Gauche, el restaurante francés del centro comercial King James, mientras abría y cerraba los puños. La voz de Serge Gainsbourg fluía de los altavoces perfectamente ocultos y el aire olía a carne a la plancha, queso de cabra derretido y J'Adore de Dior. Si Hanna cerraba los ojos, podía imaginar que era invierno y que estaba con Mona. Todavía no había sucedido nada raro y el cuerpo de Ali no había aparecido aún en ese horrible agujero. Ella no tenía esa llamativa cicatriz en la barbilla, el repulsivo Ian no estaba en libertad bajo fianza y no había mensajes falsos de A. Hanna y Mona todavía eran amigas, miraban su reflejo en los espejos antiguos que había junto a las mesas y leían ávidamente los últimos números de *Elle* y *US Weekly*.

Había empezado a ir al Rive Gauche desde lo de Mona, claro. Lucas trabajaba allí los fines de semana y siempre la invitaba a Coca-Cola light con un poco de ron a escondidas. Pero esta noche no iba a cenar con Lucas, sino con… Kate.

Su aspecto era fabuloso. Llevaba el pelo castaño recogido con una cinta de seda negra. Llevaba un vestido de corte imperio de color bermellón y unas botas de tono marrón oscuro de Loeffler Randall. Hanna se había calzado sus tacones de piel favoritos de Marc Jacobs, un jersey de cachemir fucsia de cuello vuelto y unos vaqueros ceñidos. Además, se había puesto el lápiz de labios super-rojo de Nars. Ellas dos estaban mil veces más guapas que Naomi y Riley, que estaban sentadas en la mesa favorita de Hanna, con pinta de gnomos de jardín.

Frunció el ceño al ver a Naomi: con ese pelo tan corto y ese cuello parecía una tortuga. La nariz de rata de Riley temblaba cada vez que se limpiaba sus inexistentes labios con la servilleta.

Kate miró a Hanna y estudió el panorama.

—Ya no son tus archienemigas, ¿vale? —le susurró.

Hanna suspiró; en teoría apoyaba el plan de Kate de «si no puedes vencer a tu enemigo, únete a él», pero en realidad…

Kate miró a Hanna. Le sacaba siete centímetros de altura, así que siempre tenía que mirar hacia abajo cuando hablaban.

—Necesitas más amigas —dijo Kate—. Para ser fuerte, hay que ser más.

—Pero es que…

—¿Tienes alguna idea de por qué las odias? —interrumpió Kate.

Hanna se encogió de hombros. No las podía ni ver porque eran bastante malas y porque Ali las odiaba. El caso es que Ali nunca le contó qué le habían hecho para que le cayeran tan mal, pero tampoco podía preguntarles a ellas qué había pasado. Ali les hizo prometer a Hanna y al resto que jamás de los jamases hablarían con Naomi o Riley.

—Venga. —Kate agarró a Hanna de la cintura—. Vamos a ello.

Hanna gruñó mientras fulminaba con la mirada a su futura hermanastra. Kate tenía una pequeña mancha en la comisura del labio, pero no sabía si era una espinilla u otra cosa. Desde que el día anterior le confesó en el desayuno que se había acostado con un chico y que habían surgido malas noticias, no había parado de darle vueltas al asunto. Un herpes era una mala noticia, ¿no? Y los herpes provocaban calenturas, ¿verdad?

—Muy bien, adelante —gruñó Hanna.

Kate sonrió, la cogió de la mano y se acercaron a la mesa de las chicas. Las dos saludaron a Kate con la mano, pero miraron a Hanna con recelo. Su hermanastra se sentó en el asiento de felpa rojo.

—¿Cómo estáis, chicas? —trinó y les lanzó dos besos al aire.

Naomi y Riley adularon un rato a Kate, impresionadas por su vestido, su pulsera y sus botas, mientras le acercaban el plato de patatas fritas. Entonces, Naomi miró a Hanna, que se había quedado junto al carrito de los postres.

—¿Y ella qué hace aquí? —dijo en voz baja.

Kate se metió una patata en la boca. Hanna se había dado cuenta de que era la clase de chica que podía comer todo lo que quisiera sin engordar un gramo. Menuda perra.

—Hanna ha venido porque quiere deciros una cosa —anunció Kate.

Riley levantó una ceja y preguntó:

—¿Ah, sí?

Kate asintió y entrelazó las manos.

—Quiere disculparse por todas las cosas malas que os ha hecho a lo largo de los años.

¿*Qué?* Hanna estaba alucinando demasiado como para poder articular palabra. Kate había dicho que debía ser simpática, no una vendida. ¿Por qué tenía que disculparse ella con Naomi y Riley? Ellas habían sido igual de malas.

—Quiere empezar de cero con vosotras —continuó Kate—. Me ha dicho que en realidad no sabe por qué empezasteis a pelearos.

Hanna lanzó una mirada a Kate que podría haber congelado un volcán en erupción, pero la otra ni se inmutó. «Confía en mí», parecía decir, «va a funcionar».

Hanna se acercó hasta ellas y se pasó la mano por el pelo.

—Muy bien —murmuró mientras bajaba la mirada—. Lo siento.

—¡Fenomenal! —gritó Kate y miró a las demás para confirmar su aprobación—. Entonces, ¿firmáis una tregua?

Naomi y Riley se miraron la una a la otra y sonrieron.

—¡Tregua! —exclamó Naomi tan alto que los clientes de las otras mesas se dieron la vuelta con cara de pocos amigos—. Mona también la cagó con nosotras, iba de amiga y luego nos dejó tiradas después de que tuvieras el accidente… ¡sin ningún motivo!

—Bueno, ahora entiendo la razón —corrigió Riley levantando la mano—. Nos dio de lado para volver contigo y que nadie sospechara que había sido ella la que te había atropellado.

—Dios mío… —Riley se puso la mano en el pecho—. Qué mala era.

Hanna se estremeció. ¿Qué necesidad había de sacar otra vez el tema?

—El caso es que sentimos mucho todo lo que has tenido que pasar, Hanna —se lamentó Naomi—. Y sentimos también que nos hayamos peleado. La tregua es definitiva. —Se rió de forma nerviosa por la emoción.

—¡Estupendo! —añadió Kate, que le dio un leve codazo a Hanna para que sonriera también.

—Bueno, pues siéntate con nosotras —dijo Naomi, y ella lo hizo con cautela, como un chihuahua que entra en el jardín de un rottweiler irritable. Le parecía demasiado fácil todo esto.

—Estábamos echando un vistazo al último *Teen Vogue* —les contó Riley mientras les mostraba una manoseada revista—. Este fin de semana es la gala benéfica, después de todo: podremos llevar mejores vestidos que las demás asistentes.

Hanna las miró con desconfianza al ver la fecha de la portada de *Teen Vogue.*

—Este número no sale a la venta hasta dentro de unas semanas, ¿no?

Riley dio un sorbo a su zumo de arándanos con soda.

—Mi prima trabaja en la revista. Esta es una prueba, pero la versión definitiva ya está en imprenta. Siempre me envía un anticipo de cada número y a veces me da invitaciones para probar productos. Casi nadie tiene acceso a estas cosas.

Kate no podía tener más abiertos sus ojos azules.

—¡Qué guay!

Riley hojeó la revista y señaló un coqueto vestido de cóctel negro.

—Madre mía, este te quedaría genial, Hanna.

—¿De quién es? —preguntó ella mientras se acercaba con curiosidad.

—Y este pega totalmente con tus ojos, Kate. —Naomi señaló un vestido azul turquesa de BCBG—. Hay unos zapatos increíbles de Prada hechos de satén de este mismo color. ¿Habéis ido ya a la tienda de Prada? Está ahí mismo —señaló.

Kate negó con la cabeza y Naomi se tapó la boca con la mano como si estuviera horrorizada.

Kate se rió y miró de nuevo a la revista.

—Supongo que hay que llevar a algún chico a esta fiesta benéfica, ¿no? —dijo mientras tocaba el papel satinado—. Yo no conozco a nadie aquí...

—No te preocupes —dijo Naomi poniendo los ojos en blanco—. Todos los chicos del colegio hablan de ti.

—Y Hanna ya tiene compañía —añadió Riley mientras pasaba de hoja.

Al escuchar estas palabras, se puso muy tensa. ¿Por qué notaba cierto sarcasmo en las palabras de Riley? ¿Y por qué ponía esa sonría tan rara Naomi? De pronto se dio cuenta: estaban a punto de decir alguna tontería sobre Lucas. A lo mejor algo sobre su obsesión por el club al que iba después de clase, o por la camisa tan horrible que tenía que llevar cuando trabajaba en Rive Gauche, o simplemente que no jugaba al lacrosse. De hecho, en su momento Ali empezó a extender el falso rumor de que era hermafrodita.

Hanna apretó los puños mientras esperaba a escuchar las ocurrencias de estas dos. Sabía que este plan de perdonar y olvidar no iba a salir bien.

Pero Naomi sonrió con benevolencia a Hanna y Riley, y dijo:

—Qué suerte tienes.

Una camarera con tipo de modelo dejó una carpeta de cuero con la cuenta en una esquina de la mesa. Al otro lado de la sala, una pareja de jóvenes de unos veinte años estaban sentados bajo el cartel francés favorito de Hanna: un demonio verde que bailaba con una botella de absenta. Hanna miró a Naomi y a Riley, las chicas que habían sido sus enemigas desde tiempos inmemoriales. Mona y ella solían burlarse de cosas que ya no tenían mucho sentido. La pasión de Riley por los leggings en realidad había sido bastante visionaria... Los empezó a llevar antes de que Rachel Zoe se los recomendase a Lindsay Lohan. Y el nuevo pelo de Naomi le daba un toque verdaderamente moderno. Desde luego, tenía mérito probar algo tan atrevido.

Hojeó la revista y comenzó a sentirse importante.

—Riley, estarías despampanante con este de Foley y Corinna —dijo señalando uno vestido verde esmeralda.

—Eso mismo he pensado yo —contestó mientras chocaba las cinco con Hanna. Después puso cara maliciosa—. ¿Sabes qué te digo? El centro comercial cierra dentro de una hora, ¿vamos a mirar qué hay en Saks?

Los ojos de Naomi se encendieron. Miró a Hanna y a Kate.

—¿Vosotras qué decís?

Hanna sintió como si de pronto alguien la hubiera puesto una preciosa bufanda de cachemir. Estaba en Rive Gauche con unas amigas, preparándose para arrasar sus tiendas favoritas. Todas sus preocupaciones acababan de esfumarse. ¿Para qué sentir miedo o amargura cuando podía irse de compras con sus nuevas amigas? Se acordó del sueño que había tenido en el hospital después del accidente; en él, Ali venía a verla y le decía que todo saldría bien. A lo mejor ese sueño se refería a este momento.

Cuando se agachó para coger su teléfono y salir del restaurante con el resto, vio que su BlackBerry parpadeaba porque había recibido un mensaje. Hanna levantó la vista y vio a Kate poniéndose el abrigo entallado, a Naomi pagando la cuenta y a Riley retocándose el pintalabios. Los camareros del Rive Gauche tomaban nota de los pedidos y recogían los platos de las mesas. Se colocó el pelo detrás de los hombros y abrió el mensaje.

> Querida cerdita:
> Quienes ignoran su pasado corren el peligro de repetir sus errores. ¿Te acuerdas de tu pequeño «accidente» de tráfico? Háblale a alguien de *moi* y me aseguraré de que esta vez no despiertes. Pero, para que no se diga que juego sucio, aquí va una pista: alguien en tu vida no es lo que parece.
> Un abrazo. —A

—¿Hanna?

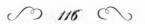

Hanna tapó corriendo la pantalla de su BlackBerry. Kate había caminado unos pasos y la esperaba en la barra de mármol.

—¿Estás bien?

Suspiró y poco a poco desaparecieron las luces que la cegaban. Metió el teléfono en su bolso. *Da igual*. Le daba lo mismo lo que dijera A. Cualquiera podía saber lo del mote y lo del accidente. Por fin había recuperado el estatus que le correspondía y no iba a permitir que ningún estúpido se metiera con ella.

—Sí, todo bien —respondió mientras cerraba la cremallera de su bolso. Atravesó el restaurante y se unió al grupo.

15

Ni siquiera en la biblioteca estás a salvo

Spencer tenía la mirada perdida; el vapor del café que salía de su termo la empañaba aun más. Andrew Campbell se sentó frente a ella y abrió una página del enorme libro de *Economía avanzada*. Señaló un cuadro destacado.

—Aquí se explica cómo la Reserva Federal controla los fondos monetarios —comentó Andrew—. Si la Reserva cree que la economía va a entrar en recesión, rebaja los requisitos y los tipos de interés para los préstamos. ¿Te acuerdas de que lo comentamos en clase?

—Sí... —murmuró, acordándose vagamente. Lo único que sabía de la Reserva Federal era que, cuando bajaba los tipos de interés, sus padres se ponían muy contentos porque sus acciones subían y su madre podía redecorar el salón... por enésima vez. Pero Spencer no recordaba haber oído nada en clase; se sentía tan frustrada e impotente en este curso como en ese sueño recurrente en el que se quedaba encerrada en un sótano que iba llenándose poco a poco de agua. Cada vez que intentaba llamar a la policía, los números no hacían más que moverse y luego se convertían en osos de gominola, mientras el nivel del agua subía hasta taparle la boca y la nariz.

Eran más de las ocho de la tarde y Spencer y Andrew seguían en la sala de estudio de la biblioteca de Rosewood, repasando la última lección de economía. Como había plagiado un trabajo de esa asignatura, la dirección le había exigido sacar un sobresaliente. En caso contrario, la expulsarían de la clase de forma permanente. Sus padres no estaban dispuestos a pagarle ninguna clase particular, de hecho no habían desbloqueado todavía ni la tarjeta ni la cuenta bancaria de Spencer, así que terminó derrumbándose y llamando a Andrew, que era quien sacaba las mejores notas de la clase. Por raro que pudiera parecer, él se alegró mucho de la propuesta, aunque tuviera que hacer todavía un montón de deberes de lengua avanzada, cálculo y química para el día siguiente.

—Luego tenemos la ecuación monetaria del cambio por aquí —dijo Andrew a la vez que señalaba el libro de nuevo—. ¿Te acuerdas? Vamos a hacer algunos ejercicios del libro.

Un mechón de pelo rubio cayó sobre los ojos de Andrew cuando se estiró para coger su calculadora. A Spencer le dio la sensación de haber captado el ligero aroma a castañas de la crema facial de Kiehl, la crema para chico que mejor olía, para su gusto. ¿La había usado siempre o era cosa de ahora? Estaba bastante segura de que no se la había puesto para la fiesta del Foxy, que fue la última vez que estuvieron así de cerca el uno del otro.

—Tierra llamando a Spencer —dijo Andrew mientras movía la mano delante de su cara—. ¿Hola?

Spencer parpadeó.

—Lo siento —respondió tartamudeando.

—¿Has escuchado algo de lo que te he dicho? —dijo él tras apoyar las manos en el libro.

—Claro que sí —asintió, aunque al intentar recordar algo, le venían a la mente otras cosas. Por ejemplo, el mensaje de A que habían recibido en cuanto Ian salió con la condicional. O los reportajes sobre el juicio del viernes. O la fiesta benéfica que estaba preparando su madre sin ella. Quizás lo que más le dolía era pensar que ella no había nacido en el seno de los Hastings.

Melissa no tenía ninguna prueba para sostener la teoría que había lanzado el martes por la noche. Lo único que podría apuntar a que Spencer era adoptada era que su primo Smith había hecho una broma con eso cuando eran pequeños. Genevieve le dio un azote inmediatamente y lo mandó castigado a su cuarto. Pero también era cierto que Melissa no recordaba que su madre hubiera estado embarazada.

Aunque no estuviera del todo claro, las piezas parecían encajar cuanto más lo pensaba. Excepto por el tono oscuro de su pelo rubio, Melissa y ella no se parecían en nada. Siempre tuvo dudas de por qué su madre se había sentido tan abochornada cuando pilló a Spencer, Ali y al resto jugando a «somos hermanas en secreto» cuando estaban en sexto. Se habían inventado que su madre era una mujer rica y muy sofisticada que había perdido a sus cinco hijas en el aeropuerto de Kuala Lumpur (eligieron este lugar solo porque les gustaba el nombre) porque ella era esquizofrénica (una palabra que también les gustaba mucho). Normalmente, la señora Hastings ignoraba a las chicas, pero cuando las escuchó jugar a esto, intervino rápidamente diciendo que no era de buena educación reírse de las enfermedades mentales de los demás ni de las madres que abandonaban a sus hijos. ¿Por qué se puso así? Solo era un juego.

Sin embargo, eso explicaba muchas cosas. Por ejemplo, el por qué Melissa era la favorita de sus padres o la razón por la que estaban tan decepcionados con Spencer. A lo mejor no era decepción lo que sentían, sino más bien rechazo porque ella no era de su sangre. Pero ¿por qué no lo habían admitido después de tantos años? Haber sido adoptada no era nada bochornoso. Kirsten Cullen era adoptada: su madre biológica era de Sudáfrica. En las presentaciones de principio de curso de primaria, Kirsten siempre enseñaba fotos de sus vacaciones en Ciudad del Cabo, su ciudad natal, y todas las chicas reaccionaban con gran admiración. Spencer había deseado muchas veces ser también adoptada porque le sonaba muy exótico.

Miró por la ventana de ojo de buey de la biblioteca. Había un móvil artístico muy moderno colgado del techo.

—Lo siento —admitió—, estoy un poco agobiada.

Andrew frunció el ceño.

—¿Por la clase de economía?

Spencer cogió aire para decirle que no era asunto suyo, pero la estaba mirando con tanta atención y la estaba ayudando tanto que... Se acordó de aquella noche tan horrible en el Foxy. Andrew se había emocionado de verdad al pensar que tenían una cita, pero se enfadó mucho y se puso muy triste cuando se dio cuenta de que Spencer lo estaba utilizando. El tema aquel de A y Toby Cavanaugh sucedió justo después de que Andrew se enterase de que estaba saliendo con otro. ¿Se había disculpado como merecía?

Spencer empezó a meter los rotuladores en su estuche de plástico con especial atención de que todos quedasen guardados en la misma dirección. Al colocar el de color azul eléctrico, comenzó a sentir un revuelo dentro, como la típica maqueta de volcán que echa espuma y está a punto de entrar en erupción.

—Me llegó ayer el formulario para un curso de verano en Yale, pero mi madre lo tiró antes de que pudiera leerlo siquiera —soltó finalmente. No le podía contar a Andrew nada sobre A o Ian, pero al menos se sentía bien por poderle contar algo—. Dijo que era imposible que Yale me aceptara en un curso de verano. Además, mis padres están preparando una fiesta benéfica para el Rosewood Day este fin de semana, pero mi madre no me había contado nada. Normalmente la ayudo a preparar estas cosas. Y encima mi abuela se murió el lunes y...

—¿Se ha muerto tu abuela? —preguntó Andrew con cara de sorpresa—. ¿Y por qué no me has dicho nada?

Spencer parpadeó, totalmente perpleja. ¿Y por qué tendría que contárselo? ¡Ni que fueran amigos!

—No sé, pero el caso es que no me nombra en su testamento —prosiguió—. Al principio pensé que era por el tema de la Orquídea Dorada, pero mi hermana dice que el testamento habla de nietos legítimos. Yo no me lo creí en ese momento, pero he estado pensado en ello y tiene sentido. Tenía que haberme dado cuenta.

—Ve más despacio —dijo Andrew negando con la cabeza—. No lo entiendo, ¿de qué tenías que haberte dado cuenta?

Spencer suspiró.

—Lo siento —dijo con suavidad—. Si el testamento habla de nietos legítimos es porque alguno de nosotros no lo es. Es decir, que soy adoptada.

Spencer tamborileó con los dedos en la enorme mesa de caoba de la sala de estudio. Alguien había grabado «Angela es una zorra» en la superficie. Se hacía un poco raro decirlo en voz alta. *Soy adoptada.*

—A lo mejor no está tan mal —reflexionó Spencer mientras estiraba las piernas debajo de la mesa—. Con suerte, mi madre biológica se acuerda de mí y me puedo largar de Rosewood.

Andrew permaneció en silencio. Spencer se quedó mirándolo mientras se preguntaba si había dicho algo ofensivo. Finalmente, se dio la vuelta y la miró a los ojos.

—Te Quiero —anunció Andrew.

—¿Cómo? —A Spencer casi se le salieron los ojos de las órbitas.

—Es un sitio web —prosiguió el chico como si no hubiera pasado nada. La silla crujió cuando se echó hacia atrás—. Te Quiero punto com. A lo mejor es punto net, no me acuerdo. El caso es que ayudan a buscar a las madres biológicas de gente adoptada. Me lo contó una chica que conocí en el viaje a Grecia; me escribió el otro día para contarme que había funcionado y que va a conocer a su madre la semana que viene.

—¡Vaya! —Spencer trató de alisar con nerviosismo su falda perfectamente planchada. Por supuesto, de ninguna manera había creído que Andrew le había dicho que la quería.

—¿Quieres registrarte? —preguntó mientras guardaba los libros en la mochila—. Si no eres adoptada, no encontrarán ningún dato. Pero si lo eres, quizás puedan ayudarte.

—Mmm… Vale, claro. —La cabeza le daba vueltas.

Andrew atravesó la biblioteca hacia la sala de informática y Spencer lo siguió. La sala de lectura principal estaba prácticamente vacía; apenas había algunos estudiantes rezagados, dos chicos junto a la fotocopiadora (que evidentemente estaban tratando de decidir si se fotocopiaban la cara o el culo) y un grupo de señoras de mediana edad con un sombrero azul que parecían pertenecer a una secta. A Spencer le dio la sensación de que alguien se había agachado entre las estanterías de las autobiografías, pero no vio nada cuando se giró de nuevo.

La sala de informática estaba frente a la biblioteca y, en vez de paredes, tenía una enorme cristalera a cada lado. Andrew se sentó en un puesto y Spencer acercó la silla de al lado. Movió el ratón y la pantalla se encendió.

—Vale —dijo Andrew mientras escribía la dirección y giraba la pantalla hacia Spencer—. ¿Ves bien?

«Reunimos a las familias», decía el banner rosa y lleno de flores que abría la página. En la parte izquierda de la pantalla había una serie de fotos y testimonios de gente que ya había utilizado sus servicios. Spencer se preguntó si estaría la foto de la amiga de Grecia de Andrew y si sería guapa… pero no por celos ni nada por el estilo.

Spencer hizo clic en un botón que decía «Date de alta aquí». Se abrió una página que pedía responder algunas preguntas personales para poner en contacto a los miembros con su posible madre biológica.

Recorrió los testimonios con la mirada. «¡Pensé que jamás encontraría a mi hijo!» decía Sadie, de cuarenta y nueve años. «¡Por fin nos conocemos y somos muy amigas!» había escrito Angela, de veinticuatro. «Siempre trataba de imaginar cómo sería mi madre. Ahora que nos conocemos, hemos abierto un negocio de accesorios.» Spencer sabía que la realidad no era tan fácil e inocente. Las cosas no eran así de sencillas, pero no podía evitar sentir cierta esperanza.

Tragó saliva y dijo:

—¿Y si funciona de verdad?

Andrew metió las manos en los bolsillos de su chaqueta.

—Pues será genial, ¿no?

Spencer se acarició la barbilla, respiró hondo y empezó a escribir su nombre, número de teléfono y dirección de correo electrónico. Rellenó los campos de dónde y cuándo había nacido, los problemas de salud que había tenido y su grupo sanguíneo. Cuando llegó a la pregunta «¿Por qué te has decidido a buscar?», mantuvo los dedos en el aire unos instantes para pensar bien la respuesta. *Porque mi familia me odia*. Eso es lo que quería escribir. *Porque no significo nada para ellos.*

Andrew se asomó por encima de su hombro. «Por curiosidad», escribió finalmente. Volvió a coger aire y envió el formulario.

Por los altavoces empezó a sonar la canción *Campanitas del lugar* mientras en la pantalla salía una animación de una cigüeña volando por el mundo, buscando el perfil que coincidiese con el de Spencer.

Hizo crujir sus nudillos, algo aturdida por lo que acababa de hacer. Miró a su alrededor y todo le pareció extraño. Había venido a esta biblioteca toda la vida, pero jamás se había dado cuenta de que los cuadros de la sala de informática eran de paisajes y bosques, ni de que en la puerta había un enorme cartel que decía «A todos los usuarios de la biblioteca: queda prohibido entrar en Facebook o Myspace». Nunca se había percatado de que el suelo de madera era de un tono arenoso o de que las majestuosas lámparas que colgaban del techo tenían forma pentagonal.

Cuando miró a Andrew, se dio cuenta de que él también le resultaba raro, en el buen sentido. Spencer se puso roja y se sintió muy vulnerable.

—Gracias.

—De nada. —Se levantó y se apoyó en el marco de la puerta—. ¿Te sientes menos agobiada ya?

—Sí —admitió.

—Genial. —Andrew sonrió y miró la hora—. Tengo que irme, nos vemos mañana en clase.

Spencer observó al chico mientras atravesaba la biblioteca, saludaba a la señora Jamison, la bibliotecaria, y salía por el torno de la puerta. Se dio la vuelta hacia la pantalla de nuevo y entró en su cuenta de correo. El sitio web de las adopciones le había enviado un mensaje de bienvenida en el que le contaban que recibiría alguna noticia de aquí a seis meses. Cuando iba a cerrar la sesión, llegó de pronto un correo nuevo a su bandeja. El nombre del remitente era un revoltijo de letras y números, y el asunto era «Te estoy vigilando».

De pronto, comenzó a sentir un hormigueo por la espalda. Abrió el correo y leyó detenidamente cada palabra.

> Creí que lo nuestro era amistad, Spence. Os mando una nota y llamáis a la policía... ¿Qué hay que hacer para que estéis calladitas? ¡No me busquéis las vueltas! —A

—Dios mío... —susurró Spencer.

Súbitamente, se produjo un tremendo estruendo detrás de ella. Se dio la vuelta con todos los músculos agarrotados. No había nadie más en la sala de informática. Una farola iluminaba el patio que había detrás de la biblioteca, pero no había ninguna huella en el manto de nieve que lo cubría. En ese instante, Spencer vio algo en el cristal de la ventana: el vaho de la respiración de alguien se desvanecía rápidamente.

Se le heló la sangre inmediatamente. «Te estoy vigilando.» Alguien había estado ahí hacía unos segundos y ella no se había dado ni cuenta.

16

La gente rara se atrae entre sí

A la mañana siguiente, Aria bajó las escaleras y se frotó los ojos. La atrajo hasta la cocina el aroma del café ecológico que su madre había comprado en una feria de agricultura (uno de los pocos productos por los que no le importaba pagar algo más). Ella ya se había marchado a trabajar, pero Mike estaba en la mesa comiendo un bol de Fruity Pebbles mientras tuiteaba con su iPhone. Cuando Aria vio quién estaba sentado al lado de su hermano, no pudo reprimir un grito.

—Vaya —dijo Xavier, asustado—. ¡Hola!

Xavier llevaba una camiseta blanca y unos pantalones de pijama que conocía muy bien. Por un instante pensó que Byron se los había dejado, pero se dio cuenta de que eran de Ella. Tenía delante la taza favorita de Byron con el anagrama de la universidad Hollis y el crucigrama del *Philadelphia Inquirer*. Aria cruzó los brazos y se tapó castamente el pecho. No se le había ocurrido ponerse sujetador para desayunar, claro.

La bocina de un coche sonó fuera. Mike arrastró la silla haciendo ruido mientras le goteaba algo de leche de la boca.

—Es Noel. —Cogió su enorme bolsa de lacrosse y se dirigió a Xavier—. ¿Jugamos a la Wii esta noche, entonces?

—Por supuesto —contestó.

Aria miró a su reloj.

—Son las siete y veinte. —Las clases empezaban dentro de una hora y Mike siempre remoloneaba hasta el último segundo.

—Vamos a pillar sitio en el Steam para ver a Hanna Marin y a su hermanastra, que está buenísima —dijo con los ojos desorbitados—. ¿Conoces a esa tal Kate? No me puedo creer que vivan juntas. Tú, que hablas con Hanna de vez en cuando... ¿no sabrás si duermen en la misma cama?

Aria lo fulminó con la mirada.

—¿En serio crees que voy a responder a tu pregunta?

Mike se colocó la bolsa en el hombro y salió tranquilamente hacia la entrada, tirando a su paso un tótem gigante con cara de rana que Ella había encontrado en una tienda de segunda mano en Turquía. La puerta principal se cerró de un portazo, Aria escuchó arrancar el motor del coche... y después, nada.

Un silencio inquietante gobernaba la casa. Lo único que podía escuchar Aria era la música de sitar indio que Ella ponía siempre antes de salir a trabajar. A veces la dejaba puesta todo el día para que se relajaran Polo, su gato, y las plantas.

—¿Quieres alguna sección del periódico? —dijo Xavier para romper el hielo.

Le mostró la portada, en la que el primer titular era «Ian Thomas promete encontrar al verdadero asesino de DiLaurentis antes del juicio de mañana». Aria se estremeció.

—Nada, tranquilo. —Se puso una taza de café y se encaminó hacia las escaleras.

—Espera un momento —dijo en voz alta Xavier. Aria se paró tan de golpe que derramó algo de café en el suelo—. Siento mucho haberte hecho sentir incómoda en el restaurante anoche —dijo con solemnidad—. Es lo último que pretendía. Mi intención también era marcharme hoy antes de que bajaras, me puedo imaginar lo raro que es esto.

Aria quería preguntarle si le parecía raro porque él sabía que a ella le gustaba o simplemente porque estaba saliendo con su madre, que todavía no se había divorciado.

—No pasa nada. —Aria dejó el café en la mesita del teléfono al lado de la puerta. Estaba llena de propaganda y postales de las últimas exposiciones de Xavier. Seguramente Ella estaba dándole un serio repaso a todo su trabajo. Se recolocó los cortísimos shorts del pijama y se arrepintió de llevar los del pegaso de raso color chicle en el culo.

Se acordó de la nota de A que recibió el día anterior en el Rabbit Rabbit. Wilden había prometido que llamaría en cuanto averiguasen quién había mandado el último mensaje y tenía muchas ganas de recibir noticias suyas hoy para poder cerrar el asunto de una vez por todas.

Aria había estado sopesando la idea de enseñarle las fotos a su madre antes de que A lo hiciera. «Resulta que me gustaba Xavier antes de que empezaras a salir con él», podía decirle. «¡Pero ya no me gusta nada de nada! Si alguien te manda alguna foto, pasa de todo, ¿vale?» Sin embargo, su relación todavía era algo frágil como para soltar algo así, sobre todo si no había necesidad.

En realidad, Wilden tenía razón. Alguien muy estúpido debía de estar mandando esos mensajes y no había motivos para estar enfadada con Xavier. Solo se trataba de un boceto, ¡muy bonito, por cierto! Así era. Aunque Ella viera las fotos de A, seguro que Xavier le explicaría que no había pasado nada; probablemente no se había dado cuenta de la señal que le había transmitido con un dibujo tan detallado. Xavier era un artista y los artistas no son precisamente expertos en relaciones sociales. Por ejemplo, Byron organizaba cócteles con los estudiantes universitarios de Hollis, pero luego se escondía en el dormitorio y Ella tenía que atenderlos toda la tarde.

Xavier se puso en pie y se limpió la barbilla con una servilleta.

—¿Cómo puedo compensarte? Me visto y te llevo a clase en coche, ¿vale?

Aria relajó los hombros. Ella se había llevado el coche por la mañana y desde luego le apetecía más ir en coche que en el autobús del Rosewood Day, que estaba lleno de chavales de primaria que no se cansaban jamás de organizar concursos de pedos.

—Vale, muchas gracias.

Veinte minutos después, Aria se enfundó su abrigo de lana rizada que había comprado en una tienda vintage de París y salió al porche. El coche de Xavier, un BMW 2002 de los años sesenta perfectamente restaurado, estaba aparcado en la calle. Aria se sentó en el asiento delantero y admiró el elegante salpicadero cromado.

—Todos los coches antiguos deberían ser así —silbó con admiración—. ¿Has visto la castaña de Honda que tiene mi madre? Los asientos tienen moho.

Xavier se rió.

—Mi padre tenía uno igual cuando yo era pequeño —le contó mientras salían a la carretera—. Cuando se divorció de mi madre y se fue a Oregón, creo que eché más de menos al coche que a él.

Miró a Aria con un aire comprensivo.

—Sé lo raro que es todo esto. Mi madre empezó a salir con un tipo nada más divorciarse y yo no lo podía soportar.

Así que se refería a eso. Aria miró hacia otro lado deliberadamente y vio a un par de estudiantes del colegio público pisando la nieve medio derretida de la parada del autobús. Lo último que le apetecía escuchar era un testimonio similar a su historia. Sean Ackard, con el que había tenido un lío este otoño, le había contado cuánto le había costado superar la muerte de su madre y el segundo matrimonio de su padre. Ezra también se lamentaba de que, por culpa del divorcio de sus padres, él fumaba un montón de porros. Qué bien, la vida de todo el mundo daba asco, pero eso no servía de nada para solucionar sus propios problemas.

—Todos los novios de mi madre trataban de llevarse bien conmigo. Me regalaban material deportivo: guantes de béisbol, balones de baloncesto... incluso un uniforme completo de hockey, con hombreras y todo. Si se hubieran molestado en intentar conocerme, me habrían regalado una batidora. O un molde para tartas... o para magdalenas.

Aria lo miró con cara de extrañeza.

—¿Moldes para magdalenas?

—Me gustaba mucho la repostería. —Xavier sonrió tímidamente y paró el coche para que cruzasen la calle un montón de niños—. Me resultaba muy relajante y se me daba especialmente bien el merengue. Eso fue antes de descubrir la pintura. De hecho, era el único chico en el club de cocina de mi instituto. De ahí viene mi apodo en Match.com: estaba obsesionado con Wolfgang Puck durante la adolescencia. Tenía un restaurante en Los Ángeles llamado Spago y una vez fui en coche desde Seattle, donde yo estudiaba, convencido de que podría entrar sin reserva. —Puso los ojos en blanco—. Terminé comiendo una hamburguesa en un Arby's.

Aria se fijó en la expresión tan seria de su cara y comenzó a reírse.

—¡Menuda nena estás hecha!

—Lo sé —dijo Xavier inclinando la cabeza—. No era muy popular en el instituto. Nadie me tragaba.

Aria se pasó la mano por su larga coleta.

—Yo tampoco era muy popular antes.

—¿Tú? —dijo Xavier agitando la mano—. No me lo creo.

—Pues es verdad —dijo en voz baja Aria—. Nadie me entendía.

Se recostó en el asiento mientras lo rememoraba. Aria procuraba no pensar mucho en esos años de soledad en los que no tenía a nadie. Hasta que conoció a Ali, pero la foto en blanco y negro de su amiga el otro día, la del cartel de la cápsula del tiempo, había destapado muchos recuerdos.

Cuando Aria estaba en cuarto, toda su clase del Rosewood Day se llevaba bien, pero en quinto la cosa cambió. Surgieron pandillas muy unidas de la noche a la mañana y todos tenían su sitio. Había sido como el juego de las sillas musicales: cuando se paró la música, todos sus compañeros encontraron asiento menos ella.

Aria intentó integrarse en algún grupo. Una semana se vistió de negro, se puso unas botas Doc Martens y se juntó con los gamberros que robaban en Wawa y fumaban junto al tobogán con forma de dragón que había al lado del colegio. Pero no tenía nada en común con esa gente: no les gustaba nada leer, ni siquiera cosas divertidas como *Narnia*. Otra semana, sacó del armario su ropa más vintage y trató de juntarse con las niñas repipis que adoraban a Hello Kitty y pensaban que los chicos eran unos brutos. Una de las chicas se tiró gritando tres horas, literalmente, porque había pisado una mariquita en el recreo. Ningún grupo encajaba con sus gustos, así que tiró la toalla y empezó a pasarse el día sola, ignorando al resto lo mejor que podía.

A todos menos a Ali, claro. Era la típica chica de Rosewood, pero tenía algo que la hacía fascinante. Cuando salió del colegio aquel día diciendo que ganaría el concurso de la cápsula del tiempo, Aria no pudo evitar hacer un dibujo de su preciosa cara y esa sonrisa tan sensacional. Envidiaba cómo se relacionaba con los chicos sin esfuerzo alguno, incluso con los más mayores, como Ian. Pero lo que más le gustaba a Aria de Ali era su sensible y maravilloso hermano.

Aquel día en el que Jason se plantó delante de Ian y le dijo que dejase a Ali en paz, Aria se quedó completamente pillada por él. Durante semanas, lo estuvo espiando en la biblioteca del instituto durante los descansos, mientras él estudiaba alemán. También se solía esconder detrás de un árbol desde el que se veían los campos de fútbol y observaba cómo hacía estiramientos en el área del portero. A veces hojeaba los anuarios antiguos para recopilar toda la información que podía sobre él. Esos momentos eran de los pocos en los que se alegraba de no tener amigos, porque así podía disfrutar de su amor no correspondido sin darle explicaciones a nadie.

Cuando se anunció el concurso de la cápsula del tiempo, Aria metió en su mochila la copia firmada de Byron de *Matadero cinco*. Una de las cosas que había averiguado era que a Jason le encantaba Kurt Vonnegut. Su corazón le iba a estallar mientras esperaba a que saliera de la clase de redacción que tenía en el edificio de periodismo. Cuando lo vio aparecer, buscó el libro con la intención de enseñárselo. Si Jason se enteraba de que a ella también le gustaba este autor, seguramente llegaría a la conclusión de que eran almas gemelas.

Sin embargo, la secretaria del colegio, la señora Wagner, se plantó delante de Aria en el último momento y se llevó a Jason del brazo porque lo habían llamado para algo muy importante en secretaría.

—Es una chica —dijo la señora Wagner. La cara de Jason se puso blanca y pasó delante de Aria sin mirarla siquiera. Ella volvió a guardar el libro en su mochila con gran vergüenza. Seguramente, la chica que quería hablar por teléfono con Jason era de su edad y preciosa, mientras que ella solo era una friki de sexto. El día después, Aria, Emily, Spencer y Hanna aparecieron en el patio de Ali a la vez. Claramente, todas habían tenido la misma idea: robarle a Ali su trozo de bandera. En ese momento a Aria le daba un poco igual el concurso, solo quería ver a Jason otra vez, pero no tenía ni idea de que lograría cumplir su plan.

Xavier frenó de golpe su antiguo BMW y devolvió a Aria a la realidad. Había una plaza de aparcamiento justo delante del Rosewood Day.

—Todavía hoy pienso que nadie me entiende —dijo Aria mirando al majestuoso edificio de ladrillo.

—Bueno, quizás sea porque eres una artista —respondió él con dulzura—. Los artistas no se sienten nunca comprendidos, pero por eso eres especial.

Aria pasó las manos por su bolso de piel de yak.

—Gracias, Wolfgang. —Agradeció de todo corazón sus palabras con una sonrisa.

Xavier puso una mueca y se despidió.

—Hasta luego. —Le dijo adiós con la mano y se marchó.

Aria observó al BMW alejarse y girar hacia la avenida principal. Después, escuchó una risita cerca de su oído. Se dio la vuelta, pero nadie la estaba mirando. El aparcamiento del colegio estaba lleno de chavales. Devon Arliss y Mason Byers estaban empujándose para tirarse a un charco lleno de barro. Scott Chin, el fotógrafo del anuario, estaba apuntando su cámara hacia las ramas retorcidas de la copa de un árbol desnudo y, más allá, Jenna Cavanaugh y su perro guía esperaban en el suelo resbaladizo. Jenna tenía cabeza bien alta, su pálida piel brillaba y la melena morena le caía sobre su gabardina de lana roja. Si no fuera por el bastón blanco y el perro, Jenna habría sido una rosa de Rosewood.

Jenna se había quedado quieta a unos metros de Aria, como si la estuviera observando.

Aria se detuvo un instante y la saludó:

—Hola, Jenna —dijo en voz baja.

Esta giró la cabeza, no la había oído y desde luego no la había visto. Tiró de la correa del perro y prosiguió su camino hacia el colegio.

Aria sintió que los brazos y piernas se le ponían de piel de gallina y un escalofrío la recorrió de la cabeza a los pies. Aunque hiciera un frío terrible, estaba convencida de que esas sensaciones no respondían a eso.

17

Los sacrificios de ser popular

—No sé qué tiene Kirsten Cullen, pero parece que ha engordado, ¿no? —susurró Naomi a Hanna al oído—. ¿A lo mejor son los brazos?

—Desde luego —respondió—. Eso le pasa por beber cerveza en las fiestas de Navidad. —Pasó por delante de ellas Sienna Morgan, una preciosa estudiante de segundo con un bolso de Vuitton al hombro—. Os habéis enterado de lo del bolso de Sienna, ¿no? —preguntó al resto, haciendo una pausa dramática—. ¡Se lo ha comprado en un outlet!

Naomi se tapó la boca con la mano. Riley sacó la lengua, imitando una arcada. Kate se colocó el pelo detrás del hombro y buscó un lápiz de labios en su bolso, absolutamente auténtico, de Vuitton.

—Tengo entendido que en los outlets solo venden falsificaciones —murmuró.

Era jueves por la mañana y todavía no habían comenzado las clases. Hanna, Kate, Naomi y Riley estaban sentadas en la mejor mesa del Steam. Por los altavoces del local empezó a sonar música clásica, la señal de aviso de que tenían que ir a las aulas. Hanna y Kate se agarraron del brazo, y Naomi y Riley las siguieron. Parecía que estaban desfilando con una cohorte de chicos detrás. El pelo caoba de Hanna se movía a su paso. Naomi creaba tendencia con sus botines verdes. Riley no podía lucir mucho escote, pero hoy parecía tener más pecho gracias al Wonderbra que la obligaron a comprarse en el King James el día anterior. Había sido la mejor jornada de compras que Hanna había tenido en mucho tiempo, la verdad. No era de extrañar que las chicas de segundo que estaban junto a objetos perdidos no les quitasen ojo de la envidia. Tampoco era raro que Noel Kahn, Mike Montgomery, James Freed y el resto del equipo de lacrosse hubieran estado comiéndoselas con los ojos desde la mesa del fondo de la cafetería. Apenas habían pasado unas horas desde que Hanna se disculpó delante de Naomi y Riley, pero todo el mundo parecía entender que eran las chicas a las que había que tener envidia y de quienes hacerse amigos. ¡Era genial!

De pronto, Hanna sintió una mano en su brazo.

—¿Tienes un segundo?

Spencer la apartó de un tirón hacia las taquillas. Tenía el pelo por la cara y miraba hacia todos los lados. Parecía un muñeco al que le hubieran dado demasiada cuerda.

—Lo siento, tengo prisa —dijo Hanna mientras intentaba pasar.

Spencer la llevó hacia la fuente de todos modos. Kate las miró por encima del hombro con cara de extrañeza, pero Hanna se despidió con la mano y se giró hacia su antigua amiga.

—¿Se puede saber qué te pasa? —soltó.

—Me ha llegado otro mensaje anoche —respondió mientras le plantaba su Sidekick en las narices—. Mira.

Hanna leyó el mensaje en silencio. «Creí que lo nuestro era amistad, Spence.» Bobadas.

—¿Y qué?

—Estaba en la biblioteca de Rosewood en ese momento. Cuando me di la vuelta, había vaho en la ventana. Marcas de respiración. Estoy segura de que era Ian. Nos está vigilando.

Hanna suspiró. Quizás era el momento de comentar que ella también había recibido un mensaje de A, pero con eso podría dar a entender que le daban miedo todos estos mensajes y notas.

—Wilden cree que debe de ser un farsante —susurró—. No Ian.

—¡Tiene que ser él! —Spencer gritó tan fuerte que unas chicas vestidas de animadoras se dieron la vuelta—. Ha salido de la cárcel y no quiere que testifiquemos en su contra. Quiere asustarnos. Tiene sentido, ¿no?

—Ian está bajo arresto domiciliario —le recordó Hanna—. Habrá sido un idiota de Rosewood que te ha visto en las noticias, ha pensado que estás buena y quiere llamar tu atención. ¿Y sabes qué? Lo ha conseguido. Ha ganado. Lo mejor que podrías hacer es ignorarlo.

—Aria también ha recibido un mensaje —le contó Spencer mientras miraba hacia el vestíbulo, como si fuera a aparecer por allí milagrosamente—. ¿Te ha dicho algo? ¿Sabes si a Emily le han enviado alguno?

—¿Por qué no se lo cuentas a Wilden? —dijo Hanna apresuradamente, dando un paso atrás.

—¿Crees que debería? —preguntó Spencer acariciándose la barbilla con la mano—. Según este mensaje, más me vale estar calladita.

Hanna resopló.

—Qué pesada eres, ¡es un farsante!

Le dio un abrazo y se giró. Spencer soltó un suspiro de incredulidad, pero Hanna la ignoró. No tenía ninguna gana de que A la manipulase ni de volver a ser la niña asustadiza que había sido unos meses antes. Su vida había cambiado.

Kate, Naomi y Riley esperaban en el vestíbulo junto al ventanal que daba a los campos de fútbol cubiertos de nieve. Hanna aceleró el paso para unirse a ellas con el deseo de no haberse perdido nada interesante. Las tres estaban hablando sobre lo que se iban a poner para la fiesta benéfica del Rosewood Day en casa de Spencer el sábado por la noche. El plan era darse una sesión de bronceado en el Sun Land por la mañana, hacerse la manicura en Fermata por la tarde, cambiarse y maquillarse en casa de Naomi y después ir en una limusina alquilada. Habían pensado en pedir una Hummer, pero Kate les informó de que habían pasado de moda hace dos años.

—Puede que haya fotógrafos de prensa, así que me voy a poner mi vestido con tirante al cuello de Derek Lam —dijo Naomi mientras se apartaba de los ojos algunos mechones de su flequillo rubio—. Mi madre me había dicho que lo reservara para el baile de fin de curso, pero se le olvidará en una semana y me comprará otro para entonces.

—También podríamos vestirnos parecidas —sugirió Riley, e hizo una pausa para mirar su polvera de Dior—. ¿Qué os parecieron los vestidos Sweetface que vimos en Saks ayer?

—¿Sweetface? ¡Puf! —respondió Naomi poniendo cara de asco—. Los famosos no deberían diseñar ropa.

—Pues yo creo que esos vestidos cortos son monísimos —insistió Riley.

—Dejad de pelearos, parecéis dos gatas —dijo Kate, aburrida—. Volveremos al King James por la tarde, ¿vale? Seguro que hay millones de tiendas a las que no entramos ayer y todas encontraremos algo genial. ¿Qué te parece, Hanna?

—Perfecto —afirmó. Naomi y Riley se pusieron derechas y asintieron.

—También tenemos que encontrarte un novio, Kate —dijo Naomi cogiéndola de la cintura—. ¡Hay un montón de chicos guapos en esta ciudad!

—¿Qué te parece Eric, el hermano de Noel? —sugirió Riley mientras apoyaba sus huesudas caderas junto a los conductos de la calefacción que había en el ventanal—. Está buenísimo.

—Pero salió con Mona —dijo Naomi mirando a Hanna—. ¿No es un poco raro?

—Tranquilas —respondió rápidamente. Por primera vez, no sintió un pellizco al escuchar el nombre de Mona.

—Eric sería perfecto para Kate —asintió Naomi con convencimiento—. Tengo entendido que, cuando salía con Briony Kogan, hicieron una escapada a Nueva York y se quedaron en un ático del hotel Mandarin Oriental. Eric la llevó de paseo en carruaje por Central Park y le regaló una pulsera de Cartier.

—Yo también lo he oído —dijo Riley, derritiéndose.

—No me vendría nada mal una historia así —admitió Kate y miró disimuladamente a Hanna. Ella asintió al entender que se refería a la relación secreta, desastrosa y complicada con el chico del

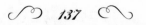

herpes de Annapolis. Aunque Kate no le hubiera confirmado que fuera un herpes, le había pedido que no les contara nada a las chicas.

Alguien agarró de nuevo a Hanna del brazo y ella se dio la vuelta, muy irritada. Pensaba que era Spencer otra vez, pero se trataba de Lucas.

—Anda, hola —dijo Hanna mientras se pasaba las manos por el pelo. En los últimos días solo se había comunicado con él escuetamente por correo electrónico y mensajes al móvil. Por lo demás, había ignorado sus llamadas; había estado muy ocupada cuidando de sus nuevas amistades, que era un arte tan delicado como coser perlas una a una en un traje de noche de alta costura. Seguro que Lucas lo entendería.

Hanna se dio cuenta de que Lucas tenía una manchita rosa en la punta de la nariz. Parecía glaseado de donut rosa. Normalmente, le resultaba entrañable que Lucas fuera tan torpe limpiándose la cara cuando comía pero, ahora que Kate, Naomi y Riley estaban delante, le daba vergüenza. Le limpió rápidamente la nariz mientras deseaba poderle meter la camisa por dentro, atarle los cordones de una de sus Converse y colocarle el pelo un poco. Parecía habérsele olvidado echarse el gel fijador Ceylon que le había comprado en Sephora, pero eso habría sido mucho pedir.

Kate se acercó con una sonrisa de oreja a oreja.

—Hola, Lucas, qué alegría verte de nuevo.

Lucas miró a Kate, que agarraba a Hanna, luego miró la cara de Hanna y de nuevo a Kate. Hanna sonrió con un gesto bobalicón mientras rezaba para que Lucas no dijera nada. La última vez que las había visto juntas fue en vacaciones, cuando llevó a su chica a esquiar. Hanna no se había molestado ni en saludar a Kate, como si fuera un mueble del salón, pero últimamente no había tenido tiempo de explicarle los cambios que habían sucedido.

Kate se aclaró la voz con gesto divertido.

—Bueno, dejemos a los tortolitos a solas.

—Luego os veo, chicas —dijo Hanna.

—Nos vemos, Lucas —dijo Kate mientras se alejaba con Naomi y Riley.

Él se cambió los libros de brazo.

—Bueno…

—Ya sé lo que me vas a decir —interrumpió Hanna con voz tensa—. He decidido darle una oportunidad a Kate.

—Pues tenía entendido que te parecía lo peor.

Hanna se puso las manos en las caderas.

—¿Y qué quieres que haga? Vive en mi casa. Mi padre me ha venido a decir que me deshereda como no sea simpática con ella. Kate ha hablado conmigo y he aceptado sus disculpas. ¿Por qué no te alegras por mí?

—Vale, vale… —Lucas dio un paso atrás, como signo de rendición—. Me alegro mucho por ti, no pretendía insinuar lo contrario. Perdona.

Hanna dejó salir todo el aire de sus pulmones con un suspiro largo y muy encendido.

—No pasa nada. —Aunque en realidad había sido como un jarro de agua fría. Se estiró para escuchar lo que Kate, Naomi y Riley estaban diciendo, pero estaban demasiado lejos. ¿Seguían hablando de los vestidos o ya habían pasado a los zapatos?

Lucas agitó la mano delante de Hanna con cara de preocupación.

—¿Estás bien? Te noto un poco… rara.

Hanna volvió de golpe a la conversación, intentando dibujar la mejor sonrisa posible.

—Estoy bien. Muy bien, de hecho. ¿Nos vamos? Llegaremos tarde a clase.

Lucas asintió mientras seguía mirándola con cara extraña. Suspiró, se acercó y le dio un beso en el cuello.

—Ya me contarás luego.

Hanna vio a Lucas recorrer el pasillo a grandes zancadas hacia el ala de ciencias. Durante las vacaciones, Hanna y Lucas hicieron un enorme muñeco de nieve. No había hecho uno desde que era pequeña. Lucas le puso pechos de cirugía plástica al muñeco y Hanna le colocó una bufanda de Burberry. Después, jugaron a tirarse bolas de nieve y luego prepararon galletas de chocolate en casa. Hanna consiguió comerse solamente dos.

Era el recuerdo más bonito que tenía de las vacaciones, pero ahora tenía dudas de si debían haber hecho algo más maduro, como una escapada al Mandarin Oriental de Nueva York o comprar joyas en la Quinta Avenida.

Los vestíbulos estaban casi vacíos y muchos profesores ya habían cerrado las puertas de sus aulas. Hanna recorrió el pasillo y se colocó el pelo intentando por todos los medios quitarse de encima la sensación tan inquietante que tenía. Un breve pitido la sobresaltó: era su móvil.

De pronto, sintió un pellizco de preocupación en el estómago. Cuando miró a la pantalla, se quedó más tranquila al ver que era un mensaje de Lucas. «Se me ha olvidado preguntarte si te apetece quedar esta tarde. Ya me dices.»

La música clásica que sonaba entre clase y clase se apagó, lo que significaba que Hanna llegaba tarde. Se había olvidado por completo de que había quedado con él para comprar unos vaqueros en el centro comercial; no le apetecía nada que Kate, Naomi y Riley fueran de compras sin ella, pero también sería muy raro ir todos juntos.

«No puedo quedar», escribió mientras caminaba. «Lo siento.»

Pulsó el botón de enviar y cerró el teléfono. Al girar la esquina, vio a sus nuevas amigas en el pasillo, esperándola. Sonrió y se unió a ellas mientras borraba los sentimientos de culpabilidad de su mente. Al fin y al cabo, era Hanna Marin y era fabulosa.

18

Un jurado unipersonal

El jueves por la noche, Spencer se sentó en la mesa para cenar totalmente sola. Melissa había salido con sus amigos hacía una hora y sus padres se habían esfumado por la puerta principal sin apenas despedirse, así que tuvo que rebuscar en la nevera las sobras de comida china.

Miró la pila de cartas de la mesa de la cocina. Le había llegado el plan curricular de Fenniworth College, una universidad desconocida del centro de Pensilvania, junto con una carta en la que se ofrecían encantados a enseñarle el campus. La única razón por la que Fenniworth tenía interés en ella era porque su familia estaba forrada. Sí, tenían dinero, ese que hasta hace bien poco pensaba que le correspondía.

Spencer sacó su Sidekick del bolsillo y miró la bandeja de correo electrónico por tercera vez en el último cuarto de hora. Ni una señal del sitio web de adopciones. Tampoco había mensajes de A ni, por suerte, de Walden. Tal y como Hanna había sugerido, lo llamó para hablarle del mensaje que recibió en la biblioteca y le dijo que estaba segura de que alguien la había estado espiando por la ventana.

Sin embargo, Walden parecía tener la cabeza en otro sitio, o quizás no la creía, o puede que dudase de Spencer también. Él insistía en que sería un chaval aburrido que quería molestarlas, pero le aseguró que tanto él como el cuerpo de policía de Rosewood estaban investigando el origen de esos mensajes. A continuación, colgó y dejó a Spencer con la palabra en la boca. Ella se quedó mirando al teléfono, bastante molesta.

Candace, la asistenta de la familia, se puso a limpiar el horno y la casa se llenó de olor a eucalipto. La última temporada del programa favorito de Candace, *America's Next Top Model*, sonaba monótonamente en la pequeña pantalla plana que había encima de los armarios. La gente del cátering acababa de dejar algunos ingredientes para la fiesta benéfica del sábado y el proveedor de bebidas alcohólicas ya había descargado unas cuantas cajas de vino. Las botellas de litro y medio que descansaban en la encimera de la cocina no hacían más que recordarle a Spencer que no estaba invitada a participar en los preparativos; de lo contrario, no habría pedido merlot, sino algo más sofisticado como barolo.

Spencer miró al televisor y vio a un grupo de chicas guapas desfilando por una improvisada pasarela en una morgue. Llevaban una especie de mezcla entre bikinis y camisas de fuerza. De pronto, la imagen hizo un fundido a negro. Spencer levantó la vista y Candace soltó un gruñido de frustración. El logotipo de las noticias apareció en pantalla y una voz anunció que «había novedades de última hora en Rosewood». Se estiró para coger el mando a distancia y subió el volumen.

Un periodista con ojos saltones y el pelo rapado al cero estaba a la puerta de los juzgados de Rosewood.

—Tenemos noticias sobre el esperado juicio por el asesinato de Alison DiLaurentis —anunció—. Aunque se ha especulado mucho sobre la falta de pruebas, la oficina del fiscal ha anunciado que se celebrará tal y como se había programado.

Spencer se cerró la chaqueta de cachemir y respiró aliviada. Después, apareció una imagen de la enorme y laberíntica casa de Ian, con una bandera gigante de los Estados Unidos en el porche delantero.

—El señor Thomas recibió un permiso de libertad bajo fianza hasta que el juicio comience —explicó la voz en off del periodista—. Ayer charlamos con él para saber cómo se encuentra.

Las imágenes pasaron a mostrar la cara de Ian.

—Soy inocente —protestó con los ojos bien abiertos—. El culpable es otra persona, no yo.

—Puaj —dijo Candace mientras negaba con la cabeza—. No puedo creer que ese chico haya estado en esta casa. —Cogió el limpiador Febreeze y lanzó un chorro hacia la televisión, como si la mera presencia de Ian en pantalla hubiera dejado mal olor en la habitación.

El reportaje terminó y prosiguió el programa que tanto le gustaba a la asistenta. Spencer se puso en pie sintiendo un mareo. Necesitaba aire... y sacarse a Ian de la cabeza. Cruzó la puerta trasera y se dirigió al patio. Una ráfaga de aire frío le golpeó en la cara. Según el termómetro con forma de garza, que colgaba de un poste junto a la parrilla, solo había un grado y medio, pero Spencer no tenía ganas de entrar a casa a por una chaqueta.

El porche estaba tranquilo y no había mucha luz. Los árboles que había detrás del granero, el sitio donde había visto a Ali con vida por última vez, parecían estar más oscuros que nunca. Cuando se dio la vuelta hacia el patio delantero, se encendió una luz en la casa de los Cavanaugh y vio una silueta alta de pelo oscuro en el ventanal del salón. Era Jenna. Caminaba por la habitación hablando a toda velocidad por teléfono. Spencer sintió un incómodo escalofrío. Resultaba muy raro ver a una persona con las gafas de sol puestas en casa... y de noche.

—Spencer... —susurró alguien muy cerca.

Se dio la vuelta hacia la dirección de la que procedía la voz y le empezaron a temblar las piernas: Ian estaba al otro lado de la terraza, llevaba una chaqueta de North Face con la cremallera subida hasta la nariz y un gorro de esquí negro calado hasta las cejas. Solo podía verle los ojos.

Spencer empezó a gritar, pero Ian le tapó la boca.

—Chist, ¡escúchame un segundo!

Estaba tan aterrorizada que el corazón se le iba a salir del pecho.

—¿Cómo has salido de tu casa?

—Tengo mis trucos. —Los ojos de Ian brillaron tenuemente.

Spencer miró hacia la ventana trasera, pero Candace ya no estaba en la cocina. Su Sidekick estaba a unos centímetros de distancia, en la funda de piel verde de Kate Spade que había dejado en la húmeda mesa del patio. Comenzó a tantear con la mano para cogerlo.

—Ni lo intentes —le recomendó Ian con voz suave. Bajó la cremallera de su chaqueta un poco y se quitó el gorro. Tenía la cara más delgada y el pelo rubio se le había quedado despeinado—. Solo quiero hablar contigo, antes nos llevábamos bien. ¿Por qué me haces esto?

Spencer se quedó con la boca abierta.

—Porque has matado a mi mejor amiga, ¿te parecerá poco?

Ian hurgó en el bolsillo de su chaqueta sin quitarle los ojos de encima a Spencer. Despacio, sacó un paquete de cigarrillos Parliaments y encendió uno con su Zippo. Jamás pensó que vería algo así porque Ian solía participar en campañas públicas para la asociación antitabaco Great American Smokeout junto a otros chavales decentes de Rosewood.

Una bocanada de humo azulado salió de su boca.

—Sabes que yo no maté a Alison. No hubiese sido capaz de haberle tocado ni un pelo.

Para mantener el equilibrio, Spencer se agarró a los postes de madera lijada que había en el porche.

—Pues claro que la mataste —reiteró con voz temblorosa—. Si piensas que esos mensajes que nos has mandado nos van a amedrentar para que no testifiquemos en tu contra, lo llevas claro. No te tenemos miedo.

—¿Qué mensajes? —Ian ladeó la cabeza con gesto confundido.

—No te hagas el tonto —espetó Spencer.

Ian cogió aire, aún con mirada confusa, y dirigió la vista hacia el agujero que había en el patio de los DiLaurentis. Estaba ahí mismo. Spencer miró hacia el granero, donde durmieron todas juntas por última vez. Estaban muy contentas porque habían terminado séptimo. Era cierto que se habían generado algunas tensiones entre ellas y que Ali había hecho algunas cosas que habían enfadado especialmente a Spencer, pero tenía claro que podrían haber solucionado todos esos roces si hubieran pasado el verano juntas, alejadas de la gente del Rosewood Day.

Sin embargo, ellas dos se pelearon por la tontería de cerrar las contraventanas para que Ali las hipnotizara. Cuando se quiso dar cuenta, la discusión se les había ido de las manos y le dijo a Ali que se marchara... y así lo hizo.

Durante mucho tiempo, Spencer se sintió muy culpable por lo sucedido. Si no le hubiera dicho que se fuera, probablemente Ali no estaría muerta. Sin embargo, ahora sabía que no podía haber hecho nada para cambiar las cosas. Ali tenía pensado dejarlas tiradas desde el principio; probablemente tenía ganas de encontrarse con Ian para ver qué había decidido: si dejarlo con Melissa o bien permitir que ella le contase a todo el mundo que tenían una relación totalmente inapropiada. A Ali le encantaban esas situaciones en las que podía manipular a los demás sin límite. Sin embargo, eso no le daba permiso a Ian para matarla.

Los ojos de Spencer se llenaron de lágrimas. Se acordó de la fotografía que habían comentado justo antes de que las noticias anunciaran la libertad bajo fianza de Ian, aquella fotografía de la cápsula del tiempo. Ian había tenido el valor de acercarse a Ali y decirle que sería capaz de matarla. Quién sabe, lo mismo lo tenía decidido ya. Puede que quisiera acabar con ella desde hacía mucho tiempo y le pareció el crimen perfecto. «Nadie sospechará de mí porque soy Ian Thomas», debió pensar.

Se quedó mirando a Ian, temblando como una hoja.

—¿De verdad creíste que te ibas a ir de rositas? ¿Qué se te pasaba por la cabeza cuando tonteabas con Ali? ¿No veías que no estaba bien? ¿No eras consciente de que te estabas aprovechando de ella?

A lo lejos se escuchó el desagradable graznido de un cuervo.

—Yo no me aproveché de ella.

Spencer suspiró.

—Ella estaba en séptimo y tú le sacabas cinco años. ¿No te parece un poco raro?

Ian parpadeó.

—Te lanzó un ultimátum —prosiguió Spencer mientras las ventanas de su nariz reflejaban su enfado—. No debiste tomártelo tan en serio, le podías haber dicho que no querías verla y ya está.

—¿En serio crees que las cosas fueron así? —Ian sonó verdaderamente sorprendido—. ¿Crees que yo le gustaba más a Ali que ella a mí? —Se echó a reír—. Ali y yo coqueteábamos mucho, pero nada más. Jamás pareció interesada en ir más allá.

—Sí, claro —respondió ella entre dientes.

—Pero, de pronto, cambió de idea... Al principio, tuve la sensación de que me hacía caso para poner celosa a otra persona.

Pasaron unos segundos y un pájaro se posó en el comedero de la terraza trasera para picotear algo de alpiste. Spencer puso los brazos en jarras.

—Y supongo que esa era yo, ¿no? Ali decidió que le gustabas para ponerme celosa a mí.

—¿Cómo? —Una fría ráfaga de viento movió los extremos de la bufanda de Ian.

Spencer soltó una carcajada. ¿Es que tenía que hacerle un croquis?

—Me gustabas mucho cuando estábamos en séptimo. Sé que Ali te lo dijo, te convenció para que me besaras.

Ian suspiró. Seguía con la frente arrugada.

—No sé, eso pasó hace mucho tiempo.

—Deja de mentir —le interrumpió Spencer. Tenía la cara ardiendo—. Mataste a Ali, deja de negarlo.

Ian abrió la boca, pero no consiguió articular palabra.

—¿Y si te dijera que sé algo que tú desconoces? —dijo finalmente.

Un avión pasó volando y se escuchó el motor a lo lejos. Unas casas más allá, el señor Hurst arrancó su quitanieves doméstica.

—¿De qué estás hablando? —susurró Spencer.

Ian dio otra calada a su cigarrillo.

—Es algo muy gordo, creo que la poli también lo sabe, pero hacen como si no. Quieren cargarme el muerto a mí, pero mañana tendré pruebas que demostrarán mi inocencia. —Se acercó a Spencer y le echó el humo en la cara—. Créeme, es algo que cambiará tu vida completamente.

Ella sintió que su cuerpo se quedaba totalmente agarrotado.

—Pues entonces dime de qué se trata.

—No te lo puedo decir todavía, quiero estar seguro —respondió él, apartando la vista.

Spencer se rió con frialdad.

—¿Crees que voy a fiarme de tu palabra? No te debo ningún favor. A lo mejor deberías hablar con Melissa en vez de conmigo. Creo que será más comprensiva con tu cuento.

Ian puso una cara recelosa que Spencer no supo interpretar del todo, como si no le hubiera hecho gracia la idea. El olor tóxico de su cigarro se quedó flotando como un velo entre los dos.

—Puede que estuviera borracho aquella noche, pero sé lo que vi —dijo Ian—. Vine con la intención de quedar con Ali, pero había dos rubias en el bosque. Una era Alison y la otra… —Tras esto, movió las cejas insinuando algo.

Dos rubias en el bosque. Spencer negó con la cabeza al comprender lo que intentaba decir.

—No era yo. Seguí a Ali hasta la puerta, pero se marchó sola porque había quedado contigo.

—Entonces era otra rubia.

—Si viste algo, ¿por qué no se lo contaste a la policía cuando desapareció?

Ian miró hacia la izquierda y dio otra calada nerviosa a su cigarro. Spencer sacó la mano y lo apuntó con el dedo.

—Nunca dijiste nada porque no viste nada. Los policías no están ocultando ningún secreto. Mataste a Ali, punto. Vas a pagar por ello. Fin de la historia.

Ian le mantuvo la mirada durante unos segundos. Después, relajó un hombro y lanzó la colilla al patio.

—No tienes ni idea —dijo con voz apagada. Y sin más, se dio la vuelta y se marchó, escondiéndose por el patio trasero de Spencer y dirigiéndose hacia el bosque. Spencer esperó hasta que atravesó la línea de árboles y cayó de rodillas sin apenas sentir la nieve derretida. Cálidas lágrimas de miedo recorrieron sus mejillas. Minutos después se dio cuenta de que su Sidekick, que seguía en la mesa, estaba sonando.

Se puso de pie y lo cogió. Tenía un mensaje nuevo.

> Pregunta: si de pronto desapareciera doña no tan perfecta, ¿alguien se daría cuenta? Me has acusado dos veces, a la tercera veremos si a tus «padres» les da pena que acabe con tu patética vida. Mucho cuidadito, Spence. —A

Spencer levantó la vista hacia los árboles de su casa.

—¿Así que no has mandado ningún mensaje, Ian? —gritó al vacío con la voz desgarrada—. ¡Sal de ahí, te estoy viendo!

El viento sopló en silencio. Ian no respondió. La única prueba de que había estado allí era la brasa de la colilla del cigarro que había fumado, que se apagaba poco a poco en medio del patio.

19

Las galletas de la suerte no dan noticias así de buenas

El jueves por la noche, después de ir a nadar, Emily estaba mirándose en el espejo de cuerpo entero de la piscina del Rosewood Day. Se había puesto su pantalón de pana marrón favorito, una blusa de color rosa pálido de tejido ligeramente arrugado y unos zapatos planos de un rosa oscuro. ¿Iba bien así para cenar en el China Rose con Isaac? ¿O iba demasiado ñoña para su estilo? Lo cierto es que ya ni siquiera tenía claro quién era Emily en realidad.

—¡Qué guapa vas! ¿A qué se debe? —Carolyn apareció por la esquina y sobresaltó a Emily—. ¿Tienes una cita?

—¡No! —respondió aterrorizada.

Carolyn ladeó la cabeza con gesto cómplice.

—¿Cómo se llama? ¿La conozco?

Le estaba preguntando por una chica. Emily suspiró.

—He quedado con un chico para cenar, es un amigo. Nada más.

Carolyn revoloteó a su alrededor y le colocó el cuello.

—¿Es la excusa que le has puesto a tu madre?

En realidad era lo que le había dicho a su madre. Probablemente era la única chica de todo Rosewood que podía contarles a sus padres que había quedado con un chico sin tener que aguantar charlas paranoicas sobre lo serio que es el tema del sexo y que era algo reservado para la gente mayor que estaba enamorada.

Desde que se besó con Isaac el día antes, había pasado las horas deambulando en una nube de perplejidad. No se acordaba de lo que habían dado en clase hoy y el sándwich de mantequilla de cacahuete y mermelada de la comida podía haber estado relleno de serrín y sardinas, porque ella no se habría dado cuenta. Apenas se había inmutado cuando Mike Montgomery y Noel Kahn la saludaron en el aparcamiento después del entrenamiento para preguntarle qué tal las vacaciones.

—¿Hay una versión lésbica de Papá Noel? —Mike le gritó todo exaltado—. ¿Te has sentado en sus rodillas? ¿Existen las elfas lesbianas?

Emily no se había ofendido en absoluto y eso también la preocupaba. Si los chistes homófobos no le decían nada, ¿a lo mejor era porque ya no era lesbiana? Pero ¿no era precisamente la cosa más importante y oscura que había descubierto sobre sí misma estos meses? Sus padres la habían enviado a Iowa por tal motivo. Si sentía lo mismo por Isaac que por Maya y Ali, ¿qué era ella entonces? ¿Hetero? ¿Bisexual? ¿Una chica confundida, sin más?

Tenía muchas ganas de hablar con su familia sobre Isaac. Curiosamente, era el chico ideal para presentárselo a cualquier padre, pero se sentía avergonzada. ¿Y si no la creían? ¿Y si se reían de ella? ¿Y si se enfadaban? Les había hecho pasar un trago terrible este otoño y no era plan de soltarles ahora que le gustaba un chico, así sin más. El mensaje de A daba en el blanco: no tenía ni idea de si Isaac era conservador o de si iba a aceptar su pasado. ¿Y si le hacía sentir incómodo y él decidía no volver a hablarle nunca más?

Emily cerró de golpe la puerta de su taquilla, giró la rosca de la cerradura y cogió su bolsa.

—Buena suerte —dijo con voz cantarina Carolyn cuando Emily salió del vestuario—. Seguro que esa chica te quiere. —Emily le puso mala cara, pero ella ni se inmutó.

El China Rose estaba a unas millas de distancia por la carretera 30. Era un pequeño edificio independiente y alegre cercano a unas rocas donde antaño hubo un manantial. Para llegar allí, Emily tenía que atravesar el aparcamiento de un Kinko's, una tienda de labores y el mercado amish, donde vendían mermelada de manzana casera y cuadros de animales de granja pintados en tablillas de madera lacada. Cuando salió del coche, reinaba un inquietante silencio en el aparcamiento. ¿Demasiado silencio? Sintió un escalofrío en la nuca. No había llamado a Aria por la noche para hablar de A. Francamente, Emily tenía demasiado miedo como para contárselo a nadie, así que pensó que, si no lo comentaba, se le pasaría. Aria tampoco la había llamado y se preguntó si su amiga había decidido también ignorar el tema y abstraerse.

La bolera Bowl-O-Rama de Rosewood estaba en el mismo complejo comercial, aunque la estaban remodelando para abrir ahora una tienda de Whole Foods.

Emily, Ali y las demás solían ir a jugar a los bolos allí los viernes por la noche cuando empezaron sexto curso, justo después de hacerse amigas. Al principio, a Emily le pareció raro porque se imaginó que irían al King James, dado que Ali y sus anteriores amigas solían salir por allí los fines de semana. Sin embargo, Ali les comentó que quería darse un descanso del King James y de la gente del Rosewood Day.

—Cuando tienes amistades nuevas, necesitas pasar tiempo a solas, ¿no os parece? —fue lo que les dijo Ali—. No nos encontraremos con nadie del colegio aquí.

En esta bolera, Emily le preguntó a Ali su duda sobre el juego de la cápsula del tiempo y sobre la cosa tan espeluznante que le había dicho Ian aquel día. Estaban en una pista haciendo el tonto, metiéndose un buen chute de azúcar con los refrescos del bar y compitiendo a ver quién tiraba más bolos lanzando la bola entre las piernas. Emily se sentía muy segura de sí misma aquella noche, con más ganas que nunca de ahondar en el pasado. Cuando le tocó tirar a Spencer, Hanna y Aria salieron corriendo hacia las máquinas de comida y Emily se giró hacia Ali, que andaba dibujando caritas sonrientes en los márgenes del cartón del marcador.

—¿Te acuerdas de esa pelea que tuvieron Ian y tu hermano el día que anunciaron lo de la cápsula del tiempo? —preguntó Emily despreocupadamente, como si no llevara semanas pensando en ello.

Ali dejó el pequeño lapicero en la mesa y se quedó mirando a Emily en silencio casi un minuto. Finalmente se agachó y se ató un cordón de su zapatilla que se había desatado.

—Jason está pirado —murmuró—. Bromeé con él sobre el tema luego, cuando me llevó a casa en coche.

Pero Jason no había llevado a Ali a casa en coche aquel día. Él se había marchado en un coche negro, y Ali y sus amigas se fueron a casa andando por el bosque.

—Entonces, ¿no te quedaste con mal cuerpo después de esa discusión?

Ali levantó la vista sonriendo.

—¡Tranquila, asesina! Sé cuidarme solita. —Era la primera vez que la llamaba «asesina», como si fuera su pitbull personal. Se le quedó clavada la expresión.

Pensándolo ahora con calma, Emily se preguntó si Ali no habría quedado con Ian ese día y simplemente intentaba disimular diciendo que Jason la había llevado a casa. Trató de borrar cualquier recuerdo de Ali de la cabeza y cerró la puerta del Volvo. Guardó las llaves en el bolsillo y se dirigió hacia el pequeño camino de ladrillo que llevaba a la puerta del China Rose. El interior del restaurante estaba decorado como una cabaña, con techumbre de paja y cubiertas de bambú, además de un acuario lleno de peces brillantes e hinchados. Emily atravesó la zona de espera de los pedidos para llevar. El olor a jengibre y cebollino le hizo cosquillas en la nariz. Los cocineros se afanaban con los woks en la caótica cocina abierta. Por suerte, no vio a nadie del Rosewood Day por allí.

Isaac estaba sentado en una mesa del fondo y la saludó desde lejos. Emily también le hizo un gesto con la mano mientras pensaba si tenía la cara rígida por los nervios. Se sentía algo temblorosa y se acercó hasta él concentrándose para no tropezar con ninguna de las mesas tan pegadas que había en ese restaurante.

—Hola —dijo su cita. Llevaba una camisa de un tono azul oscuro que realzaba sus ojos. Tenía la cara despejada porque llevaba el pelo hacia atrás, así que podía ver sus marcados pómulos.

—Hola —le respondió ella. Un elocuente silencio la acompañó mientras se sentaba.

—Gracias por venir —apuntó él, muy formal.

—De nada. —Emily intentó sonar recatada y tímida.

—Tenía ganas de verte —añadió el chico.

—¡Vaya! —exclamó ella, sin tener ni idea de qué responder, así que bebió un trago de agua para no tener que hablar.

Una camarera les interrumpió para entregarles los menús y unas toallitas para las manos. Emily se colocó la suya sobre las muñecas, tratando de relajarse. El calor húmedo de la toallita le recordó a aquella vez en que Maya y ella habían ido al arroyo de Marwyn en otoño. El agua estaba tan calentita por el sol de mediodía como la de un baño relajante.

De pronto, sonó una sartén en la cocina y Emily se sobresaltó. ¿Por qué se acordaba de Maya ahora? Isaac la miró con curiosidad, como si supiera en qué estaba pensando, así que se puso más roja todavía.

Emily miró los manteles individuales con el zodiaco chino mientras trataba de no pensar en Maya. En los márgenes también había dibujado un zodiaco normal.

—¿De qué signo eres? —preguntó.

—Virgo —respondió Isaac al instante—. Generoso, tímido y perfeccionista. ¿Y tú?

—Tauro.

—Entonces somos compatibles —dijo él con una sonrisa.

Emily levantó una ceja con cara de sorpresa.

—¿Te gusta la astrología?

—A mi tía le va el rollo —explicó Isaac mientras se secaba las manos con la toalla—. Un par de veces al año, cuando viene a casa, me revisa la carta astral. Sé cuál es mi luna y mi signo ascendente desde los seis años. Puede hacerte tu carta también, si quieres.

Emily sonrió muy emocionada.

—Me encantaría.

—¿Sabías que en realidad no somos del signo que nos pensamos? —Isaac bebió un sorbo de su té verde—. Lo he visto en la tele, en Science Channel. El zodiaco se inventó hace miles de años, pero con el tiempo, el eje de la Tierra se ha ido moviendo. Las constelaciones zodiacales y los meses en los que aparecen en el cielo ya no está sincronizados, hay un desfase de un signo. No me enteré exactamente de todos los detalles, pero no eres Tauro, sino Aries.

Emily se quedó atónita. ¿Aries? Eso era imposible, toda su vida había encajado con el perfil de Tauro, desde los colores para la ropa hasta su brazada en natación. Ali solía tomarle el pelo porque los cabezotas y dependientes Tauro siempre tenían el horóscopo más aburrido, pero a ella le gustaba su signo. Lo único que sabía de los Aries es que eran impacientes, que les gustaba ser el centro de atención y que a veces estaban un poco salidos. Spencer era Aries y Ali también, ¿o eran Piscis?

Isaac se incorporó en la silla mientras dejaba el menú a un lado.

—Según eso, yo soy Leo, pero seguimos siendo compatibles. —Puso el menú bocabajo—. Ahora que tenemos clara nuestra astrología, ¿qué más cosas debería saber sobre ti?

Una vocecita preocupada dentro de Emily le decía que debería saber muchas cosas, pero se limitó a encogerse de hombros.

—¿Y por qué no me cuentas algo tú primero?

—Vale… —Isaac dio un trago al vaso de agua mientras pensaba—. Además de tocar la guitarra, también toco el piano. Llevo yendo a clases desde los tres años.

—Madre mía —exclamó Emily—. Yo iba a clases de pequeña, pero me aburría mucho. Mis padres solían regañarme porque no ensayaba nada en casa.

Isaac sonrió.

—Mis padres también me obligaban a tocar. ¿Qué más? Mi padre tiene una empresa de cátering y, como soy su hijo y soy muy majo, hago de mano de obra barata y trabajo con él los fines de semana.

Emily sonrió.

—Entonces, ¿sabes cocinar?

Isaac negó con la cabeza.

—No, se me da fatal… no sé ni hacer unas tostadas. Solo sirvo las mesas, la semana que viene tenemos una cena benéfica para un centro de quemados. También es una clínica de cirugía plástica, pero espero que no pretendan sacar fondos para eso. —Y puso una mueca de asco.

Emily se quedó boquiabierta. Solo había una clínica para quemados y de cirugía plástica en la zona.

—¿Te refieres a la William Atlantic?

Isaac asintió de forma inquisitiva.

Emily miró hacia otro lado, fijando la vista en un gong gigante de bronce que había cerca del puesto de los camareros. Un niño al que le faltaban un par de dientes intentaba por todos los medios darle una patada, mientras su padre lo sujetaba. El William Atlantic, o Bill Beach, como lo llamaba mucha gente, era el centro donde Jenna Cavanaugh había recibido el tratamiento para sus quemaduras cuando Ali la dejó ciega por accidente con un cohete. Aunque quizás Ali la quemó a propósito… Emily no sabía ya qué creer. Mona Vanderwaal también recibió tratamiento allí para las quemaduras que sufrió aquel día.

Isaac relajó la cara.

—¿Qué pasa? ¿He metido la pata con algo que he dicho?

Emily se incorporó.

—Es que los dueños de la clínica son los padres de un chico que conozco.

—¿Conoces al hijo de David Ackard?

—Va conmigo a clase.

—Claro, al Rosewood Day —asintió Isaac.

—Yo estoy becada —explicó Emily rápidamente. Lo último que quería es que pensara que era una niña rica y mimada.

—Seguro que eres muy inteligente —respondió él.

—No te creas, no es para tanto —dijo ella agachando la cabeza.

Pasó una camarera con varios platos del pollo General Tso.

—Mi padre va a hacer un cátering para una fiesta benéfica del Rosewood Day el sábado. Es en una casa con diez dormitorios.

—¿En serio? —preguntó mientras el estómago se le revolvía. Isaac estaba hablando de la fiesta en casa de Spencer. Había visto un anuncio sobre esa fiesta en clase aquel mismo día. Casi todos los padres acudían a las fiestas benéficas, así como los estudiantes (nadie quería perder la ocasión de vestirse de gala y brindar con copas de champán a escondidas de sus padres).

—¿Entonces te veré allí? —Se le iluminó la cara mientras lo decía.

Emily apretó las púas del tenedor contra la palma de su mano. Si iba a esa fiesta, la gente le preguntaría por qué estaban juntos. Pero si no iba e Isaac preguntaba por ella, alguien podría contarle la verdad sobre su pasado, por ejemplo Noel Kahn, Mike Montgomery o quizás su exnovio, Ben. Incluso A podría andar por allí.

—Supongo que sí —decidió finalmente.

—Genial, iré con mi esmoquin de camarero.

—A lo mejor sirves en mi mesa —dijo coquetamente Emily mientras se ponía roja.

—Genial —respondió él. La cogió de la mano y el corazón de Emily dio un salto mortal.

De pronto, Isaac miró a lo lejos, sonriendo a alguien que había detrás. Ella se dio la vuelta y se quedó absolutamente atónita. Parpadeó varias veces para asegurarse de que no estaba viendo visiones.

—Hola, Emily. —Maya St. Germain se apartó un rizo de la cara y dejó entrever sus ojos claros de tigresa. Llevaba un jersey de lana blanco, una falda vaquera y medias de punto. Miraba a Emily y a Isaac tratando de explicarse qué hacían juntos.

Emily apartó la mano de la de Isaac.

—Isaac, esta es Maya. Vamos juntas a clase.

Se levantó y ofreció su mano para saludarla.

—Hola, soy el chico de Emily.

Maya puso los ojos como platos y dio un paso atrás, como si Isaac estuviera hecho de estiércol de vaca.

—Ja, ja. ¿El chico de Emily? Muy bueno —dijo entre risas.

—¿Perdona…? —respondió él frunciendo el ceño.

Maya arrugó la frente y el tiempo pareció detenerse. Emily pudo captar el instante preciso en el que Maya se daba cuenta de que no se trataba de un chiste. De su boca surgió una pequeña sonrisa. *Tienes una cita con este chico.* Los ojos de Maya brillaron con maldad. *Y no le has contado lo que eres, igual que no se lo contaste a Toby Cavanaugh.* Emily sabía lo enfadada que estaba Maya con ella por lo mal que se había portado este otoño: le había puesto los cuernos con Trista, una chica de Iowa, luego la acusó de ser A y encima llevaba meses sin hablar con ella. Era la oportunidad de oro para devolvérselas todas juntas.

Cuando Maya abrió la boca para hablar, Emily se levantó, cogió la chaqueta de la silla, agarró el bolso y se marchó hacia la puerta, esquivando las mesas. No tenía sentido quedarse a ver cómo Maya le contaba todo a Isaac. No quería ver la cara de decepción, y probablemente de asco, que iba a poner su amigo.

El aire helador le azotó todo el cuerpo. Cuando llegó a su coche, se apoyó sobre el capó para mantener el equilibrio. No se atrevía a mirar hacia el restaurante. Lo mejor sería meterse en el coche, marcharse y no volver a ese complejo comercial nunca más.

El viento silbaba en el aparcamiento desolado. Una gran farola parpadeaba y se movía a causa del aire. De pronto, algo crujió detrás de un enorme Cadillac Escalade, dos plazas más allá de donde estaba ella. ¿Era una sombra? ¿Había alguien ahí? Revolvió en su bolso en busca de las llaves, que estaban en el fondo del todo.

Su móvil sonó y trató de contener un grito. Lo buscó a tientas en su bolsillo con las manos temblorosas y vio que tenía un mensaje nuevo. Pulsó el teclado y lo abrió para leerlo.

> Hola, Em. ¿No es un rollo que aparezca tu ex y te arruine una cita romántica? ¿Cómo se habrá enterado de que estabas aquí...? A lo mejor es una señal. Como digas algo, tu pasado será la menor de tus preocupaciones. —A

Emily se pasó las manos por el pelo. Tenía sentido: A le había escrito a Maya contándole que estaba en el restaurante y, como quería vengarse, picó el anzuelo. O peor aún: quizás Maya era la nueva A.

—¿Emily?

Se dio la vuelta con el corazón desbocado. Isaac estaba detrás de ella, sin abrigo y con las mejillas rojas por el frío.

—¿Qué haces? —preguntó él.

Emily se quedó mirando fijamente a los tubos fluorescentes que separaban las plazas de aparcamiento, incapaz de mirarlo a los ojos.

—Pensé que sería mejor marcharme.

—¿Por qué?

Ella se calló un instante, no parecía estar enfadado. Más bien, sonaba confundido. Echó un vistazo a las ventanas del restaurante y vio a los camareros caminar entre las mesas. A lo mejor Maya no le había contado nada...

—Siento mucho lo que he dicho antes —dijo Isaac, helado—. Eso de que era tu chico. No pretendía colgarme ya el título esta noche.

Su cara reflejaba una pena terrible. Emily se puso por un instante en el lugar de Isaac y se dio cuenta de lo que había dicho sin querer y del error que pensaba que había cometido.

—No hace falta que te disculpes —contestó ella apretando sus manos heladas—. No te disculpes, por favor.

Isaac parpadeó y dibujó una tímida sonrisa.

—Yo he venido convencida de que teníamos una cita —prosiguió y, nada más decirlo, se dio cuenta de que era la verdad—. De hecho, ¿te acuerdas de la cena benéfica del Rosewood Day en la que vas a trabajar? Deberías preguntarle a tu padre si puedes librar ese día. Me encantaría que vinieras conmigo... en plan cita.

Isaac sonrió.

—No creo que haya problema por escaquearme una vez. —Estrechó sus manos y la acercó hacia él, pero de pronto, como si hubiera caído en la cuenta de algo, murmuró—: ¿Y quién era la chica del restaurante, entonces?

Emily se quedó rígida, con un sentimiento de culpa clavándosele en el estómago. Debía contarle la verdad a Isaac antes de que A lo hiciera. ¿Era una mala idea? ¿No le había costado todo el otoño aceptarse a sí misma?

Lo mejor sería no decir nada. El trato era que, si Emily no decía nada sobre A, A no le diría nada a Isaac. El abrazo que se estaban dando estaba siendo maravilloso y no era plan de echar a perder un momento así.

—Nada, es una chica que va a clase conmigo —respondió finalmente, enterrando la verdad lo más profundo posible—. Nadie importante.

20

La nueva figura paterna

Una hora más tarde ese mismo jueves, Aria estaba sentada con postura rígida en el sofá de su estudio. Mike estaba a su lado, configurando los ajustes de la consola Wii que Byron le había regalado en Navidad para compensar el haber destrozado la familia y haber dejado embarazada a Meredith. Estaba haciendo un personaje Mii nuevo y estaba comprobando las distintas opciones de ojos, orejas y narices.

—¿Por qué no puedo ponerme más bíceps? —farfullaba mientras miraba a su personaje—. ¡Mira el dibujo, doy pena!

—Deberías ponerte una cabeza más grande —rezongó Aria.

—¿Quieres ver el Mii que te hizo Noel Kahn? —Mike volvió a la página principal con esa mirada que parecía decir que todavía le gustaba a cierta persona. Noel había estado colgado por ella en otoño—. También está el que se hizo él mismo. Podríais viajar juntos al país de Wii.

Aria se tumbó en el sofá y se estiró para coger un ganchito de queso del bol de plástico gigante que había en el sillón. No dijo ni una palabra.

—Este es el Mii que se ha hecho Xavier. —Mike seleccionó un personaje con una cabeza gigante, pelo corto y ojos oscuros—. Ese tío es la caña jugando a los bolos, pero no tiene nada que hacer conmigo en tenis.

Aria se rascó la nuca y sintió cierta presión en el pecho.

—Entonces, ¿te cae bien Xavier?

—Sí, mola bastante —dijo mientras navegaba por el menú principal—. ¿Por qué lo dices? ¿A ti no te gusta?

—No está mal —respondió, humedeciéndose los labios. Quería decirle a Mike que estaba sorprendida porque de pronto estaba llevando demasiado bien el divorcio de sus padres, sobre todo si tenían en cuenta que, justo después de la ruptura, él se había dedicado a jugar al lacrosse de forma obsesiva bajo la lluvia. Pero sabía que, si le decía eso, pondría los ojos en blanco y dejaría de hablarle durante una semana.

Mike se quedó mirándola, apagó la consola y puso las noticias.

—Parece que te has metido algo. ¿Estás nerviosa por el juicio de mañana o qué? Vas a estar genial en la tribuna de los testigos, pero tómate antes unos chupitos de Jäger. Te vendrán de miedo.

Aria suspiró y agachó la cabeza.

—Mañana es la presentación del caso, nada más. No tendré que testificar hasta la semana que viene, por lo menos.

—¿Y qué? Tómate unos Jäger igualmente.

Aria le dedicó una mirada cansada. Ojalá un chupito pudiera solucionar sus problemas.

Empezaron las noticias de las seis y la pantalla mostró una imagen de los juzgados de Rosewood. Un periodista estaba preguntando a la gente su opinión sobre el juicio por asesinato que iba a comenzar al día siguiente. Aria se tapó la cara con un almohadón porque no quería ver nada.

—Oye, ¿tú no conoces a esa chica? —preguntó Mike mientras señalaba la televisión.

—¿Qué chica? —La voz de Aria quedó amortiguada por el almohadón.

—Esa chica ciega.

Aria levantó la cabeza. Jenna Cavanaugh estaba en la tele con un micrófono delante de la cara. Llevaba sus fantásticas y enormes gafas de Gucci y un abrigo de lana color rojo claro. A su lado estaba sentado su obediente perro guía.

—Espero que el juicio termine pronto —le dijo Jenna al periodista—. Le está dando muy mala fama a Rosewood.

—Está bastante buena a pesar de ser ciega —señaló Mike—. Yo me liaría con ella.

Aria gruñó y sacudió a su hermano con el almohadón. Entonces, el iPhone de Mike sonó y salió corriendo de la habitación para responder. Mientras subía las escaleras, Aria volvió a mirar la televisión. La fotografía de la ficha policial de Ian apareció en pantalla. Llevaba el pelo despeinado y tenía la cara muy seria. Después, salió el agujero nevado del jardín de los DiLaurentis donde encontraron el cuerpo de Ali. El viento movía el precinto de la policía. Una sombra resplandecía entre dos enormes pinos. Aria se incorporó y su pulso se aceleró. ¿Esa sombra era de una persona? El plano cambió de nuevo al periodista, que estaba a la puerta de los juzgados.

—El caso está desarrollándose como estaba previsto —dijo—, pero mucha gente cree que las pruebas no son muy claras.

—No deberías castigarte así.

Aria se dio la vuelta y vio a Xavier, que estaba apoyado en el quicio de la puerta. Llevaba una camisa de rayas por fuera de unos pantalones anchos y calzaba unas Adidas. Tenía un reloj grande en su muñeca izquierda. Miró a la pantalla y después a Aria.

—Creo que Ella está todavía en la galería —dijo Aria—. Tenía que preparar una visita privada.

Xavier entró en la habitación.

—Lo sé, hemos tomado un café en su descanso. No hay luz en mi casa, supongo que por culpa de la helada se ha estropeado el tendido eléctrico, así que me ha dicho que venga aquí hasta que se arregle. —Sonrió—. No te importa, ¿verdad? Puedo hacer la cena.

Aria se pasó las manos por el pelo.

—Claro —dijo, intentando sonar natural. La relación entre ellos dos era de lo más normal, al fin y al cabo. Se desplazó hasta el extremo del sofá y colocó el bol de ganchitos de queso en la mesita.

—¿Te quieres sentar?

Xavier se dejó caer dos cojines más allá. En las noticias habían hecho una reconstrucción de la muerte de Ali. «A las diez y media de la noche, Alison y Spencer Hastings se pelearon y la joven salió del granero», dijo la voz en off. La chica que hacía de Spencer tenía el ceño fruncido y cara de amargura. La rubia que hacía de Ali no era ni la mitad de guapa que ella. «A las once menos veinte, Melissa Hastings se despertó y se dio cuenta de que Ian Thomas no estaba con ella.» La actriz que hacía de ella aparentaba casi treinta y cinco años.

Xavier la miró, dubitativo.

—Tu madre me dijo que estabas con Alison aquella noche.

Aria se estremeció y asintió. «A las once menos cinco, Ian Thomas y Alison estaban cerca del hoyo del jardín de los DiLaurentis», prosiguió la voz. Los actores que interpretaban a Ian y a Alison simularon un forcejeo. «Se afirma que hubo una pelea y que Thomas la empujó al agujero. A las once y cinco, él ya había vuelto a casa.»

—Lo siento mucho —dijo Xavier en voz baja—. No me puedo hacer a la idea de lo duro que está siendo todo.

Aria se mordió un labio y abrazó un cojín de hilo chenilla contra su pecho.

—Debo admitir que me sorprendió mucho oír que el sospechoso era Ian Thomas. No me lo habría imaginado en la vida —dijo él rascándose la cabeza.

Le sentó muy mal escuchar esas palabras. ¿Y qué si Ian era un niño rico, guapo y bien educado? Eso no lo convertía automáticamente en santo.

—Pues fue él —respondió—. Y punto.

El pintor asintió tímidamente.

—Creo que no me he explicado bien. Solo quiero decir que no te puedes fiar de nadie, ¿no?

—Y que lo digas.

Xavier dio un buen trago a su botella de agua.

—¿Te puedo ayudar de alguna manera?

Ella miró de forma inexpresiva al otro extremo de la habitación. Su madre no había quitado ninguna de las fotos de familia en las que salía Byron, ni siquiera la favorita de Aria en la que los cuatro posaban en el borde de las cataratas Gullfoss de Islandia. Habían tenido que caminar por un acantilado muy resbaladizo para llegar a lo alto de ese paraje.

—Podrías llevarme de nuevo a Islandia —dijo con nostalgia—.
A diferencia de mi hermano o de ti, a mí me encantó ese lugar.
Incluso los caballos enanos.

Xavier sonrió y sus ojos brillaron.

—De hecho, tengo una sorpresa. En realidad, me encanta Islandia,
pero dije que no para ganarme a tu hermano.

—¡No me lo puedo creer! —exclamó Aria mientras lo golpeaba
con un cojín—. ¡Qué bobo eres!

Xavier cogió un cojín que tenía al lado y lo sostuvo con gesto
amenazante sobre su cabeza.

—¿A quién llamas bobo? ¡Más vale que te disculpes!

—Vale, vale —respondió ella entre risas—. Tregua.

—Demasiado tarde —se rió socarronamente Xavier.

Se puso de rodillas a su lado, con su cara cerca de la suya. Demasiado cerca. Y de pronto, sus labios rozaron los suyos.

La joven tardó unos segundos en darse cuenta de lo que estaba
pasando. Después, se le salieron los ojos de las órbitas. Xavier la
tenía cogida de los hombros y acariciaba su piel. Ella soltó un pequeño grito y apartó la cara.

—¿Pero qué haces? —gritó.

—Aria… —Xavier frunció el ceño—. Espera, yo…

Ella no podía articular palabra. Levantó las rodillas y casi se
torció un tobillo al ponerse de pie en el sofá.

—¡Aria! —la llamó Xavier.

Pero se marchó corriendo. Cuando subió las escaleras, comenzó
a sonar su teléfono Treo, que estaba en la mesa de su dormitorio.

Jadeando, se abalanzó sobre él y lo abrió. El mensaje solo decía:
«¡Te pillé!».

Y, como siempre, estaba firmado por la misma persona: A.

21

Spencer contiene la respiración

Habían puesto el anuncio encima del aparcamiento de bicicletas para que se viera bien. «La cápsula del tiempo comienza mañana», decía el cartel con letras enormes. «¡Prepárate!»

Sonó la campana que marcaba el final de las clases. Spencer vio a Aria sentada en el muro de piedra, estaba haciendo unos bocetos. Hanna, que tenía los mofletes colorados y regordetes, estaba junto a Scott Chin. Emily les estaba susurrando algo a otras nadadoras, Mona Vanderwaal estaba quitándole el candado a su escúter y Toby Cavanaugh estaba agachado bajo un árbol, a lo lejos, mientras jugaba con un palo y un montón de tierra.

Ali se abrió paso entre la multitud y arrancó el anuncio.

—Mi hermano va a esconder uno de los trozos de la bandera esta noche. Me ha prometido que me dirá dónde lo pone.

Todos aplaudieron. Ali se pavoneó delante de un grupo de chicos y chocó la mano con Spencer, lo que resultó bastante sorprendente porque nunca le había prestado ninguna atención a pesar de ser vecinas.

Pero aquel día parecía que eran amigas. Ali le dio un toque con la cadera.

—¿No estás contenta por mí?

—Sí, claro —tartamudeó Spencer.

Ali entrecerró los ojos.

—Pero no intentarás robármelo, ¿verdad?

—¡Pues claro que no! —negó con la cabeza.

—Por supuesto que lo intentará —dijo una voz detrás de ellas. Al otro lado de la calle había otra Ali, algo más mayor. Era más alta y tenía la cara más alargada. Llevaba una pulsera azul en la muñeca, la que ella misma había hecho después de lo de Jenna. Vestía una camiseta azul claro de American Apparel y una falda de cuadros de cintura alta. Era la ropa que se puso el día en que se quedaron a dormir en el granero de Spencer cuando terminaron séptimo.

—Va a intentar robártelo —confirmó la segunda Ali mientras miraba de reojo—. Y si no lo hace ella, ya lo hará otra persona.

La Ali más joven miró con suspicacia.

—Solo me quitarán esa bandera por encima de mi cadáver.

El grupo de estudiantes del Rosewood Day se marchó e Ian apareció en escena. Tenía una mirada muy maliciosa y abrió la boca. Iba a decir «Bueno, si solo hace falta eso...», pero sonó el agudo y estridente motor de un coche cuando cogió aire para decirlo.

Las dos Alis se taparon los oídos y la más joven dio un paso atrás.

La Ali más mayor puso los brazos en jarras y le dio un suave golpe con el pie.

—¿Y a ti qué te pasa? Vete a ligar con él, está buenísimo.

—No —dijo la Ali más joven.

—¡Que sí! —insistió la otra. Se peleaban con tanta amargura como Spencer y Melissa.

La Ali más mayor puso los ojos en blanco y miró a Spencer.

—¿Cómo se te ha podido pasar por alto eso, Spencer? Aquí tenías todo lo necesario. Todas las respuestas.

—¿Que se me ha pasado por alto el qué? —preguntó Spencer, confundida.

Las dos Alis se miraron. La más joven puso cara de miedo, como si acabara de entender lo que la mayor estaba diciendo.

—Eso —dijo la más joven—. Fue un gran error, Spencer, pero ya es demasiado tarde.

—¿De qué estáis hablando? —gritó ella—. ¿Qué me he perdido? ¿Y por qué es demasiado tarde?

—Vas a tener que solucionarlo todo —respondieron al unísono las dos Alis. Sus voces eran idénticas ahora. Se cogieron de las manos y, de repente, se fusionaron en una sola—. De ti depende, Spencer. No deberías haberlo pasado por alto.

El claxon de Ian empezó a sonar cada vez más fuerte y una ráfaga de viento hizo que el cartel de la cápsula del tiempo volase de las manos de Ali. Se quedó en el aire flotando un instante, pero luego salió disparado hacia Spencer y la golpeó en la cara. En vez de un papel, parecía más bien una piedra. «Prepárate», decía el cartel que tenía Spencer delante de los ojos.

Se incorporó de pronto con el cuello empapado de sudor. El olor de la crema corporal de vainilla de Ali aún persistía, pero ya no estaba a la puerta del Rosewood Day, sino en su impecable y silencioso dormitorio. El sol entraba por la ventana y los perros correteaban en el jardín delantero, manchados hasta arriba de barro por la nieve derretida. Era viernes, el primer día del juicio de Ian.

—¿Spencer? —De pronto, apareció Melissa delante de ella. Estaba junto a la cama de Spencer y su pelo desfilado le caía por la cara. Los cordones de su capucha casi rozaban la nariz de su hermana—. ¿Estás bien?

Spencer cerró los ojos y recordó lo sucedido la noche anterior. Ian había aparecido en el porche fumando un cigarro y le había dicho un montón de locuras que sonaban a amenaza. Después había recibido aquel mensaje que decía: «Si de pronto desapareciera doña no tan perfecta, ¿alguien se daría cuenta?». Aunque tenía ganas de hacerlo, no había sido capaz de contárselo a nadie. Si llamaba a Wilden para decirle que Ian había incumplido el arresto domiciliario, probablemente lo mandarían a la cárcel otra vez, pero tenía miedo de que le pasara algo horrible a ella o a cualquier otra persona. Después de lo que le sucedió a Mona, no podría soportar mancharse las manos de sangre otra vez.

Spencer tragó saliva y miró a su hermana.

—Voy a testificar contra Ian. Sé que no quieres que vaya a la cárcel, pero en el estrado debo decir la verdad sobre lo que vi aquella noche.

Melissa mantuvo el gesto tranquilo. La luz se reflejó en sus pendientes de diamante de corte Asscher.

—Lo sé —dijo con voz distraída, como si tuviera la cabeza en otro sitio—. No te voy a pedir que mientas.

Le dio una palmadita en el hombro y salió de la habitación. Spencer se levantó despacio mientras hacía unas respiraciones de yoga. Las voces de las dos Alis todavía retumbaban en sus oídos. Miró de nuevo a su alrededor, como si esperase encontrar a alguien vigilándola, pero por supuesto allí no había nadie más que ella.

Una hora después, Spencer aparcó su Mercedes en el Rosewood Day y fue corriendo hacia el edificio de primaria. Casi toda la nieve se había derretido, pero había un par de niños jugando a los angelitos y haciendo pis en la nieve. Sus amigas la estaban esperando en los columpios del colegio, su antiguo lugar secreto de reunión. El juicio de Ian empezaba a la una y querían hablar antes un rato.

Aria saludó con la mano a Spencer cuando esta se acercó hacia sus amigas tiritando de frío dentro de su chaqueta con capucha de piel. Hanna tenía las ojeras muy marcadas y golpeaba el suelo, nerviosa, con la punta de sus botas Jimmy Choo. Emily tenía pinta de ir a echarse a llorar de un momento a otro. Al verlas en ese sitio tan personal para todas ellas, Spencer sintió un gran dolor dentro. *Deberías contarles lo que ha pasado*, pensó. No le parecía bien ocultar la visita de Ian, pero tampoco podía olvidar el mensaje de este: «Si decís algo sobre mí...».

—Bueno, ¿estamos listas? —preguntó Hanna mordiéndose nerviosamente un labio.

—Supongo que sí —respondió Emily—. Va a ser raro ver a Ian...

—Ya te digo —susurró Aria.

—Cierto —tartamudeó Spencer muy nerviosa, sin poder quitar ojo a la zigzagueante grieta que había en el suelo.

Un rayo de sol se abrió paso entre dos nubes y la luz se reflejó en los restos de nieve. Una sombra se movió tras la zona del tobogán pero, cuando Spencer se dio la vuelta, solo vio un pájaro. Se acordó del sueño que había tenido esta mañana: la Ali más joven no parecía tener mucho interés en Ian, pero la Ali mayor le había dicho que se lo ligara porque estaba buenísimo. Se parecía mucho a lo que le había dicho a ella el propio Ian la noche anterior. Primero, Ali no le había hecho demasiado caso nunca pero, cuando empezó a gustarle a Spencer, pareció encendérsele una bombilla dentro.

—¿Os acordáis de que Ali dijera alguna vez algo malo de Ian? —soltó Spencer—. ¿Algo así como que era demasiado mayor o raro?

Aria parpadeó con cara confusa.

—No…

Emily negó con la cabeza también. Su coleta rubia rojiza se balanceó acompañando el gesto.

—Ali me habló de Ian un par de veces. Jamás mencionó su nombre, solo que era un chico mayor y que estaba colada por él. —Se estremeció y miró al suelo embarrado.

—Eso mismo pensaba yo —dijo Spencer, satisfecha.

Hanna acarició su cicatriz con la punta de los dedos.

—De hecho, oí una cosa un poco rara en las noticias el otro día. Estaban entrevistando a gente en una estación de tren sobre el juicio de Ian y una tal Alexandra no sé qué dijo sobre que estaba segura de que Ali pensaba que Ian era un pervertido.

Spencer se quedó mirándola muy fijamente.

—¿Alexandra Pratt?

Hanna asintió mientras encogía los hombros.

—Sí, creo que se llamaba así. ¿Es mucho mayor?

Spencer dio un suspiro tembloroso. Alexandra Pratt estaba en último curso cuando Spencer y Ali estaban en sexto. Era la capitana del primer equipo de hockey sobre hierba y lideraba el jurado de las pruebas para entrar en el primer equipo juvenil. Las alumnas de sexto podían presentarse a las pruebas, pero solo una accedía al primer equipo. Ali fanfarroneaba de que tenía más posibilidades porque había entrenado con Alexandra y otras chicas mayores un par de veces en otoño, pero Spencer no le había dado importancia porque su amiga no era ni la mitad de buena que ella.

Pero por la razón que fuera, a Alexandra no le gustaba nada Spencer: siempre criticaba sus regates y le decía que cogía mal el stick, como si no hubiera pasado todos los veranos en el campamento de hockey aprendiendo de las mejores. Cuando se publicó la alineación del equipo, el nombre de Ali estaba en la lista, pero el de Spencer no, así que se marchó hecha una furia y embargada por la incredulidad. Ni siquiera esperó a Ali para volver juntas a casa.

—Puedes intentarlo el año que viene —le dijo Ali con risa tonta por teléfono después—. Venga, Spence, no se puede ser la mejor en todo.

Y después volvió a reírse alegremente. Esa misma noche, Ali colgó su nuevo uniforme del primer equipo juvenil en la ventana porque sabía que Spencer lo vería.

No era solo el hockey: todo lo que compartían ellas dos se convertía en una competición. En séptimo apostaron a ver quién ligaba con el chico más mayor. Aunque ninguna lo admitió, las dos sabían que el objetivo era Ian. Siempre que estaban en casa de Spencer y Melissa e Ian andaban por allí, Ali se acercaba a él subiéndose la camiseta del equipo de hockey o poniendo la espalda bien recta para sacar pecho.

Jamás había actuado como si creyera que Ian era un pervertido. Alexandra Pratt estaba completamente equivocada.

Un autobús irrumpió en la parada y Spencer saltó del susto. Aria la estaba mirando con curiosidad.

—¿Y por qué nos lo preguntas?

Spencer tragó saliva. *Cuéntaselo*, pensó. Pero su boca permaneció cerrada.

—Solo por curiosidad —respondió finalmente con un suspiro—. Ojalá pudiéramos encontrar algo para librarnos de Ian de una vez.

Hanna golpeó con el pie un gran bloque de nieve.

—Sí, pero ¿el qué?

—Esta mañana, Ali no hacía más que repetirme que yo me había perdido algo —dijo Spencer muy pensativa—. Alguna prueba muy importante.

—¿Ali? —Los rayos del sol brillaron en los pequeños pendientes de aro de Emily.

—He soñado con ella hoy —explicó Spencer mientras se metía las manos en los bolsillos—. Bueno, en realidad había dos Alis: la de sexto y la de séptimo. Ambas estaban enfadadas conmigo, como si hubiera algo muy evidente que se me estuviera pasando por alto. Me dijeron que dependía todo de mí y que pronto sería demasiado tarde. —Se tocó el puente de la nariz para aliviar la intensidad de su dolor de cabeza.

Aria se mordió el dedo pulgar.

—Yo tuve un sueño parecido hace un par de meses. Fue cuando caímos en la cuenta de que había estado saliendo con Ian. No hacía más que decirme: «Tienes la verdad delante de tus narices, tienes la verdad delante de tus narices».

—Yo soñé con Ali cuando estuve en el hospital —les contó Hanna—. Estaba a mi lado y me decía que no me preocupara porque ella estaba bien.

Un escalofrío recorrió el cuerpo de Spencer. Miró a las chicas e intentó deshacer el nudo que tenía en la garganta.

Llegaron más autobuses y los niños recorrieron las aceras con sus cajitas del almuerzo mientras parloteaban todos a la vez. Spencer recordó de nuevo la sonrisa de Ian el día anterior antes de desaparecer entre los árboles. Parecía pensar que todo se trataba de un juego.

Solo unas horas más, se recordó a sí misma. El fiscal conseguiría que Ian se derrumbase y admitiera que había matado a Ali. A lo mejor lograría que confesara que se había estado riendo de todas al fingir que era el nuevo A. Ian tenía mucho dinero y podía contratar a todo un equipo de espías A para dirigir la operación a pesar de su arresto domiciliario. Era lógico pensar que enviaba los mensajes porque no quería que ninguna testificara contra él; pretendía asustar a Spencer para que se retractara de su testimonio y dijera que no lo había visto con Ali la noche en que desapareció. Quería que dijera que se lo había inventado todo.

—Me alegro de que Ian vuelva a estar entre rejas hoy —suspiró Emily—. Mañana estaremos mucho más tranquilas.

—Yo no me quedaré tranquila hasta que lo encierren de verdad —respondió Spencer con la voz entrecortada por las lágrimas. Sus palabras resonaron más allá de las retorcidas ramas de los árboles, hacia el cielo turquesa de invierno. Dio vueltas a un mechón de pelo alrededor de su dedo hasta casi arrancarlo. *Solo unas horas más,* se repitió.

22

Un déjà vu de nuevo

Hanna se quitó su chaqueta de cuero rojo de Chloé y la dejó en la taquilla mientras sonaba la *Sinfonía del nuevo mundo* de Dvorak bien alta por los altavoces de los pasillos del Rosewood Day. Naomi, Riley y Kate estaban a su lado, charlando sobre los chicos que se habían enamorado instantáneamente de esta última.

—Deberías dejar todas las puertas abiertas —dijo Naomi mientras apuraba el último sorbo de su capuchino con avellana—. Eric Kahn está muy bien, pero Mason Byers es lo mejor del Rosewood Day. Cada vez que abre la boca, me dan ganas de arrancarle la ropa. —La familia de Mason había vivido en Sídney diez años, así que tenía un ligero acento de allí y parecía haber vivido toda la vida en una playa maravillosa.

—Mason está en el equipo de voleibol. —La mirada de Riley se iluminó—. He visto una foto de una competición reciente en el borrador del anuario. No llevaba camiseta. ¡Está que te mueres de bueno!

—¿El equipo de voleibol no entrena después de clase? —dijo Naomi frotándose las manos con emoción—. A lo mejor deberíamos pasarnos por allí para animar a Mason. —Y miró a Kate buscando su aprobación.

Kate chocó la mano con ella.

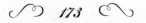

—Me parece perfecto. —Se giró hacia Hanna—. ¿Tú qué dices, te apuntas?

Hanna las miró a todas algo nerviosa.

—Tengo que irme pronto hoy porque tengo el dichoso juicio…

—¡Oh! —La mirada de Kate se nubló—. Tienes razón.

Hanna esperó unos segundos porque le pareció que iba a añadir algo más, pero Naomi, Riley y Kate se pusieron a cotillear de nuevo sobre Mason. Apretó los puños hasta sentir un ligero dolor; se había imaginado que la acompañarían al juicio de Ian para darle apoyo. Naomi estaba haciendo una broma sobre el tamaño del didgeridoo de Mason Byers cuando alguien tocó el hombro de Hanna.

—¿Hanna? —Lucas apareció delante de ella. Como siempre, llevaba encima diversos accesorios de los clubes en los que andaba metido: el horario de las reuniones del club de química, las hojas de firmas contra las bebidas azucaradas de las máquinas de autoventa y una chapa en la solapa que decía «Los futuros representantes de América»—. ¿Cómo andas?

Hanna suspiró y se colocó el pelo detrás de los hombros. Kate, Naomi y Riley los vieron y se apartaron un poco.

—Bien, sin grandes novedades —murmuró.

Hubo una pausa extraña. Por el rabillo del ojo, pudo ver que Jenna Cavanaugh se metía en un aula vacía con su perro. Cada vez que la veía por el Rosewood Day, sentía una sensación muy extraña por dentro.

—Me hubiera gustado verte ayer —dijo Lucas—. Al final no fui de compras, prefiero ir contigo.

—Ajá —murmuró Hanna, que no estaba prestándole demasiada atención. Dirigió su mirada hacia Kate y al resto de las chicas; se reían entre susurros al fondo del pasillo, cerca de la exposición de la clase de acuarelas II. Se moría de ganas de saber de qué estaban hablando.

Cuando volvió a mirar a Lucas, se dio cuenta de que estaba muy serio.

—¿Qué te pasa? —preguntó—. ¿Estás enfadada conmigo o qué?

—No —respondió ella mientras se colocaba nerviosamente el puño de la chaqueta—. Es que he estado muy ocupada.

Lucas le agarró la muñeca.

—¿Estás nerviosa por el juicio de Ian? ¿Quieres que te lleve?

Hanna se sintió molesta de pronto, como si le estuvieran pasando un atizador al rojo vivo por las piernas.

—No vengas al juicio —le espetó.

Lucas dio un paso atrás, como si le hubieran pegado.

—Pero... creí que querías que te acompañara.

Hanna se dio la vuelta y contestó:

—No va a ser nada emocionante —refunfuñó—. Son las declaraciones iniciales, te vas a morir del aburrimiento.

Lucas se quedó mirándola e ignoró la muchedumbre de estudiantes que pasaba a su lado. Varios de entre ellos se dirigían a sus clases de conducir con el libro de la normativa de Pensilvania debajo del brazo.

—Me gustaría estar allí contigo.

Hanna apretó la mandíbula y miró hacia otro lado.

—Tranquilo, estoy bien.

—¿No quieres que vaya por algún motivo en especial?

—Déjalo ya, ¿vale? —Hanna movió los brazos dibujando una barrera entre los dos—. Tengo que ir a clase, te veo mañana en la cena benéfica.

Y entonces, cerró su taquilla de golpe y pasó delante de Lucas. No sabía muy bien por qué no se dio la vuelta en ese instante para darle la mano y disculparse por portarse así. ¿Por qué quería que Kate, Naomi y Riley la acompañaran al juicio y se había puesto tan nerviosa porque Lucas se había ofrecido a ir, de forma tan sincera y fiel? Lucas era su novio y los últimos meses con él habían sido increíbles. Cuando Mona murió, Hanna estuvo como en una nube de inconsciencia hasta que Lucas y ella volvieron a salir. Pasaban todo el día juntos, iban a casa de él, jugaban a Grand Theft Auto y pasaban horas y horas esquiando en Elk Ridge. Hanna no había ido al centro comercial ni al spa ni una sola vez en los nueve días de vacaciones de Navidad. La mitad de las veces que quedó con él ni se puso maquillaje, excepto la base para tapar la cicatriz.

Estos últimos meses con él habían sido la única vez en la que ella se había sentido simple y llanamente feliz. ¿Por qué no le bastaba con eso?

No era suficiente y lo sabía. Cuando quedaba con Lucas, no tenía la sensación de que pudiera ser de nuevo la fabulosa Hanna Marin que un día fue, pero ahora sentía que volvía a serlo. En cada molécula de su ADN estaba escrito que debía ser la chica más popular del Rosewood Day. Desde cuarto curso, había memorizado a todos y cada uno de los diseñadores de las revistas *Vogue*, *Women's Wear Daily* y *Nylon*. Ya entonces, ensayaba comentarios sarcásticos sobre las chicas de su clase con Scott Chin, uno de los pocos amigos que tenía y a quien le divertía mucho su entrenamiento para convertirse en toda una arpía.

En sexto, cuando terminó la competición de la cápsula del tiempo, Hanna fue a un rastrillo solidario y vio que alguien había dejado una bufanda de Hermès por error en la caja de los objetos a cincuenta céntimos. Segundos después, Ali se le acercó sigilosamente para darle la enhorabuena por haber tenido tan buen ojo y comenzaron a hablar. Hanna sabía que la había elegido como nueva mejor amiga no porque fuera la más guapa ni la más delgada, ni siquiera porque había tenido el valor de plantarse en su jardín para robarle su trozo de bandera de la cápsula del tiempo, sino porque era la más cualificada para el puesto. También porque era quien más deseaba obtenerlo.

Hanna se acarició el pelo intentando olvidar lo que acababa de suceder con Lucas. Cuando giró la esquina, Kate, Naomi y Riley se quedaron mirándola y de pronto estallaron las carcajadas.

Sintió que se le nublaba la vista y vio a Kate riéndose con Mona al lado. Era la imagen de hacía unos meses, apenas días antes de la fiesta que dio Mona para celebrar su decimoséptimo cumpleaños. Hanna no olvidaría jamás la sensación de incredulidad que sintió cuando vio a Mona con Naomi y Riley, hablando con ellas como si fueran sus mejores amigas y susurrando lo patética que era ella.

«Quienes ignoran su pasado corren el peligro de repetir sus errores.» Kate, Naomi y Riley no se estarían riendo de ella, ¿verdad?

Entonces, Hanna volvió a la realidad. Kate la acababa de ver y la estaba saludando con la mano.

—¿Nos vemos en el Steam en el próximo descanso? —le dijo de lejos mientras señalaba a la cafetería.

Hanna asintió sin demasiado convencimiento. Kate le tiró un beso y desapareció por la esquina.

Se dio la vuelta y se metió en el baño. Por suerte, estaba vacío. Se acercó a un lavabo y se inclinó. El estómago le daba vueltas. El penetrante olor a producto de limpieza invadió su nariz. Se miró fijamente al espejo y se acercó hasta ver cada uno de sus poros.

—No se estaban riendo de ti, eres Hanna Marin —se dijo a sí misma—. Eres la chica más popular y todo el mundo quiere ser como tú.

Su BlackBerry, que llevaba en uno de los bolsillos laterales de su bolso, empezó a sonar. Hanna se estremeció y lo sacó. «Mensaje nuevo», decía la pantalla.

El baño de pequeños azulejos estaba totalmente en silencio. Del grifo caían algunas gotas de agua. Los secadores de manos cromados distorsionaban la cara de Hanna y el reflejo le devolvía la imagen de un rostro protuberante y extraño. Miró debajo de las puertas para asegurarse de que no había nadie en los baños: ningún pie.

Suspiró y abrió el mensaje.

Hanna, te gusta el masoquismo tanto como comer gusanitos. Fastídiala a ella antes de que te arruine la vida a ti. —A

Sintió que la rabia le recorría las venas de pronto. Ya estaba harta de la nueva A. Abrió un mensaje nuevo y empezó a escribir: «Ojalá te pudras en el infierno, no me conoces en absoluto».

Su BlackBerry emitió el sonido de mensaje enviado y, justo cuando iba a guardarla de nuevo, volvió a sonar un mensaje.

Sé que alguien vomita de vez en cuando en el baño de chicas. Sé que alguien está triste porque ya no es la niñita de papá. Sé que alguien echa de menos a su antigua mejor amiga, aunque en realidad deseara que muriera. ¿Por qué sé todo esto? Porque he crecido en Rosewood, igual que tú. —A

23

El juzgado más tranquilo
de Main Line

Aria salió del Mercedes de Spencer y se quedó boquiabierta ante el despliegue de medios que había a las puerta del juzgado. Las escaleras estaban llenas de periodistas, cámaras y tipos con chaquetas acolchadas y micrófonos de pértiga. Había gente con pancartas también. Algunos teóricos de la conspiración se manifestaban en contra del juicio; decían que se trataba de una caza de brujas de la izquierda porque el padre de Ian era el director ejecutivo de una gran farmacéutica de Filadelfia. Al otro lado de las escaleras había un grupo de gente muy enfadada que gritaba que Ian merecía la silla eléctrica. Por supuesto, también había admiradores de Ali que sostenían grandes fotos con su cara, así como pancartas que decían «Te echamos de menos», aunque la mayoría de ellos no habían llegado a conocerla nunca.

—Madre mía —dijo Aria con un nudo en el estómago.

Al otro lado de la calle, Aria vio a dos personas salir lentamente del aparcamiento auxiliar. Xavier y Ella iban agarrados del brazo, envueltos en sendos abrigos de lana.

Aria se escondió debajo de la capucha de piel. La noche anterior, cuando Xavier la besó, ella salió corriendo a su habitación y se encerró allí. Cuando finalmente salió unas horas después, se encontró a Mike en la cocina comiendo un enorme bol de Count Chocula y la regañó en cuanto entró.

—¿Le has dicho alguna tontería a Xavier? —preguntó—. Cuando colgué el teléfono, salió pitando de aquí. ¿Es que quieres fastidiarle la historia a mamá?

Aria se dio la vuelta porque sentía demasiada vergüenza como para decir nada. Estaba segura de que el beso había sido un error, un mero capricho. Incluso Xavier se había sorprendido y arrepentido de lo que había hecho, pero no quería que Mike ni nadie se enterasen de lo que había pasado. Por desgracia, alguien lo sabía, nada más y nada menos que A, y encima se había enfadado porque le había comentado a Wilden lo del mensaje anterior. Durante toda la noche, Aria estuvo temiendo que su madre la llamara para contarle que alguien le había enviado un mensaje diciendo que había intentado ligar con Xavier, y no al revés. Si Ella se enteraba algún día, su familia no volvería a querer saber de ella en la vida.

—¡Aria! —dijo Ella al reconocer a su hija debajo de la capucha. La saludó y le hizo un gesto para que se acercase. Xavier tenía cara de sentirse muy avergonzado. En cuanto tuviesen un segundo a solas, estaba segura de que se disculparía con ella, pero hoy era muy mal día. Estaba demasiado agobiada.

Se agarró del brazo de Spencer y se alejó de su madre.

—Vamos dentro —dijo con prisa—. Venga.

Spencer se encogió de hombros y se dirigieron hacia la muchedumbre de las escaleras. Aria se puso la capucha de nuevo y Spencer se tapó la cara con una manga, pero los periodistas se abalanzaron sobre ellas igualmente.

—Spencer, ¿qué crees que pasará en el juicio de hoy? —gritaron.

—Aria, ¿qué precio estáis pagando por lo que está sucediendo?

Aria y Spencer se apretaron fuerte las manos y subieron lo más rápido que pudieron. Un policía de Rosewood esperaba en la puerta del juzgado y la sujetó para que pudieran pasar. Entraron respirando hondo.

El vestíbulo olía a cera para el suelo y a crema de afeitar. Ian y sus abogados no habían llegado todavía, así que había un montón de gente arremolinada a la puerta de la sala. Muchos eran policías y funcionarios de Rosewood, así como amigos y vecinos. Aria y Spencer saludaron a Jackson Hughes, el fiscal de aire tan distinguido. Cuando salió a su encuentro, Aria se tragó el chicle de menta. La familia de Ali estaba a su lado. La señora DiLaurentis, el señor DiLaurentis y… Jason. Aria lo había visto hacía poco porque había venido al homenaje de Ali y a la comparecencia de Ian, pero siempre que lo veía le temblaban las piernas por lo guapo que seguía siendo.

—Hola, chicas —dijo la señora DiLaurentis. Las líneas de expresión de sus ojos estaban más marcadas de lo que Aria recordaba, pero seguía siendo esbelta y elegante. Se quedó mirando a Aria y a Spencer—. Qué altas estáis —dijo con tristeza, como si quisiera decir que Ali sería como ellas si siguiera viva.

—¿Qué tal estáis llevando esto? —preguntó Spencer con el tono más sereno y adulto que pudo lograr.

—Hacemos lo que podemos —respondió la señora DiLaurentis con una sonrisa valiente.

—¿Os estáis alojando en la ciudad? —preguntó Aria. La familia se quedó en Filadelfia durante la comparecencia de Ian unos meses antes.

La señora DiLaurentis negó con la cabeza.

—Hemos alquilado una casa en un pueblo cercano mientras dure el juicio, creímos que sería más fácil ir y venir desde allí que desde la ciudad. Preferimos estar más cerca.

Aria levantó una ceja con sorpresa.

—¿Podemos ayudaros en algo? —preguntó—. No sé, quizás podríamos echaros una mano con la casa o quitar la nieve de la acera. Mi hermano y yo podemos acercarnos.

La cara de la señora DiLaurentis dibujó una expresión ambigua mientras jugaba con el collar de perlas de agua dulce de su cuello.

—Gracias, cariño, pero no hace falta. —Sonrió con gesto distraído y se excusó antes de retirarse.

Aria miró alejarse a la señora DiLaurentis hacia el vestíbulo, donde estaba su familia. Iba con la cabeza bien alta y el cuello estirado, como si llevase un libro encima de la cabeza.

—Está un poco... rara —murmuró Aria.

—No me puedo imaginar por lo que estará pasando —apuntó estremecida—. Este juicio tiene que ser un infierno.

Abrieron las pesadas puertas de madera y entraron a la sala. Hanna y Emily ya estaban sentadas en la segunda fila, justo detrás de las enormes mesas reservadas para los abogados. Hanna se había quitado la chaqueta del colegio y la había colgado en el respaldo de la silla. Emily estaba quitando una pelusa que tenía en la falda de cuadros del uniforme. Ambas saludaron en voz baja a Aria y Spencer cuando se sentaron a su lado.

La sala se llenó enseguida. Jackson colocó un montón de carpetas y documentos en la mesa. El abogado de Ian llegó también y ocupó su puesto al otro lado del pasillo. Junto al estrado del juez había doce personas que Aria no había visto en su vida, todas ellas escogidas cuidadosamente por ambos abogados. El acceso a la sala estaba vetado a los medios de comunicación y a la mayoría de los vecinos de Rosewood. Solo podían entrar la familia más cercana y los amigos, junto con la policía y los testigos. Aria echó un vistazo y vio a los padres de Emily, el padre de Hanna y su futura madrastra, así como a Melissa, la hermana de Spencer. Al otro lado de la sala, Aria vio a su padre, Byron, que estaba ayudando a sentarse muy despacio a Meredith... aunque en realidad no estaba tan embarazada como para montar ese numerito.

Byron miró a su alrededor, como si notase que Aria lo observaba. La encontró y la saludó con la mano. Ella respondió gesticulando un «hola». Meredith también la vio, abrió bien los ojos y le preguntó de lejos si estaba bien. Aria tenía la duda de que Byron supiera que Ella estaba allí, y de que la acompañaba su nuevo novio.

Emily le dio un toque a Aria.

—¿Te acuerdas de la noche en la que me llamaste porque tenías un mensaje de A? Yo también recibí uno anoche.

Aria sintió que un escalofrío la recorría entera.

—¿Y qué ponía?

Emily agachó la cabeza para jugar nerviosamente con un botón suelto de su camisa.

—Pues… nada importante, en realidad. ¿Te llegó a llamar Wilden para contarte algo de quién puede estar mandándolos?

—No. —Aria observó con detenimiento la sala por si Wilden estuviera allí, pero no lo encontró. Volvió la cara hacia Emily para que mirase a Hanna.

—¿Y tú has recibido alguno?

Hanna miró con cautela.

—No quiero hablar de eso ahora mismo, la verdad.

Aria frunció el ceño. ¿Qué quería decir con eso, que sí o que no?

—¿Y tú, Spencer?

Las miró con ojos nerviosos y no respondió. Aria notó un sabor amargo en la boca. Entonces, ¿habían recibido todas algún mensaje de A?

Emily se mordió nerviosamente el labio inferior.

—Bueno, muy pronto ya dará igual, ¿no? Si es Ian, se acabará todo en cuanto lo metan en la cárcel.

—Esperemos que sí —murmuró Aria.

Los DiLaurentis llegaron por fin y se sentaron en un banco justo delante de ellas. Jason se colocó al lado de sus padres, pero estaba muy inquieto: primero se abotonó la chaqueta, después se la desabotonó, luego buscó su móvil y miró la pantalla, lo apagó, lo volvió a encender… De pronto, se dio la vuelta y miró a Aria. Sus ojos azules se clavaron en ella durante dos o tres segundos. Tenía los mismos ojos que Ali, era como mirar un fantasma.

Sonrió levemente con la comisura de los labios y aparentemente saludó solo a Aria con la mano, como si se acordase de ella mejor que del resto de las chicas. Ella miró a sus amigas para saber si se habían dado cuenta de lo sucedido, pero Hanna estaba repasándose los labios y Spencer y Emily estaban comentando que la señora DiLaurentis les había contado que se habían trasladado a un pueblo cercano para acudir al juicio. Cuando Aria volvió a mirar a Jason, él también la miró a ella.

Pasaron otros veinte eternos minutos. El asiento de Ian todavía estaba vacío.

—¿No tendría que haber llegado ya? —susurró Aria a Spencer.

Su amiga frunció el ceño.

—¿Y a mí qué me cuentas? —susurró—. ¿Por qué iba yo a saberlo?

Aria juntó las manos y se colocó en la silla.

—Perdona —respondió bruscamente—. No te preguntaba a ti en concreto.

Spencer soltó un suspiro y miró hacia adelante mientras apretaba con fuerza la mandíbula.

El abogado de Ian se levantó y se acercó a la parte de atrás de la sala, con cara de preocupación. Aria miró hacia las puertas de madera del vestíbulo, esperando que el acusado apareciera de pronto con la policía para que comenzase el juicio. Sin embargo, las puertas permanecieron cerradas. Se pasó la mano por la nuca con inquietud. Los murmullos en la sala cada vez resonaban más fuertes.

Aria miró hacia la ventana lateral para intentar tranquilizarse. El juzgado estaba en una colina nevada desde la que se veía el valle de Rosewood; en verano, el denso follaje tapaba las vistas, pero ahora que los árboles estaban desnudos, se podía contemplar toda la ciudad. El chapitel de Hollis se veía tan pequeño que Aria podía abarcarlo entre su dedo pulgar e índice. Las pequeñas casas victorianas que había debajo parecían de juguete y se llegaban a distinguir las luces de neón con forma de estrella de Snooker's, el local donde conoció a Ezra. Más allá se veían los enormes e inmaculados campos de golf del club de campo de Rosewood. Ali, las chicas y ella habían ido a la piscina del club todos los días de aquel primer verano en que fueron amigas para comerse con los ojos a los socorristas. El que más les gustaba era Ian.

Le habría gustado poder revivir ese verano para repasar todo lo que le sucedió a Ali y regresar mucho antes de que los obreros comenzaran a excavar aquel hoyo en la casa de los DiLaurentis para construir un cenador para veinte personas. La primera vez que Aria entró al jardín de la casa de Ali, se quedó precisamente en el punto exacto donde terminarían haciendo el agujero y donde aparecería el cuerpo de su amiga, al fondo del terreno, cerca de los árboles. Era un aciago sábado y acababan de comenzar sexto curso; todas habían aparecido en su jardín para robarle el trozo de bandera de la cápsula del tiempo. Aria no hacía más que pensar en que querría viajar en el tiempo y cambiar también lo que sucedió ese día.

El juez Baxter salió de su despacho. Era corpulento y tenía la cara enrojecida y la nariz aplastada. Sus ojos eran pequeños y brillantes. Aria sospechó que seguramente olería a puro si una se acercaba lo suficiente. Cuando Baxter llamó a los dos abogados al estrado, Aria se recolocó en la silla. Los tres hablaban acaloradamente mientras señalaban el asiento vacío de Ian.

—Qué locura —murmuró Hanna mirando hacia atrás—. Ian llega tardísimo.

Las puertas de la sala se abrieron de pronto y las chicas dieron un brinco. Un policía que Aria reconoció de la comparecencia de Ian recorrió el pasillo, atravesó las puertas con bisagras, como las del Oeste, y se dirigió al estrado.

—Acabo de localizar a su familia —dijo con voz bronca. Los rayos del sol brillaron en su placa plateada y el reflejo se hizo visible en toda la sala—. Están buscándolo.

Aria se quedó con la boca seca. ¿Estaban buscándolo? Miró al resto de las chicas.

—¿De qué habla? —dijo Emily.

Spencer se mordió una uña.

—Dios mío…

A través de la puerta aún abierta, Aria pudo ver un sedán negro aparcado al otro lado de la calle. El padre de Ian salió por la puerta de atrás; llevaba un traje totalmente negro y tenía un gesto solemne y aterrado en la cara. Aria asumió que su madre no estaba allí porque seguiría en el hospital.

Un coche de policía aparcó detrás del sedán, pero solo salieron dos agentes de Rosewood.

En cuestión de segundos, el padre de Ian recorrió el pasillo hasta el banco.

—Estaba en su cuarto anoche —le señaló el señor Thomas al juez Baxter en voz baja, pero no lo suficiente como para no escucharlo—. No sé cómo ha podido suceder esto.

Al juez le dio un tic de pronto.

—¿Cómo dice?

El padre de Ian levantó con solemnidad la cabeza.

—Se ha… marchado.

Aria se quedó con la boca abierta mientras su corazón le taladraba el pecho. Emily soltó un grito. Hanna se agarró el estómago mientras resonó un gorjeo en su garganta. Spencer se levantó de la silla.

—Creo que deberíamos… —Pero fue bajando la voz y se sentó de nuevo.

El juez Baxter golpeó su maza.

—Vamos a hacer una pausa hasta próximo aviso —gritó al público—. Les avisaremos cuando esté todo listo.

Hizo un gesto con las manos y, en un momento, alrededor de veinte policías de Rosewood se acercaron al estrado con los walkie-talkies a todo trapo y las pistolas en sus fundas, listas para sacarlas y disparar si hiciera falta. Les dio unas cuantas instrucciones y los agentes salieron de la sala para meterse en los coches patrulla.

Se ha escapado. Aria miró por la ventana de nuevo y divisó el valle. Rosewood era muy grande, Ian tendría un montón de sitios donde esconderse.

Emily se recostó en el banco mientras se pasaba las manos por el pelo.

—¿Cómo ha podido suceder?

—¿No se supone que había un poli vigilándolo todo el rato? —preguntó Hanna—. ¿Cómo ha podido salir de su casa sin que lo viera nadie? ¡Es imposible!

—Sí es posible.

Todas miraron a Spencer. Sus ojos se movían a un lado y a otro de forma mecánica, mientras le temblaban las manos. Levantó la cabeza poco a poco y miró a sus tres amigas. La culpabilidad la estaba ahogando.

—Tengo que contaros una cosa —susurró—. Es sobre Ian y no os va a gustar un pelo.

24

¿También tú, Kate?

—¡A su izquierda! —gritó Hanna.

Una mujer que paseaba un perro salchicha dio un salto y se apartó del camino de Hanna. Era viernes por la noche y había salido a correr por Stockbridge Trail después de cenar, un paseo circular que rodeaba la antigua mansión de piedra, ahora propiedad del Ayuntamiento de Rosewood. Probablemente no fuera muy seguro ir por un camino solitario ahora que Ian se había dado a la fuga; aunque Spencer hubiera largado a la policía que Ian se había saltado el arresto domiciliario y que la había ido a ver la noche antes, se habría escapado igualmente.

Pero ¿qué importancia tenía Ian? Hanna necesitaba salir a correr. Solía venir aquí para purgar su estómago cuando comía demasiados aperitivos Cheez-Its, pero esta noche necesitaba purgar su mente.

Los mensajes de A habían empezado a agobiarla. No quería creer que A fuera una persona real, pero ¿qué pasaría si lo que decía en esos mensajes fuera verdad? Si A era Ian y podía saltarse el arresto domiciliario, tenía sentido que supiera de qué iba Kate, ¿no?

Hanna dejó atrás los bancos cubiertos de nieve y el cartel verde que decía «Mantenga el parque limpio» al lado de la imagen esquemática de un perro haciendo sus deposiciones. ¿Había sido demasiado ingenua al creer en la amistad de Kate? ¿Se trataba de otro truco sucio más de su futura hermanastra? ¿Y si Kate era tan mala como Mona y estaba trazando un plan perfecto para arruinarle la vida? Poco a poco, su mente se adentró en los complicados detalles de su amistad con Mona. O más bien, de su enemistad. Se hicieron amigas en octavo, cuando Ali llevaba desaparecida varios meses. Mona se acercó a Hanna para contemplar las zapatillas de D&G y la pulsera de David Yurmman que le habían regalado por su cumpleaños. Hanna se quedó un poco extrañada al principio porque Mona tenía pinta de empollona, pero finalmente fue capaz de ver más allá del exterior. Además, necesitaba una amiga.

Pero quizás Mona nunca fue su mejor amiga, sino que había estado esperando el momento preciso para desarmarla y vengarse de todas esas cosas tan horribles que ella y sus amigas le habían dicho en el pasado. Fue Mona la que alejó a Hanna de sus amigas, la que alimentó su rencor contra Naomi y Riley. Hanna había llegado a pensar en reconciliarse con ellas después de que Ali fuese dada por muerta, pero Mona se opuso totalmente. Naomi y Riley eran de segunda clase y no tenían nada que ver con ellas.

También fue Mona la que propuso robar en las tiendas por primera vez, cuando le contó a Hanna que le encantaría el subidón, por no hablar de las cosas que había dicho firmando como A. Con ella lo tenía fácil porque había sido testigo de muchas meteduras de pata. ¿Quién había estado a su lado aquella noche en la que se llevó el BMW del padre de Sean Ackard? ¿Quién estaba con ella aquel día que la pillaron robando en Tiffany?

No hacía más que pisar charcos de barro, pero seguía corriendo. Su mente estaba desbordada con todo lo que Mona había hecho: los recuerdos eran como la incontrolable espuma de champán que sale cuando descorchas una botella. Bajo la identidad de A, Mona le había mandado ese vestido de gala de tamaño infantil a sabiendas de que se lo pondría para su cumpleaños y que reventaría las costuras. Mona firmó como A aquel mensaje en el que le decía que Sean estaba en el Foxy con Aria, segura de que Hanna volvería corriendo a Rosewood para echarle una buena bronca mientras arruinaba la cena familiar con su padre y confirmaba una vez más lo perfecta y buena hija que era Kate.

Un momento. Hanna se detuvo debajo de unos árboles. Algo no encajaba. Hanna le había contado a Mona que había vuelto a retomar el contacto con su padre, pero en ningún momento le contó que no fuera a ir al Foxy para cenar con él en Filadelfia. Aunque Mona se hubiera enterado por otras fuentes, no podía saber de ninguna manera que Kate e Isabel estaban allí también. Hanna se acordó de que las dos aparecieron en la suite de su padre en el Four Seasons al grito de «¡Sorpresa!». Era imposible que Mona supiera que iban a presentarse allí.

Salvo que…

Hanna comenzó a respirar hondo de pronto. El cielo se oscureció, alargando algunas sombras. La única forma de que Mona se enterara de que Kate e Isabel iban a ir a Filadelfia es que Mona y Kate se hubieran puesto de acuerdo antes.

Eso tenía más sentido. Mona conocía a Kate, estaba claro. Uno de los primeros mensajes de A consistió en un recorte de prensa sobre un premio que recibió Kate en otro colegio. A lo mejor Mona la había llamado para contarle su pérfido plan y, dado que Kate odiaba tanto a su futura hermanastra, había aceptado el reto. Eso explicaría que supiera qué fibra sensible debía tocarle a Hanna para que le contara todo en el baño de Le Bec-Fin. O por qué Kate había mirado su bolso: quizás ya sabía que guardaba en él un alijo de pastillas Percocet. «Va fardando de que tiene algunas pastillas», quizás le dijera Mona a Kate por teléfono. «Seguro que piensa que no se lo dirás a nadie si le pides una. Pero cuando se marche y pase una hora, cuando su padre empiece a ponerse nervioso, cuéntaselo todo. Dile que Hanna te obligó a tomarla.»

—Santo cielo —susurró Hanna, mirando a su alrededor. El sudor de la nuca comenzó a gotear por su espalda como el hielo. Kate y Hanna se habían convertido en las abejas reinas del colegio, Naomi y Riley eran sus mejores amigas… ¿A lo mejor también era parte del plan de Mona? ¿Quizás Kate estaba cumpliendo los deseos de Mona…. y planeaba acabar con ella?

Las rodillas de Hanna comenzaron a temblar. Se agachó hasta tocar el suelo y se apoyó torpemente sobre el brazo derecho.

¿Y si nunca terminaba esta historia?

Empezó a sentir náuseas y se arrastró hasta el borde del camino para vomitar en la hierba. Las lágrimas le caían por la cara y le ardía la garganta. Se sentía perdida. Sola. No tenía ni idea de lo que era verdad o no en su vida.

Unos minutos después, se limpió la boca y se dio la vuelta. El camino adoquinado estaba vacío y no había nadie caminando en ninguna dirección. Todo estaba tan tranquilo que Hanna podía escuchar el borboteo de su estómago. Los arbustos que había al otro lado del camino comenzaron a agitarse, como si alguien hubiera quedado atrapado y estuviera intentando salir. Hanna intentó moverse, pero tenía las extremidades adormecidas, como su brazo después del accidente. Las sacudidas del arbusto eran cada vez más fuertes.

Es el fantasma de Mona, gritó una voz dentro de la cabeza de Hanna. *A lo mejor es el de Ali. O el de Ian.*

Los árboles se apartaron y Hanna dejó escapar un grito sordo mientras cerraba con fuerza los ojos. Cuando los abrió, unos segundos después, el camino seguía vacío. Parpadeó y miró a su alrededor. Después, se dio cuenta de que se había puesto histérica por culpa de un pequeño conejito gris que correteaba nerviosamente cerca de un parterre seco de tréboles.

—Me has asustado —le recriminó Hanna al animalillo. Se puso en pie a duras penas mientras sus pulsaciones iban normalizándose. Su nariz todavía estaba irritada por el olor a vómito. Una señora con un cortavientos rosa pasó corriendo a su lado; olía al perfume de Marc Jacobs Daisy que probablemente se había puesto por la mañana para ir a trabajar. Después pasó un chico que paseaba un gran danés. El mundo volvía a estar lleno de gente otra vez.

Cuando el conejo desapareció entre los arbustos, comenzó a tener la mente más clara. Inspiró profundamente para relajarse y recuperó la serenidad. Seguramente era una treta ideada por Ian o por cualquier otro idiota que estuviera fingiendo ser A para volverla loca. Mona no podía controlar el universo desde la tumba. Además, Kate había admitido la tormentosa relación que tuvo con aquel chico del herpes; no habría confesado algo así si pretendiera acabar con Hanna para siempre.

Volvió a casa corriendo el kilómetro que casi le quedaba hasta el párking y se sintió mucho mejor. Había dejado su BlackBerry en el asiento del copiloto de su Prius y no tenía mensajes nuevos. Mientras conducía hacia casa, le entraron ganas de responder al último mensaje de A y poner: «Buen intento, farsante. Casi me pillas». Se sentía algo culpable también por ignorar los últimos mensajes de Kate y evitarla en los pasillos, pero podía hacer algo para compensarla. Quizás podrían ir al Jamba Juice antes de presentarse en la cena benéfica; la invitaría a un Mango Mantra sin azúcar.

Cuando llegó a casa, la encontró a oscuras y en silencio.

—¿Hola? —dijo Hanna mientras dejaba las zapatillas de correr en el cuarto de la lavadora y se quitaba la goma del pelo. ¿Dónde estaba todo el mundo?—. ¿Kate?

Cuando subió las escaleras, escuchó un grito ahogado. La puerta del cuarto de Kate estaba cerrada y sonaba una música que Hanna no terminaba de reconocer.

—¿Kate? —llamó Hanna en voz baja.

No obtuvo respuesta. Levantó el puño para llamar, pero Kate soltó una risa socarrona de pronto.

—Saldrá bien, te lo prometo.

Hanna frunció el ceño, parecía que Kate estaba hablando por teléfono. Pegó la oreja a la puerta con curiosidad.

—No, créeme, de verdad —instaba Kate a alguien en voz baja—. Confía en mí, ya no queda nada. ¡Qué ganas tengo!

Comenzó a reírse por lo bajo con malicia y Hanna se tapó la boca y se separó de la puerta como si quemase. Esa risa por lo bajo terminó convirtiéndose en una prolongada carcajada.

Hanna volvió al vestíbulo, aterrada. Conocía de sobra esa clase de risa: Mona y ella solían reírse así cuando planeaban algo gordo. Lo hicieron cuando Hanna planeó hacerse amiga de mentira de Naomi porque le había levantado a su cita para el baile de los enamorados. También cuando Mona creó un Myspace falso de Aiden Stewart, un chico muy guapo del colegio cuáquero, para atormentar a Rebecca Lowry; ella se votó a sí misma para ser Reina de la Nieve y ese honor le correspondía de pleno derecho a Hanna. Esa risa solo podía implicar una cosa: «Vamos a hacer algo un poco feo, pero esa zorra se lo merece… y nos vamos a partir de risa».

Las preocupaciones de Hanna volvieron de pronto a su mente como una avalancha de barro que cae por la ladera de una montaña. Parecía que Kate estaba planeando algo importante y ella tenía bastante claro de qué podía tratarse

25

Dentro del baño, pero fuera del armario

En cuanto Emily e Isaac pararon el coche delante de la mansión de los Hastings aquel sábado por la noche, un aparcacoches se acercó para pedirles el carné.

—Queremos tener un registro de todos los que entran —les dijo. Emily se dio cuenta de que llevaba una pistola en el pantalón.

Isaac miró a la pistola y luego a Emily. Le acarició la mano.

—No te preocupes, lo más probable es que Ian esté en la otra punta del mundo.

Ella trató de ocultar su mueca de dolor. Ian llevaba desaparecido un día y ella le había contado a Isaac que era una de las mejores amigas de Ali. Por eso había ido al juicio el día antes, pero omitió el dato de que recibía mensajes amenazantes de A y que ella estaba convencida de que los enviaba Ian. Emily no creía que el asesino de Ali estuviera en la otra punta del mundo precisamente, sino en Rosewood, tratando de descubrir el terrible secreto que, según él, ocultaba la policía.

Emily estaba furiosa con Spencer, en parte porque no les había contado nada de la visita de Ian en su momento. Pero, por otro lado, entendía que no lo hubiera hecho. Spencer les había enseñado el mensaje que le mandó Ian después de su visita en el que le decía que iba a sufrir mucho si le contaba algo a alguien. Además, Emily tampoco había dicho nada del mensaje que ella misma había recibido y en el que la amenazaba con contarle todo a Isaac si revelaba cualquier cosa de A. Ian parecía ser tan retorcido como Mona y sabía muy bien cómo mantenerlas calladitas.

Sin embargo, justo después de que Spencer admitiera lo sucedido, las chicas intentaron contárselo a un policía, pero todos los agentes se habían marchado ya a buscar a Ian. Los padres de Spencer tuvieron dudas de si era correcto o no celebrar la cena benéfica aquella noche, aunque terminaron decidiendo seguir adelante y ser cautelosos, sin más. Por su parte, Spencer llamó a Emily y a las demás la noche previa rogándoles que vinieran para poderse dar apoyo moral las unas a las otras.

Emily se colocó los bajos del vestido que le había dejado Carolyn y salió del Volvo. La casa de Spencer parecía una tarta de cumpleaños con tantas luces. El coche patrulla de Wilden estaba enfrente y unos cuantos aparcacoches dirigían el tráfico. Cuando Isaac la cogió de la mano, Emily vio que Seth Cardiff, el mejor amigo de su ex, Ben, salía de otro coche detrás de ellos. Sus hombros se agarrotaron y cogió a Isaac del brazo.

—Por aquí —dijo ella con urgencia mientras empujaba a Isaac hacia el camino delantero. Después, vio a Eric Kahn en el porche y, si Eric estaba ahí, Noel tenía que estar cerca necesariamente.

—Un momento, espera. —Y tiró de Isaac hacia un punto algo más oscuro, donde había un arbusto cargado de nieve, mientras fingía que buscaba algo en su bolso de fiesta plateado. El viento agitó unas ramas del enorme árbol de hoja perenne que tenían al lado. Emily se detuvo un instante, ¿no era una tontería lo que estaba haciendo? Allí estaba, plantada en plena oscuridad mientras un asesino loco seguía suelto.

Isaac se rió, incómodo.

—¿Estás bien? ¿Nos estamos escondiendo de alguien?

—Claro que no —mintió Emily. Eric Kahn entró en la casa finalmente, así que Emily se estiró y volvió al camino. Dio un profundo suspiro y abrió la puerta principal. La luz del interior los asaltó de pronto. *Allá vamos.*

Un cuarteto de cuerda estaba en un rincón tocando un delicado minueto. Las mujeres llevaban vestidos de fiesta de seda y lentejuelas y los hombres, elegantes trajes oscuros. Un camarero se acercó a Emily e Isaac con una bandeja llena de copas de champán. Él cogió dos y le ofreció una a ella, de la que bebió un sorbo, tratando de no atragantarse.

—¡Emily! —Spencer estaba delante de ella con un vestido corto de color negro y un detalle de plumas en el dobladillo. Llevaba unos zapatos con un tacón increíble. Sus ojos fueron directos a la mano de Isaac, que estaba agarrando la de Emily. Una arruga de extrañeza apareció en su frente.

—Eh… Isaac, esta es Spencer. Sus padres son los que organizan la cena —disparó Emily mientras se soltaba lentamente de la mano de Isaac—. Spencer, este es Isaac. —Le hubiera gustado añadir que era su novio, pero había demasiada gente delante.

—Mi padre es Rick Colbert, el que organiza el cátering —explicó él y le ofreció a Spencer la mano para saludarla—. ¿Lo conoces?

—No me he encargado de los preparativos —dijo Spencer con amargura y se giró hacia Emily—. ¿Te ha contado Wilden las reglas? No podemos salir fuera. Si alguna necesita algo del coche, hay que pedirle a Wilden que vaya a por ello. Cuando te quieras marchar, él te acompañará.

—Madre mía —dijo Isaac tocándose el pelo—. Os lo estáis tomando muy en serio.

—Es que es muy serio —le cortó Spencer.

Ya se iba a alejar de ellos cuando Emily la agarró de brazo. Quería preguntarle a Spencer si le había contado a Wilden lo de la visita de Ian, tal y como prometió que haría, pero su amiga se escabulló.

—No puedo hablar ahora —dijo con brusquedad y desapareció entre la multitud.

Isaac se balanceó sobre los talones.

—Bueno, es simpática. —Miró a la sala, primero a la alfombra oriental de valor incalculable que había en el vestíbulo, luego a la mampostería de la pared y después a los retratos de los antepasados de los Hastings—. ¿La gente de tu colegio vive así?

—No todos —puntualizó Emily.

Isaac se acercó a una consola y pasó las manos por el florido juego de té de Sèvres. Emily habría deseado apartarlo de allí (Spencer siempre decía que aquello perteneció en su día a Napoleón), pero no quería que su chico pensase que lo estaba regañando.

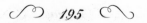

—Seguro que tú vives en una casa todavía más lujosa —le tomó el pelo Isaac—. Quizás una casa de diecinueve dormitorios con una piscina olímpica.

—Pues no —respondió ella dándole un suave golpe—. Tenemos dos piscinas, una para mí y otra para mi hermana. Es que no me gusta compartir las cosas, ¿sabes?

—¿Y cuándo me vas a llevar a tu fantástica casa? —preguntó el chico mientras balanceaba su mano con la Emily hacia adelante y hacia atrás—. Yo ya te he llevado a la mía y encima estaba mi madre. Bueno, siento la encerrona...

—Tranquilo. —Cuando Emily recogió a Isaac aquella noche, su madre les echó piropos, les hizo fotos y le ofreció a Emily unas galletas caseras. La señora Colbert le recordaba a su madre: ambas coleccionaban figuras de Hummel y llevaban los mismos Crocs de color azul pálido. Podrían ser buenas amigas—. Me ha parecido que es un encanto, igual que tú.

Isaac se puso colorado y tiró de ella hacia sí. Noel Kahn y James Freed andaban merodeando en el arco de la puerta de la sala de estar. Los dos llevaban trajes negros muy caros y las corbatas del Rosewood Day con el nudo aflojado.

—¡Emily Fields! —gritó James. Miró de arriba abajo a Isaac mientras ponía cara de perplejidad. Probablemente se había imaginado que era una chica masculinizada con esmoquin.

—Hola, Emily —dijo Noel con su vocecilla de chico vago, rico y medio surfero, mientras no quitaba ojo a Isaac—. Has venido con un amigo, ¿eh? ¿O es tu novio?

Emily dio un paso atrás. Noel y James se humedecieron los labios como auténticos depredadores; no cabía duda de que estaban pensando en la siguiente crueldad que iban a decirle. «Mira, colega, Emily Fields está salidísima. Lo mismo te lleva a algún club de estriptis para lesbianas.» Cuanto más se alargase el silencio, más terribles resultarían sus palabras.

—Tengo que... —balbuceó Emily. Se dio la vuelta y estuvo a punto de chocarse con el director Appleton y la señora Hastings, que estaban bebiendo un cóctel. Fue avanzando a trompicones hasta el vestíbulo para alejarse todo lo posible de James y de Noel.

—¿Emily? —la llamó Isaac. Pero ella no se detuvo. Tenía delante las puertas macizas de la biblioteca y las abrió rápidamente para colarse dentro mientras resollaba.

Hacía calor en la biblioteca y olía a una mezcla de libros viejos y zapatos de piel caros. La visión de Emily pareció borrosa por un instante, pero enseguida volvió a enfocar. Tenía el estómago hecho un nudo por el miedo. La habitación estaba llena de gente del Rosewood Day: las largas piernas de Naomi Zeigler colgaban del brazo de una de las sillas de piel y la futura hermanastra de Hanna, Kate, estaba sentada en un diván como si fuera una reina. Mason Byers y otros chicos del equipo de lacrosse charlaban al lado de una estantería, sin duda buscando los libros antiguos del padre de Spencer sobre fotografía francesa, que en realidad consistían en fotos de porno suave con mujeres desnudas. Mike Montgomery y una morena muy guapa estaban compartiendo una copa de vino, mientras Jenny Kestler y Kirsten Cullen mordisqueaban un canapé de pan y queso.

Todos se dieron la vuelta para mirar a Emily. Cuando Isaac irrumpió en la habitación detrás de ella y rodeó su desnudo hombro con su brazo, las miradas se centraron en él.

Parecía que un maléfico hechizo hubiera sumido a Emily en una especie de cámara lenta. Pensaba que podría enfrentarse a sus compañeros aquella noche, pero todos estaban allí, juntos... Todos los que sabían sus secretos, todos los que habían estado presentes el día en que A difundió aquella foto de Maya y ella dándose un beso. Era demasiado duro.

No pudo mirar siquiera a Isaac cuando se dio la vuelta y abrió la puerta de la biblioteca de nuevo. Noel y James seguían apoyados en la pared pasándose una botella de Patrón.

—¡Has vuelto! —exclamó Noel con tono alegre—. ¿Quién era ese tío con el que estabas? Si te has cambiado de acera de nuevo, ¿por qué no me has avisado antes a mí?

Emily se mordió el labio y mantuvo la mirada baja. Tenía que salir de allí como fuera. Tenía que escapar, pero debía encontrar a

Wilden primero para que la acompañara al coche. No quería salir sola a la calle. Después vio uno de los aseos de los Hastings junto a la cocina. La puerta estaba medio abierta y la luz estaba apagada. Emily se fue corriendo hasta allí pero, cuando fue a cerrar la puerta, alguien se lo impidió con el pie.

Isaac se metió dentro.

—Hola. —El tono de su voz sonaba bastante molesto—. ¿A qué viene todo esto?

Emily soltó un pequeño sollozo y se fue a la otra esquina del tocador con los brazos cruzados. Era más grande que la mayoría de cuartos de baño; tenía una pequeña zona pasa sentarse, un espejo muy florido y una sala aparte para el aseo. Debajo del espeso y empalagoso olor a velas de jazmín que había en la mesa, se intuía un ligero aroma a bilis.

Isaac no la siguió hasta el rincón, sino que se mantuvo al lado de la puerta, con la espalda muy estirada y con mucha cautela.

—Hoy estás… un poco rara.

Emily se sentó en el diván de color melocotón y observó una pequeña carrera en sus medias. Estaba demasiado nerviosa como para decir nada. Sus secretos se la estaban comiendo por dentro.

—¿Te da vergüenza que te vean conmigo? —preguntó Isaac—. ¿Es porque le he dicho a Spencer que mi padre era el del cátering? ¿Tendría que haberme callado?

Emily se tapó los ojos con las manos. No podía creer que Isaac pensase que ella estaba tan rara por su culpa. La sobrecogió una sensación de miedo sobre sus hombros, como si alguien le estuviera poniendo una sábana encima. Aunque intentase evitar este desastre, volvería a ocurrir una y mil veces. Finalmente, haría acto de presencia A… o Ian. «A lo mejor era un aviso», le había escrito después del encuentro con Maya en el restaurante chino. Ian había logrado tener a Emily justo donde quería.

Salvo que ella actuase correctamente.

Emily miró a Isaac con un nudo en la garganta. Tenía que acabar con esto enseguida, como cuando te quitas una tirita.

—¿Te acuerdas de aquella chica del China Rose? —preguntó. Isaac la miró con cara inexpresiva mientras se encogía de hombros. Emily suspiró—. Ella y yo… fuimos pareja.

Le contó todo lo demás a la velocidad de la luz. Le contó que en séptimo se besó con Ali en la casa del árbol y que se había enamorado de Maya al instante por culpa de un chicle de plátano. Le habló de los mensajes de A, de cómo había salido con Toby Cavanaugh para demostrarse a sí misma que le gustaban los chicos… Le contó que en una competición de natación circuló una fotografía de Maya y ella besándose, y que así se enteró todo el colegio de lo suyo. Le habló de Tree Tops, el programa para curar a gente homosexual al que sus padres la obligaron a ir y confesó que la verdadera razón por la que estuvo en Iowa era porque sus padres no aceptaban su orientación sexual. Además, le confesó que allí conoció a una chica llamada Trista y que se había enrollado con ella también.

Cuando terminó su discurso, miró de nuevo a Isaac. Tenía muy mala cara y movía nerviosamente un pie sin parar… quizás estaba enfadado.

Emily bajó la cabeza.

—Me parece totalmente comprensible que no quieras hablarme nunca más. No pretendía hacerte daño, pensé que me odiarías si te lo contaba. No pretendía decirte nada, pero quiero que sepas que todo lo que te he contado sobre mis sentimientos por ti, sobre las ganas que tenía de que fueras mi novio, todo lo que me gustas… es verdad. No pensé que pudiera gustarme un chico, pero así es.

La habitación permaneció en silencio. Incluso la fiesta parecía haberse calmado. Isaac se pasó la mano por la corbata.

—Entonces, ¿eres… bisexual o algo así?

Emily clavó las uñas en el cojín afelpado de seda del diván. Hubiera sido más fácil decirle que era hetero y que los líos con Maya, Ali y Trista habían sido meros deslices, pero sabía que eso no era cierto.

—No sé lo que soy —respondió en voz baja—. Ojalá lo supiera, pero no es el caso. Quizás me guste la gente, sin más. Me gustan las personas, sin importar el género.

Él bajó la mirada y soltó un pequeño suspiro de tristeza. Cuando Emily escuchó que se daba la vuelta, su pecho empezó a palpitar con desesperación. Isaac giraría el picaporte, saldría por la puerta y se marcharía de su vida para siempre. Emily se imaginaba a la madre de Isaac en la entrada de su casa, deseando con toda su alma saber cómo había ido su cita de ensueño, pero se quedaría pasmada cuando su hijo le contase la verdad. «¿Que Emily es qué?», seguro que diría.

—Oye… —Notó un cálido aliento sobre su cabeza. Isaac se acercó hacia ella con una expresión imposible de descifrar. Sin decir una sola palabra, la abrazó—. No pasa nada.

—¿Cómo? —dijo Emily, jadeando.

—No pasa nada —respondió él con voz tranquila—. Lo acepto, te acepto.

Emily parpadeó sin poder creer lo que estaba oyendo.

—¿En serio?

Isaac asintió con la cabeza.

—Si te digo la verdad, es hasta un alivio. Pensé que estabas rara por mi culpa o porque ya tenías novio.

Los ojos de Emily se llenaron de lágrimas de agradecimiento.

—Ni de broma —respondió rápidamente ella.

—¡Menos mal! —suspiró él y la abrazó, dándole un beso en la sien.

Mientras se abrazaban, asomó la cabeza por la puerta Lanie Iler, una de sus compañeras del equipo de natación, pensando que no había nadie.

—¡Uy! —dijo. Al ver que Emily estaba abrazando a un chico, se quedó ojiplática, pero a esta le dio igual.

Que me vean, pensó. Lanie podía contárselo a todo el mundo, no pensaba volver a esconderse nunca más.

26

Spencer y la horma de su zapato

El timbre de la puerta de los Hastings sonó por enésima vez y Spencer vio desde la esquina cómo sus padres recibían a los Pembroke, una de las familias más antiguas de la ciudad. Los señores Pembroke eran conocidos por llevar a sus mascotas allá donde fueran y esta noche venían acompañados de dos de ellas: Mimsy, su perrito pomerania chillón, y la estola que llevaba Hester Pembroke al cuello con una cabeza de zorro en un extremo. Cuando la pareja se dirigió a codazos hacia la barra, la madre de Spencer le susurró algo a Melissa y después desapareció. Su hermana pilló a Spencer mirándolas. La mayor de las Hastings se colocó el vestido de satén rojo, bajó la mirada y se dio la vuelta. Había estado huidiza todo el día y no había sido capaz de preguntarle a Melissa cómo estaba por la desaparición de Ian.

No tenía claro todavía por qué estaban organizando la cena benéfica. Todo el mundo se lo estaba pasando genial: el alcohol parecía ser el bálsamo de salvación de Rosewood cuando surgía algún escándalo. Wilden ya había acompañado a los padres de Mason Byers a su coche Bentley porque a Biny Byers le habían sentado mal los cócteles Metropolitan. Spencer se había encontrado vomitando en el tocador a Olivia Zeigler, la madre de Naomi, con sus morenísimos brazos aferrados a la taza del váter. Ojalá el vodka pudiera adormecer a Spencer también pero, por más botellas de

Lemon Drops que se hubiera bebido a escondidas, seguía despierta como un búho. Parecía que el karma la estaba castigando obligándola a permanecer sobria durante esta experiencia tan traumática.

Había cometido un terrible error: no contar a nadie lo de Ian. Pero ¿cómo iba a saber ella que tenía pensado escaparse? Se acordó del sueño que tuvo el día anterior. *Ya es demasiado tarde.* Bueno, ahora sí era verdad.

Había prometido a sus amigas que le contaría a la policía lo de la visita de Ian, pero cada vez que Wilden volvía a la puerta para vigilar la fiesta, se sentía incapaz de acercarse a él. No podía soportar la idea de que alguien más le diera una charla sarcástica sobre lo mal que lo había vuelto a hacer. Además, ¿qué iba a sacar en claro contándoselo a Wilden? En ningún momento Ian le había dicho dónde se pensaba esconder. La única pista interesante que le dio es que estaba a punto de descubrir un secreto que la iba a dejar alucinada.

—Spencer, cariño —dijo una voz a su derecha. Era la señora Kahn, a quien su vestido de lentejuelas verde esmeralda le hacía parecer demasiado delgada. Spencer la había escuchado decirles a los fotógrafos de sociedad que era un Balenciaga vintage. Todo lo que llevaba puesto la señora Kahn brillaba, desde sus orejas hasta su cuello, desde sus muñecas a sus dedos. Todo el mundo sabía que el año pasado, cuando el padre de Noel se marchó a Los Ángeles a patrocinar otro torneo de golf, le compró a su mujer media joyería de Harry Winston. La factura se llegó a publicar en un blog de cotilleos de la ciudad.

—¿Sabes si quedan más pastelitos de esos tan ricos? —preguntó la señora Kahn—. No, ¿verdad? —dijo mientras se tocaba su vientre plano y se estremecía como diciendo «si hay un asesino suelto, qué menos que alegrarnos comiendo pasteles».

—Pues… —Spencer miró a sus padres al otro lado de la sala, estaban junto al cuarteto de cuerda—. Ahora vuelvo.

Se abrió paso entre los invitados hasta que estuvo a pocos metros de sus padres. Él llevaba un traje oscuro de Armani y ella un modelo corto de color negro con alas de murciélago y la cintura plisada. Quizás fuera el último grito en las pasarelas de Milán, pero a Spencer le parecía que la mujer de Drácula se vestiría así para limpiar su casa.

Tocó a su madre en el hombro. La señora Hastings se dio la vuelta con su gran sonrisa ensayada, pero se quedó seria cuando vio que se trataba de su hija.

—Se están acabando los pastelitos —le informó Spencer diligentemente—. ¿Quieres que mire en la cocina? En la barra casi no queda champán, tampoco.

La señora Hastings se pasó la mano por las cejas con nerviosismo.

—Ya lo hago yo.

—No pasa nada —se ofreció Spencer—. Si quieres, puedo…

—Ya lo hago yo —susurró su madre con frialdad, escupiendo cada palabra. Frunció el ceño y las pequeñas arrugas de su boca se marcaron de manera prominente—. ¿Te importaría ir a la biblioteca con los demás jóvenes?

Spencer dio un paso atrás y se torció el tobillo en el pulidísimo suelo de madera. Se sintió como si su madre acabase de darle una bofetada.

—Ya sé que estás encantada de que me hayan desheredado —soltó Spencer en voz alta, sin ser muy consciente de lo que decía—. Pero no hace falta que lo demuestres.

Su madre se detuvo y abrió la boca de la sorpresa. Alguien que estaba cerca de ellas tragó saliva. El señor y la señora Hastings estaban más blancos que la pared.

—Spencer… —dijo con aspereza su padre.

—Olvídalo —gruñó ella, y se dio la vuelta hacia la parte trasera del vestíbulo, que comunicaba con la sala multimedia. Se le llenaron los ojos de lágrimas de frustración. Tendría que sentirse genial por haberles dicho a sus padres exactamente lo que merecían, pero en realidad se sentía igual que cuando ellos la trataban sin respeto alguno, como un árbol de Navidad tirado en la acera para que el camión de la basura se lo llevara después de Año Nuevo. Spencer solía rogarles a sus padres que recogieran todos los árboles de Navidad abandonados y los pusieran en su patio, pero siempre le respondían que era una tontería.

—¿Spencer? —Andrew Campbell salió de entre las sombras con un vaso de vino en la mano y ella sintió cosquillas por la espalda. Había pasado todo el día pensando en escribirle un mensaje para saber si iba a venir a la fiesta, pero no porque quisiera ligar con él ni nada parecido.

Andrew se dio cuenta de que Spencer se había puesto colorada y puso gesto serio.

—¿Qué ha pasado?

La barbilla de Spencer tembló cuando volvió a mirar al salón de la fiesta. Sus padres se habían marchado y tampoco veía a Melissa.

—Mi familia me odia —soltó.

—Venga —dijo Andrew mientras la cogía del brazo. La llevó a la sala multimedia, encendió una pequeña lámpara de Tiffany de la mesita auxiliar y señaló el sofá—. Siéntate y respira.

Ella se dejó caer en el sofá y Andrew se sentó también. No había vuelto a entrar allí desde el martes por la tarde, cuando sus amigas y ella se enteraron de la libertad bajo fianza de Ian. A la derecha de la televisión había una fila de fotos del colegio de Melissa y Spencer, desde su primer año en preescolar hasta la foto de la orla del último curso de su hermana. Se quedó mirando su foto de aquel año; la habían sacado justo antes de empezar las clases, antes de que surgiera todo el asunto de Ali y A. Llevaba el pelo perfectamente peinado y tenía la cara despejada. La chaqueta azul marino no tenía ni una sola arruga. El gesto de felicidad de su cara parecía decir «Soy Spencer Hastings y soy la mejor». ¡Ja! Se rió por dentro con amargura. Todo podía cambiar en un abrir y cerrar de ojos.

Al lado de las fotos del colegio estaba la reproducción de la torre Eiffel y, sobre ella, seguía apoyada la antigua foto de Ali del día de la cápsula del tiempo que habían encontrado. Spencer miró detenidamente a su amiga; sujetaba el cartel de la cápsula del tiempo en las manos y su boca estaba tan abierta que se podían distinguir sus pequeños y limpios molares. ¿En qué momento habían sacado esta foto? ¿Acababa de decir Ali que Jason le contaría dónde se escondía uno de los trozos de la bandera? ¿Ya se le habría ocurrido a Spencer entonces la idea de robárselo? ¿E Ian? ¿Se habría acercado ya a Ali para soltarle que la iba a matar? Los ojos azules de su amiga parecían estar mirando a Spencer y casi podía escuchar su alegre y clara voz. «Ja, ja», se burlaría ella, si aún siguiera viva, «tus padres te odian».

Spencer sintió un escalofrío y se dio la vuelta. Era espeluznante sentir que Ali la estaba mirando.

—¿Qué pasa? —preguntó Andrew mientras se mordía con preocupación el labio inferior—. ¿Qué han hecho tus padres?

Spencer dio la vuelta a los flecos del dobladillo de su vestido.

—Ni siquiera me miran —le contó con cierta sensación de mareo—. Es como si no existiera para ellos.

—Seguro que eso no es cierto —respondió él. Dio un sorbo a la copa de vino y la dejó en la mesita—. ¿Cómo iban a odiarte tus padres? Estoy convencido de que están muy orgullosos de ti.

Spencer deslizó rápidamente un posavasos debajo de la copa sin importarle parecer una obsesiva compulsiva.

—Pues no lo están. Se avergüenzan de mí, soy como un adorno pasado de moda, como las pinturas al óleo de mi madre que tienen en el sótano. Nada más.

Andrew ladeó la cabeza.

—¿Lo dices por lo de la Orquídea Dorada? Bueno, a lo mejor no les sentó muy bien, pero seguramente estén disgustados por verte tan triste.

Spencer sollozó y sintió un dolor punzante en el pecho.

—Sabían que había copiado el trabajo de la Orquídea Dorada —dijo de repente, sin poder controlarse—, pero me dijeron que no contase nada a nadie. Habría sido más fácil si hubiese mentido y hubiese aceptado el premio… Habría sido mejor vivir con el sentimiento de culpa toda mi vida antes que hacerles parecer unos idiotas.

El sofá de piel crujió cuando Andrew se acomodó, horrorizado. Se quedó mirando a Spencer mientras el ventilador del techo daba cinco vueltas enteras.

—Me estás tomando el pelo.

Spencer negó con la cabeza. Le parecía muy traicionero decirlo en voz alta porque sus padres no le habían prohibido expresamente contarle a nadie que ellos ya lo sabían, pero estaba segurísima de que pensaban que jamás sería capaz de abrir la boca.

—Entonces, ¿confesaste haber copiado el trabajo, a pesar de que ellos te dijeran que no lo contases? —preguntó Andrew para tantear la situación. Spencer asintió con la cabeza—. Madre mía —añadió él mientras se pasaba las manos por el pelo—. Hiciste lo correcto, Spencer, espero que seas consciente de ello.

Ella empezó a llorar desconsoladamente, como si hubieran abierto un grifo dentro de ella.

—Tenía tanta presión encima —le contó entre sollozos—. No entendía nada de economía y pensé que no pasaría nada si le cogía un trabajo a Melissa. Creí que nadie se enteraría, solo quería sacar un sobresaliente. —Sintió un nudo en la garganta y se tapó la cara con las manos.

—Tranquila, no pasa nada —dijo Andrew mientras le daba una palmadita en la espalda con indecisión—. Es perfectamente comprensible.

Sin embargo, Spencer no podía dejar de llorar. Se inclinó y las lágrimas recorrieron su nariz, apretó fuerte sus hinchados ojos y la garganta se le cerró mientras su pecho subía y bajaba con cada respiración. Todo era deprimente. Su vida académica estaba acabada. Por su culpa, el asesino de Ali se había escapado. Su familia la había repudiado. Ian tenía razón: su vida era patética.

—Chist… —susurró Andrew mientras le acariciaba la espalda—. No has hecho nada malo, no te preocupes.

De pronto, sonó algo dentro del bolso de Spencer, que reposaba en la mesa de café. Levantó la cabeza. Era su teléfono.

Parpadeó mientras aún caían lágrimas de sus ojos. ¿Sería Ian?

Miró hacia la ventana; solo había una luz en el patio que iluminaba el porche. A lo lejos, todo estaba oscuro. Trató de oír si alguien estaba huyendo entre los arbustos, pero no había ni rastro de nadie.

El teléfono volvió a sonar y Andrew retiró la mano de su espalda.

—¿No vas a ver quién es?

Ella se humedeció los labios mientras se lo pensaba. Despacio, se estiró hacia su bolso. Las manos le temblaban tanto que apenas pudo abrir el cierre metálico.

No había recibido un mensaje, sino un correo electrónico. El nombre del remitente era «Te Quiero» y el asunto era «¡Puede que haya resultados para tu búsqueda!».

—Dios mío —dijo mientras le plantaba el Sidekick a Andrew delante de las narices. Con el jaleo de la semana pasada, ya se le había olvidado lo de la web—. ¡Mira!

Andrew suspiró y abrieron el correo para leer el contenido: «Nos alegra informarte de que hay alguien en nuestra base de datos que coincide con tus datos de nacimiento. Vamos a informarla a ella y contactará contigo dentro de unos días. Muchas gracias por utilizar los servicios de Te Quiero».

Spencer se desplazó frenéticamente por el mensaje leyendo por encima el resto del texto, que no aportaba demasiada información. La gente de Te Quiero no revelaba ni el nombre ni la profesión de la mujer, tampoco indicaba dónde vivía.

Spencer dejó su Sidekick en el regazo mientras la cabeza no paraba de darle vueltas.

—¿Esto va en serio?

Andrew le cogió de las manos.

—Quizás.

Spencer empezó a sonreír poco a poco mientras le seguían cayendo más lágrimas por la cara.

—Dios mío—dijo—. ¡Dios mío! —Y abrazó a Andrew con todas sus fuerzas—. ¡Muchas gracias!

—¿Y eso por qué? —preguntó él, un tanto desconcertado.

—¡No sé! ¡Por todo! —respondió ella, algo aturdida.

Se soltaron sin dejar de sonreírse, pero de pronto la mano de Andrew avanzó hacia ella y la agarró de la cintura. Spencer se quedó helada. El ruido de la fiesta empezó a desvanecerse y la atmósfera de la habitación se hizo cada vez más íntima y acogedora. El reloj del DVD registró el paso de esos segundos que les parecieron eternos.

Andrew se inclinó hacia ella y la besó. Sus labios sabían a caramelos Altoids de canela y eran muy suaves. Todo parecía... perfecto. La volvió a besar, acercándola más hacia él. ¿Dónde había aprendido este chico a besar así de bien?

Todo sucedió en apenas cinco segundos. Cuando Andrew se separó de ella, Spencer estaba demasiado sorprendida como para articular palabra. Pensó en si él habría notado sus lágrimas saladas. Probablemente tendría una cara espantosa, toda hinchada y colorada por haber estado llorando.

—Lo siento —dijo Andrew de pronto, con la cara pálida—. No tenía que haberlo hecho. Estás preciosa hoy y me he alegrado tanto por ti que…

Spencer parpadeó varias veces con el deseo de recuperar el flujo sanguíneo en la cabeza.

—No tienes que disculparte por nada —dijo finalmente—. No sé si merezco esto. —Dejó escapar un sollozo—. Me he portado fatal contigo, acuérdate de lo del Foxy… o cuando hemos coincidido en clase. Me he portado fatal. —Movió la cabeza y una lágrima cayó por su mejilla—. Deberías odiarme.

Andrew cogió el dedo meñique de Spencer con el suyo.

—Me enfadé mucho por lo del Foxy, pero eso fue porque me gustabas un montón. Por lo demás, simplemente somos un poco competitivos. —Le dio un toque en la rodilla—. Me gusta que seas competitiva y decidida… y tan lista. No me gustaría que cambiases por nada del mundo.

Spencer empezó a reírse, pero terminó echándose a llorar de nuevo. ¿Por qué se ponía así por alguien que la trataba tan bien? Miró a su teléfono y tocó la pantalla.

—¿Te gustaría igualmente aunque no fuera una Hastings de verdad? Él soltó una risotada.

—Me da igual cómo te apellides. Además, piensa que Coco Chanel no tenía nada, era huérfana… y ya ves dónde acabó.

Una pequeña sonrisa surgió en la comisura de los labios de Spencer.

—Mentiroso. —¿Qué iba a saber este empollón sobre el mundo de la moda?

—¡Es verdad! —respondió él con vehemencia—. ¡Búscalo si quieres!

Spencer se quedó mirando la cara delgada y angulosa de Andrew y cómo su pelo claro acariciaba suavemente sus orejas. Durante todo este tiempo, Andrew había estado delante de ella en clase, haciendo los problemas de matemáticas en la pizarra a toda prisa para terminar antes que ella, enfrentándose a ella en las elecciones para delegado de clase o para portavoz del club de la ONU… pero nunca se había parado a pensar en lo mono que era. Spencer volvió a abrazarlo y pensó que le encantaría pasar así toda la noche.

Colocó su barbilla en el hombro del chico y miró la foto de Ali que estaba apoyada en la torre Eiffel. De pronto, la imagen le pareció totalmente distinta: aunque la boca de Ali estuviera abierta medio riéndose, había un matiz de preocupación en sus ojos. Parecía que estuviera gritándole al fotógrafo un mensaje secreto. «Ayúdame», decía el trémulo brillo de sus ojos. «Por favor.»

Spencer se acordó del sueño en el que aparecía Ali. Estaba con ella en aquellos aparcamientos para bicis. La Ali más joven se giró hacia ella con la misma expresión de fragilidad: quería que Spencer descubriera algo que quizás tenía muy cerca.

«¿Cómo se te ha podido pasar por alto eso?», decían las dos. «Aquí tenías todo lo necesario. De ti depende, Spencer. Vas a tener que solucionarlo todo.»

¿Qué podría ser eso que se le había pasado por alto? ¿Y cómo podría solucionarlo?

De pronto, se separó de Andrew.

—La bolsa de basura.

—¿Cómo? —le preguntó él, totalmente desorientado.

Spencer miró hacia la ventana trasera. La psicoterapeuta les había mandado enterrar las cosas de Ali el pasado sábado. Básicamente, les había pedido que las tiraran como si fuera basura. ¿Se referían a eso las Alis de su sueño? ¿Había algo en aquella bolsa que pudiera resolver el misterio?

—Dios mío —susurró Spencer, y se puso en pie de un salto.

—¿Qué pasa? —insistió él tras levantarse también.

Spencer miró a Andrew y luego a la ventana que daba al granero, donde habían enterrado la bolsa con las cosas de Ali. Solo era una corazonada, pero tenía que comprobar algo.

—Pídele al agente Wilden que venga a buscarme si no he vuelto en diez minutos —dijo con urgencia. Salió de la habitación y dejó a allí a un Andrew cada vez más asombrado.

27

Hanna Marin, la abeja reina

Cuando Hanna y Lucas llegaron a casa de los Hastings, el salón principal estaba lleno de gente. El cuarteto de cuerda acababa de terminar de tocar y el grupo de jazz estaba montando su equipo. Las camareras ofrecían aperitivos y los camareros ponían whiskies, gin-tonics y copas de vino tinto a diestro y siniestro. Hanna podía notar el olor a alcohol en el aliento de prácticamente todos los asistentes. Probablemente estaban aterrorizados por el asunto de Ian. Antes de que Ali desapareciera, lo más grave que había sucedido en Rosewood fue una inspección de Hacienda a unos vecinos de la ciudad.

Lucas quitó la tapa de su Olympus SLR. Iba a cubrir la fiesta para el periódico del Rosewood Day.

—¿Quieres que te traiga algo de beber?

—Todavía no —respondió ella mientras pensaba en las calorías que tenía el alcohol. Se colocó nerviosa el vestido rojo de chifón y seda de Catherine Malandrino. La semana anterior, la banda de seda de la cintura le quedaba perfecta, pero hoy le quedaba un poquito ajustada. Llevaba todo el día desaparecida; había ignorado las llamadas y mensajes de Kate, Naomi y Riley para ir a arreglarse a casa de Naomi. Finalmente terminó respondiéndoles que no le apetecía quedar después de todo lo sucedido con Ian.

—Hola, bienvenidos —los asaltó la señora Hastings, algo molesta por verlos allí—. Los chicos están en la biblioteca. Venid por aquí.

Los acompañó hacia la biblioteca, como si fueran un montón de trastos que uno esconde en el armario. Hanna le lanzó una mirada de impotencia a Lucas, no estaba preparada para ver a Kate todavía.

—¿No tenías que sacar fotos a los mayores? —preguntó desesperada.

—Ya tenemos un fotógrafo de sociedad para eso —le cortó la señora Hastings—. Sácales fotos a tus amigos.

En cuanto abrió las puertas dobles de la biblioteca, alguien gritó «¡Mierda!». Comenzaron a oírse susurros y mucho movimiento, y a continuación todo el mundo miró a la madre de Spencer con una gran sonrisa que parecía decir «Tranquila, no estamos bebiendo». Una chica del colegio cuáquero se levantó rápidamente del regazo de Noel Kahn. Mike Montgomery intentó esconder su vaso de vino detrás de su espalda. Sean Ackard, que probablemente no estaba bebiendo, hablaba con Gemma Curran. Kate, Naomi y Riley eran el centro de atención en un rincón: Kate llevaba un vestido palabra de honor blanco, Naomi un vestido con tirante al cuello de colores y hasta la rodilla, y Riley se había decantado por el Foley y Corinna verde que Hanna había visto para ella en la revista *Teen Vogue*.

La señora Hastings cerró la puerta de nuevo y todo el mundo sacó las botellas, vasos y copas de champán. Kate, Naomi y Riley no la habían visto todavía, pero se percatarían de su presencia en cuestión de segundos.

«Ya no queda nada. ¡Qué ganas tengo!», había cacareado Kate el día antes.

Lucas vio a Kate y a las chicas al fondo.

—¿No deberíamos ir a saludarlas?

Kate estaba susurrándole algo a Naomi y, de pronto, se separaron mientras se reían a carcajadas. Hanna no hizo ningún gesto de acercamiento.

—¿Es que no piensas hablar con ellas? —insistió Lucas.

Hanna miró sus sandalias de Dior.

—Mi opinión sobre Kate ha cambiado.

Lucas subió tanto las cejas que casi se confundieron con su pelo.

—No creo que sea quien parece ser —añadió.

Podía notar cómo la miraba fijamente su novio, buscando una explicación.

—Intentó destruir mi relación con mi padre el pasado otoño —le susurró tras llevarlo hacia un rincón—. Creo que me he tragado demasiado rápido toda esta farsa de que fuéramos amigas. Ha sido demasiado fácil. Llevo años siendo la enemiga número uno de Naomi y Riley, ¿y de repente nuestra relación es ideal porque Kate ha llegado a nuestras vidas? —dijo moviendo la cabeza con firmeza—. Pues no, las cosas no son así.

Lucas entrecerró los ojos.

—¿No son así?

—Creo que Kate está tramando algo —explicó Hanna apretando los dientes. Mientras, Noel Kahn animaba a James Freed a terminar la botella de vodka—. Tengo la sensación de que Naomi, Riley y ella se están compinchando para amargarme la vida, pero tengo que tantear a Kate primero. Tengo que jugársela antes de que ella me la juegue a mí.

Lucas la observaba paralizado. La banda de jazz del salón estaba a punto de empezar la siguiente pieza.

—¿Todo esto es por Mona, verdad? —dijo Lucas, suavizando su tono—. Es comprensible que sientas que todo aquel que se hace amigo tuyo intente fastidiarte, pero no es el caso, Hanna. Nadie quiere hacerte daño, créeme.

Ella trató de contener las ganas de pegarle un buen pisotón con sus tacones de aguja. ¿Cómo se atrevía a tratarla con esa condescendencia? Llevaba tiempo planteándose el contarle todo sobre A, pero no era el momento. Probablemente le daría la charla también.

—No es ninguna paranoia, ni mi imaginación —dijo muy enfadada—. No tiene nada que ver con Mona, sino con Kate. ¿Es que no me escuchas cuando te hablo?

Lucas se quedó parpadeando y Hanna se sintió algo decepcionada. Él no podía entenderlo porque no tenía nada que ver con su mundo. De pronto, Hanna se dio cuenta de lo distintos que eran ellos dos en realidad.

—Estamos hablando de popularidad, Lucas —suspiró Hanna—. Es algo muy complejo que no puedes comprender —dijo con un tono demasiado simplista.

Él puso cara de sorpresa y se apoyó en la puerta ventanal.

—Así que no lo puedo entender porque no soy popular, ¿eh? Siento mucho no parecerte lo bastante guay, Hanna.

Hizo un gesto de desprecio con la mano y se quedó mirando por la ventana. Ella notó un sabor agrio y desagradable en la boca. Acababa de fastidiarlo todo.

De pronto, surgió el delgado brazo de Kate entre la multitud.

—¡Madre mía! ¡Hanna, estás aquí!

Se dio la vuelta; Naomi y Riley también la estaban saludando con una sonrisa de oreja a oreja. Iba a quedar bastante mal si se marchaba, teniendo en cuenta que ya las había visto. Al menos llevaba puesto un vestido propio esta noche y no iba como una morcilla con un traje prestado de Mona.

Trató de calmarse y se acercó a las chicas. Naomi se hizo a un lado para dejarle un hueco en el enorme sofá de cuero.

—¿Dónde andabas? —le preguntó mientras le daba un abrazo.

—Por ahí —respondió vagamente. Al otro lado de la sala, Lucas la estaba observando, pero ella apartó la mirada enseguida.

—Estaba preocupada por ti —dijo Kate con una mirada solemne y seria—. Este asunto de Ian da miedito, no te culpo por andar desaparecida en combate.

—Nos alegramos mucho de que estés aquí —dijo Naomi—. Te has perdido unos preparativos increíbles. —Se acercó a su oído para susurrarle algo—. Eric Kahn y Mason Byers vinieron a la prefiesta. Están coladitos por Kate.

Hanna se humedeció los labios y se estremeció. No tenía ninguna gana de charlar con ellas, pero Kate comenzó a agitar el bajo de chifón de su vestido.

—Naomi me llevó ayer a la mejor boutique de la ciudad, se llama Otter. Me compré esto allí. —Y señaló el colgante de cristal Swarovski de su cuello—. Nos habría gustado que vinieras, pero no cogías el teléfono —añadió, moviendo el labio inferior como si fuese a hacer un puchero—. Pero podemos ir la semana que viene, ¿no? Tienen unos vaqueros oscuros de William Rast que te quedarían genial.

—Sí, sí… —murmuró Hanna—, por supuesto. —Buscó la botella de vino que estaba escondida detrás de una silla. Por desgracia, estaba vacía.

Se quedó mirando al vaso de Kate algo aturdida, porque le recordaba al color de la sangre. «Saldrá bien.» Las palabras que le había escuchado a Kate resonaron en su cabeza. «Ya no queda nada. ¡Qué ganas tengo!» ¿De qué iba toda esta camaradería? ¿A lo mejor se había equivocado con sus pesquisas?

Pero en seguida cayó en la cuenta. Era evidente. Kate estaba fingiendo ser su amiga y Hanna se sintió estúpida por no haberlo visto venir antes.

Las reglas para fingir ser amiga de alguien eran muy sencillas. Si Hanna quería vengarse de alguien por haberle hecho algo a Mona, fingía que Mona y ella estaban enfadadas, se infiltraba en el grupo de la otra chica y esperaba el momento oportuno para darle una puñalada por la espalda a la susodicha. A lo mejor Mona le contó a Kate cómo hacerlo cuando comenzó la historia de A.

Eric Kahn se acercó hasta ellas y se dejó caer en un enorme cojín de cachemir que había en el suelo junto al sofá. Era más alto y tenía el pelo más liso que Noel, pero tenían los mismos ojos marrones enormes y una sonrisa perfecta.

—Hola, Hanna —le dijo—, ¿dónde has escondido todo este tiempo a esta preciosidad de hermanastra que tienes?

—Así dicho, parece que me tenía escondida en un armario —dijo Kate entre risas y con los ojos brillantes.

—¿No habrás sido capaz? —preguntó Eric a Hanna, para gran regocijo de Kate.

Noel y Mason también se sentaron, y Mike Montgomery y su chica se pusieron al lado de Riley y Naomi. Estaban rodeadas de tanta gente que Hanna no habría podido ponerse en pie aunque hubiera querido. Buscó a Lucas con la mirada, pero había desaparecido.

Eric se estiró para tocar la muñeca de Kate.

—¿Y desde cuándo os conocéis vosotras, entonces?

Kate la miró mientras calculaba.

—Pues fue hace cuatro años, más o menos, ¿no? En séptimo, pero estuvimos mucho tiempo sin hablarnos. Hanna solo vino una vez a Annapolis y se portó demasiado bien conmigo, ¡vino con Ali Di-Laurentis! ¿Te acuerdas de aquella comilona que nos dimos, Hanna?

Kate le dedicó una enorme sonrisa de complicidad, probablemente porque tenía en la punta de la lengua el gran secreto de su hermanastra. Hanna se sentía como en una montaña rusa que va subiendo poco a poco hasta el punto más alto del recorrido: en cualquier momento, caería en picado, se le revolvería el estómago... y perdería su reputación.

«Fingir ser amiga de alguien es muy sencillo», probablemente le explicó Mona a Kate, como si ya supiera que algún día tendrían que vivir juntas. «Solo tienes que conocer algún secreto de Hanna y con eso bastará para amargarle la existencia.»

Se acordó también de la nota de A. «Fastídiala a ella antes de que te arruine la vida a ti.»

—¿Ya sabíais que Kate tiene un herpes? —escupió de pronto. Su voz no sonó siquiera como la suya, sino que el timbre parecía el de alguien mucho más mezquino.

Todo el mundo levantó la vista bruscamente. Mike Montgomery escupió el vino en la alfombra y Eric Kahn soltó la mano de Kate.

—Me lo contó esta misma semana —prosiguió mientras notaba que un sentimiento oscuro y tóxico se extendía por todo su cuerpo—. Se lo pegó un chaval de Annapolis. Eric, es mejor que lo sepas antes de pasar a mayores con ella.

—¡Hanna! —susurró Kate con desesperación. Se había quedado más pálida que su vestido—. ¿Qué estás diciendo?

Le devolvió una sonrisa de suficiencia. *Estabas a punto de hacerme lo mismo a mí, perra.* Noel Kahn dio un enorme trago a la copa de vino mientras se estremecía. Naomi y Riley se miraron con intranquilidad y se levantaron.

—¿Es verdad eso? —dijo Mike Montgomery moviendo la nariz—. Qué mal rollo.

—¡No es verdad! —gritó Kate mirándolos a todos—. En serio, chicos, ¡se lo acaba de inventar!

Pero el daño ya estaba hecho.

—Puaj —dijo alguien por detrás.

—Valtrex —dijo James Freed entre toses. Kate se puso en pie y todos dieron un paso atrás para alejarse de ella, como si el virus del herpes pudiera contagiarse saltando de uno a otro.

Kate miró a Hanna totalmente aterrada.

—¿Por qué me haces esto?

—Ya no queda nada —respondió con voz monótona—. ¡Qué ganas tengo!

Kate se quedó mirándola totalmente confundida. Retrocedió unos cuantos pasos y salió por la puerta de la biblioteca. Cuando la cerró, los cristales de la lámpara de araña tintinearon melódicamente.

Alguien volvió a subir la música poco a poco.

—Madre mía —murmuró Naomi mientras se acercaba a Hanna—. No me extraña que no hayas querido estar con ella estos días.

—¿Y quién es el tío que se lo pegó? —preguntó Riley, que había aparecido al instante junto a Naomi.

—Ya sabía yo que esta chica tenía algo raro —se burló Naomi.

Hanna se quitó un mechón de pelo de los ojos. Pensó que se sentiría muy poderosa y contenta, pero en realidad la sensación era bastante desagradable. Había algo que no le terminaba de convencer... Dejó el vaso de vino de Kate en el suelo y miró a la puerta con el deseo de salir de allí. El problema es que había alguien plantado en medio de su camino.

Lucas la estaba mirando con el ceño fruncido y sus finos labios apretados. Era evidente que lo había visto todo.

—Ah... —dijo Hanna con voz tímida—. Hola.

Lucas se cruzó de brazos. Tenía un gesto muy serio en la cara.

—Bravo, Hanna. Se la has jugado antes que ella a ti, ¿eh?

—No entiendes nada —protestó Hanna, y dio un paso adelante para abrazar a Lucas, pero él levantó la mano para detenerla.

—Te entiendo perfectamente —dijo con frialdad—. Y creo que me gustabas más cuando no eras popular. Cuando eras… normal. —Se colgó la cámara del cuello y salió por la puerta.

—¡Lucas, espera! —gritó ella, asombrada.

Lucas se detuvo en medio de la enorme alfombra oriental. Tenía pelos de perro en la chaqueta del traje. Probablemente habría jugado con Clarisa, su san bernardo, antes de salir de casa. De pronto, a Hanna le pareció genial que no se preocupara tanto por su aspecto: le encantaba que pasase de ser popular, le gustaban todas esas cosas de empollón que él hacía.

—Lo siento —dijo ella con los ojos llenos de lágrimas y sin importarle que la viera todo el mundo.

Lucas mantuvo el gesto frío e impasible.

—Hemos terminado, Hanna. —Y giró el picaporte de la puerta que daba al vestíbulo.

—¡Lucas! —suplicó Hanna con el corazón a mil. Pero ya se había ido.

28

Nunca más un artista con nulas habilidades sociales

Aria estaba delante de un enorme retrato al óleo del tatarabuelo de Spencer, Duncan Hastings, un hombre de gesto afable que tenía un beagle de orejas largas en el regazo. Duncan tenía la misma nariz en forma de pista de esquí que Spencer y parecía que llevaba anillos de señora en los dedos. La gente rica era rarísima.

Supuso que debía ir a la biblioteca con el resto de compañeros, puesto que la señora Hastings los había despachado allí a todos según llegaban. Pero ¿qué tenía ella que hablar con todas esas niñas repipis de Rosewood con vestidos de alta costura y joyas de Cartier que habían robado de los ajuares de sus madres? ¿De verdad le apetecía que examinasen al detalle su vestido de seda negro con la espalda al aire? ¿Acaso quería aguantar al borracho de Noel y a sus amigotes? Prefería quedarse allí con el viejo Duncan y emborracharse con la ginebra de los mayores.

Aria no tenía muy claro si la iba a ayudar en algo la fiesta. Spencer les había pedido que fueran para darse apoyo moral ahora que Ian estaba en busca y captura, pero no había visto ni a Spencer ni al resto de las chicas desde que llegara, hacía ya veinte minutos. No tenía ganas precisamente de hablar de la misteriosa y espeluznante desaparición de Ian, como sí parecía hacer el resto de la gente; preferiría meterse en su vestidor, abrazarse a Cerdunia, su cerdita de peluche y esperar a que todo terminara, como cuando había tormentas.

La puerta de la biblioteca se abrió y salió una silueta familiar. Mike iba vestido con un traje de color gris oscuro; llevaba por fuera la camisa de rayas moradas y negras, y sus zapatos de punta cuadrada estaban muy relucientes. Una chica algo pálida y bajita iba detrás de él. Se detuvieron a su lado.

—Por fin te encuentro —dijo Mike—. Quería presentarte a Savannah.

—Encantada —dijo la chica con una sonrisa dulce y amplia. Su pelo largo, rizado y oscuro como el chocolate caía como una cascada sobre su espalda. Daban ganas de pellizcar sus mofletes rosados. Su precioso vestido negro de seda le marcaba sus curvas sin cortarle la respiración y su pequeño bolso de mano rojo no tenía ningún logotipo gigante.

Parecía… normal. Aria estaba más sorprendida que si Mike hubiese aparecido con una foca del zoo de Filadelfia en la fiesta, o incluso con un caballo enano de Islandia.

Savannah le dio un toque en el hombro a Mike.

—Voy a por algo de comer, ¿vale? Esos langostinos tienen una pinta estupenda.

—Vale —le sonrió Mike, comportándose como un ser humano de verdad. Cuando Savannah se alejó, Aria silbó en voz baja y se cruzó de brazos.

—¡Pero mírate, Mikey! —exclamó orgullosa—. ¡Parece majísima!

Su hermano se encogió de hombros.

—Estoy quedando con ella hasta que mi estríper favorita del Turbulence vuelva a la ciudad —dijo con voz lasciva, pero Aria sabía que no lo decía en serio. Mike no le quitaba el ojo de encima a Savannah, que estaba cogiendo unas tostadas de la bandeja de un camarero que pasó por su lado.

Entonces, Mike vio a alguien en el otro extremo del salón y le dio un codazo a Aria.

—¡Mira, ha venido Xavier!

Se le encogió el estómago de los nervios y se puso de puntillas para poder ver entre la multitud. Era cierto: Xavier estaba en la cola de la barra y llevaba un elegante traje negro.

—Mamá trabaja esta noche —murmuró con recelo Aria—. ¿Qué hace aquí?

Mike se rió.

—Es un acto benéfico de nuestro colegio, ¿no? Además quiere mucho a mamá y nos quiere mostrar su apoyo… Aparte de que se lo comenté y le apetecía mucho venir. —Puso los brazos en garras y miró a Aria fijamente durante unos eternos segundos—. ¿Y tú de qué vas? ¿No tragas a este tío o qué?

Aria tragó saliva.

—No es cierto.

—Entonces ve a hablar con él —insistió Mike entre dientes—. Discúlpate por lo que le hayas hecho.

La empujó suavemente con la mano y ella lo miró muy irritada. ¿Por qué tenía que asumir automáticamente que había hecho algo malo? Pero era demasiado tarde porque Xavier acababa de verlos, se salió de la cola y se acercó hasta donde estaban. Aria apretó con fuerza los puños.

—Os voy a dejar solos para que os deis dos besos y hagáis las paces —dijo Mike antes de escabullirse en busca de Savannah. Aria se quedó cortada y se sintió algo molesta por las palabras de su hermano. Observó a Xavier acercarse cada vez más hasta que llegó a su lado. Sus ojos marrones parecían casi negros con el tono gris oscuro de su traje y su cara reflejaba cierto apuro y vergüenza.

—Hola —dijo Xavier toqueteando sus gemelos de perlas—. Estás muy guapa.

—Gracias —respondió ella mientras se quitaba un hilo invisible del vestido. Se sintió de pronto muy formal y ridícula con su pelo negro azulado peinado en una trenza y la estola de piel sintética falsa que le había dejado su madre. Se giró un poco para que Xavier no viera que llevaba la espalda al aire.

De golpe pensó que era incapaz de estar allí y de comportarse con educación. Ahora no era el momento.

—Tengo que… —masculló y se dio la vuelta para subir al primer piso por las escaleras. La habitación de Spencer era la primera a la izquierda. La puerta estaba abierta y, por suerte, no había nadie dentro.

Aria se coló en la habitación mientras respiraba con fuerza. Hacía por lo menos tres años que no entraba en aquel cuarto, pero no parecía haber cambiado un ápice. Olía a flores frescas; tenía varios floreros repartido por toda la habitación. El tocador antiguo de caoba seguía colocado contra la pared y los cuatro sillones gigantes, que se convertían en unos estupendos sofás cama para sus quedadas de chicas, creaban una atmósfera muy acogedora colocados en círculo en torno a una mesa de café de teca.

Siguió echando un vistazo. Allí seguían las fotografías y pinturas de tan buen gusto. En una esquina del tocador, había una foto de las cinco amigas. Aria se acercó a mirarla llena de nostalgia; Ali, Spencer, Emily, Hanna y ella estaban sentadas en el yate del tío de Ali en Newport, Rhode Island. Todas llevaban bikinis de J. Crew a juego y pamelas de paja. La sonrisa de Ali irradiaba confianza y tranquilidad, mientras que Spencer, Hanna y Emily salían eufóricas. Se sacaron la foto pocas semanas después de hacerse amigas y parecía que el subidón de convertirse en la pandilla de Ali no se había desvanecido en absoluto.

Aria, por su parte, tenía una cara extraña, como si creyera que Ali la iba a tirar al agua en cualquier momento. De hecho, había estado preocupada todo ese día… Estaba segura de que Ali sabía la verdad sobre el trozo de bandera de la cápsula del tiempo.

Sin embargo, esta nunca se enfrentó a Aria por aquel episodio y ella jamás confesó que lo había hecho. Era evidente lo que pasaría si le decía la verdad: Ali arrugaría la frente confundida y poco a poco transformaría sus sentimientos en rabia. Dejaría de lado a Aria para siempre, justo cuando estaba empezando a acostumbrarse a tener amigas. Cuando llegó noviembre, su secreto se esfumó. La cápsula del tiempo era un juego, nada más.

En el pasillo se escuchó a Xavier toser.

—Oye —dijo asomando la cabeza por la puerta—. ¿Podemos hablar un momento?

Aria contuvo la respiración.

—Bueno…

Xavier se aproximó muy despacio a la cama de Spencer y se sentó. Aria, por su parte, se acomodó en la silla de cachemir que había en el tocador y se quedó mirando su regazo. Pasaron unos cuantos segundos que resultaron algo extraños. Abajo se escuchaba el ruido de la fiesta y el jaleo de las voces de los invitados. De pronto, un vaso cayó al suelo de madera y un perro comenzó a ladrar sin parar.

Por fin, Xavier se aclaró la voz y levantó la mirada.

—No puedo más, Aria.

Ella levantó la cabeza, muy confundida.

—Perdona, ¿cómo dices?

—No hay hombre que pueda soportar tantas señales contradictorias.

—¿Cómo que señales contradictorias? —repitió Aria. A lo mejor era la extraña forma que tenían los artistas de romper el hielo, así que esperó a que aclarara lo que quería decir.

Xavier se puso en pie y atravesó la habitación hasta situarse a su lado. Colocó las manos en el respaldo de la silla y Aria pudo sentir su cálido y mordaz aliento en su cuello. Olía bastante a alcohol, así que empezó a pensar que no pretendía romper el hielo en absoluto. La cabeza empezó a dolerle.

—Intentas ligar conmigo en mi inauguración, pero te pones toda rara cuando te dibujo un retrato —le explicó Xavier en voz baja—. Te paseas por la cocina con una camiseta transparente y unos pantalones cortísimos, te abres conmigo y me cuentas tu vida, empiezas una pelea de cojines… y, cuando te beso, te pones como loca. Hoy, por ejemplo, sales corriendo a un dormitorio. Estoy seguro de que sabías que vendría detrás de ti.

Aria se levantó de un salto y se apoyó en el tocador de Spencer. La vieja madera crujió por su peso. ¿De verdad estaba diciendo Xavier lo que parecía estar diciendo?

—¡No tenía ninguna intención de que me siguieras! —gritó—. ¡Y no te he mandado ninguna señal!

Xavier puso cara de sorpresa.

—No te creo.

—¡Pues es verdad! —exclamó—. No quería que me besaras, eres el novio de mi madre. ¡Pensé que habías venido a disculparte!

El silencio de la habitación era tan grande que Aria podía escuchar el tictac de su reloj. Esta noche, Xavier parecía más fuerte y crudo.

Él suspiró y mantuvo la mirada fija.

—No intentes darle la vuelta a la situación o actuar como si fuera culpa mía. De todos modos, si tan mal te pareció que te besara, ¿por qué no se lo has contado a nadie todavía? ¿Por qué tu madre sigue cogiéndome el teléfono? ¿Por qué tu hermano me invita a jugar a la Wii con él y su novia?

Aria parpadeó con impotencia.

—No quería causar ningún problema. No quiero que nadie se enfade conmigo.

Xavier le acarició el brazo y acercó su cara.

—Quizás no quieres que tu madre me mande a paseo.

Se inclinó aún más y entreabrió los labios. Aria salió corriendo del tocador y cruzó la habitación hasta el armario de Spencer, que estaba medio abierto. Estuvo a punto de tropezar con uno de sus vestidos largos.

—Aléjate de mí —dijo con el tono de voz más firme que pudo lograr—. Y aléjate de mi madre también.

Xavier hizo unos chasquidos con la lengua.

—Muy bien, así que ahora me vienes con esas… Pues que sepas que no pienso marcharme a ningún sitio. Y por tu propio bien, no le digas a tu madre nada de lo sucedido. —Retrocedió un paso y chascó los dedos—. Ya sabes lo sencillo que es tergiversar las cosas, y tú tienes la misma culpa que yo en todo esto.

Aria parpadeó con descrédito mientras Xavier sonreía, como si fuera divertido. La habitación parecía moverse a toda velocidad, pero procuró mantener la calma.

—Vale —le espetó—. Si no te vas tú, me iré yo.

Xavier no pareció inmutarse demasiado.

—¿Y adónde piensas ir?

Aria se mordió el labio y se dio la vuelta. La pregunta era bastante pertinente, ¿adónde podría ir? Solo tenía una posibilidad. Cerró los ojos y pensó en la tripa de Meredith. Comenzaron a dolerle los riñones, como si anticipase la incomodidad de la estrecha cama de la habitación de invitados del estudio de Meredith.

Iba a ser muy duro verla dar a luz, y a Byron vivir su nueva paternidad, pero Xavier había dejado muy claras sus intenciones: era muy fácil tergiversar las cosas y parecía encantado con la idea de hacerlo si fuera necesario. Aria quería hacer todo lo posible para no destrozar a su familia de nuevo.

29

La verdad, toda la verdad, nada más que la patética verdad

Spencer tenía ventaja sobre el resto porque podía salir sin que Wilden se diera cuenta. Al fin y al cabo, era su casa y conocía todas las salidas discretas. Probablemente, él no sabía que había una puerta en la parte trasera del garaje que daba acceso al patio. Se detuvo un momento para coger una pequeña linterna que su madre guardaba con las herramientas del jardín, se puso un chubasquero verde que estaba colgado en el perchero de la pared y unas botas de montar que se habían quedado sin motivo alguno junto al viejo Jaguar XK de su padre. Las botas no tenían forro, pero la protegerían mejor del frío que sus tacones de tiras de Miu Miu.

El cielo estaba tan oscuro que parecía morado. Spencer recorrió el borde del patio rozando los arbustos de arándanos que separaban su casa de la de Ali. El pequeño haz de luz de la linterna bailaba por el suelo irregular. Por suerte, casi toda la nieve se había derretido y podría ver fácilmente dónde habían enterrado la bolsa.

Cuando había cruzado ya medio patio, escuchó el crujido de una rama. Se quedó quieta y se dio la vuelta muy despacio.

—¿Hola? —susurró.

Aquella noche no había luna y el cielo estaba completa e inquietantemente despejado, lleno de estrellas. Se oía el sonido amortiguado de las voces de la fiesta y, a lo lejos, la puerta de un coche se cerró de golpe.

Spencer se mordió el labio y prosiguió. Arrastró las botas por la nieve derretida y el barro. Tenía el granero justo de frente. Melissa había encendido las luces del porche, pero el resto del edificio estaba oscuro. Se acercó hasta el porche y se quedó muy quieta. Resollaba como si acabara de correr diez kilómetros con el equipo de hockey sobre hierba. Desde allí, su casa parecía muy pequeña y lejana. Por las ventanas se veía un brillo amarillo y podía distinguir las siluetas de la gente. Andrew y sus amigas estaban dentro. Wilden también. A lo mejor tenía que haberle encargado esto a él, pero ya era demasiado tarde.

Una pequeña ráfaga de aire se enredó en su cuello y bajó por su espalda. Era muy fácil encontrar el agujero donde enterraron la bolsa de plástico, estaba apenas a unos pasos a la izquierda del granero, cerca del serpenteante camino de piedra. Spencer empezó a temblar al verse superada por un repentino *déjà vu*. Aquella noche, cuando estaban en séptimo y quedaron para dormir todas juntas, tampoco había luna. Después de discutir, Spencer siguió a Ali hasta allí para pedirle que volviera y entonces tuvieron esa discusión tan tonta sobre Ian. Spencer lo había intentado borrar de su memoria hacía mucho tiempo, pero al verse en aquel lugar de nuevo, le pareció imposible olvidarse de la retorcida cara de Ali, que se rió de Spencer por retarla en serio a besarse con Ian.

Ella se había sentido tan dolida que le dio un fuerte empujón a Ali, quien salió despedida hacia atrás y se dio un golpe terrible contra una piedra. Era un misterio que la policía no encontrase nunca la piedra con la que se chocó, porque tendría que haber algún resto de sangre o algún pelo en ella. De hecho, durante las primeras semanas cruciales de la desaparición de Ali, los policías apenas investigaron nada más que el interior del granero. Estaban convencidos de que se había escapado. ¿Había sido un descuido o tenían alguna otra razón para no querer investigar con más detenimiento?

«Sé algo que tú desconoces», le había dicho Ian. «Creo que la poli también lo sabe, pero hacen como si no.» Spencer apretó los dientes mientras analizaba cada una de las palabras. Ian estaba loco; nadie estaba ocultando ningún secreto. La verdad era evidente: Ian mató a Ali porque ella iba a hacer público que estaban juntos.

Spencer se subió el vestido, se agachó y metió las manos en el suave barro. Por fin logró tocar un extremo de la bolsa de plástico. Cuando la desenterró, el agua condensada de la nieve derretida goteó por los bordes. La colocó en una zona de tierra seca y deshizo los nudos. Todos los objetos que había dentro estaban secos. Lo primero que sacó fue la pulsera de hilo que Ali les hizo después del episodio de Jenna; a continuación, sacó el monedero acolchado de color rosa de Emily. Spencer lo abrió y miró dentro. El cuero falso crujió, estaba vacío.

Spencer encontró el trozo de papel que Hanna había metido dentro y trató de iluminarlo lo mejor que pudo con la linterna. No era una carta de Ali, como se había imaginado en su momento, sino una ficha de calificación que Ali había rellenado sobre la exposición oral de *Tom Sawyer* que Hanna había hecho para clase. En las clases de lengua de sexto, los alumnos tenían que evaluar a los demás compañeros, era una especie de experimento que hacían en el colegio.

La evaluación de Ali era bastante normal, ni demasiado buena ni demasiado mala. Parecía que la había rellenado a toda prisa, como si estuviera haciendo otra cosa en ese momento. Spencer la dejó a un lado y sacó lo último que quedaba: el dibujo de Aria. Ya entonces, dibujaba bastante bien. En él se veía a Ali en la puerta del Rosewood Day con una sonrisa en la cara, como si estuviera riéndose de alguien que tenía detrás. Al fondo se podía ver a algunas de sus amigas, riéndose por lo bajo también.

Spencer lo dejó caer de golpe sobre su regazo con gran desilusión. No parecía haber nada extraño. ¿Acaso esperaba encontrar alguna respuesta milagrosa? ¿Cómo podía ser tan tonta?

Pero volvió a dirigir la linterna hacia el dibujo y se dio cuenta de que Ali llevaba algo en la mano. Parecía… un trozo de papel. Spencer acercó la luz contra el papel y leyó el texto que Aria había abocetado. «La cápsula del tiempo comienza mañana.»

El dibujo y aquella foto que estaba apoyada en la torre Eiffel eran del mismo día. Al igual que en la foto, Aria capturó el momento exacto en el que Ali arrancó el cartel y anunció que encontraría un trozo de la bandera de la cápsula del tiempo. También había dibujado a alguien detrás de Ali. Al dirigir la luz de nuevo hacia el papel, vio que era Ian.

Una ráfaga de aire frío acarició la cara de Spencer. Sus ojos se cerraban por culpa del frío, pero ella trataba por todos los medios de mantenerlos abiertos. El dibujo que Aria hizo de Ian no era ni tan diabólico ni tan intrigante como Spencer se imaginaba. Más bien, tenía un aspecto patético. Miraba a Ali con los ojos bien abiertos y tenía una sonrisa muy bobalicona en la cara. Ali, por su parte, le estaba dando la espalda y tenía una expresión chulesca. «¿No soy lo más? Comen de mi mano hasta los chicos más guapos del último curso», parecía decir.

El papel se arrugó ligeramente en las manos de Spencer. Aria dibujó exactamente lo que sucedió. No tenía ni idea en ese momento de que Ian y Ali tenían algo, sino que se limitó a dibujar lo que estaba viendo: Ian estaba pilladísimo por ella y era totalmente vulnerable. Y Ali… estaba siendo ella misma. Toda una cerda.

«Ali y yo coqueteábamos mucho, pero nada más. Jamás pareció interesada en ir más allá. Pero, de pronto, cambió de idea…» Eso fue lo que le dijo Ian.

Los árboles que rodeaban la piscina reflejaban unas finas y oscuras sombras. Los móviles de madera que colgaban del alero del granero se golpeaban entre sí, y sonaron como si fueran huesos. Spencer sintió un escalofrío por toda la espina dorsal. ¿Sería verdad? ¿Habrían coqueteado Ian y Ali sin más, solo por pasar el rato? ¿Qué hizo cambiar de idea a Ali para decidir de pronto que le gustaba este chico?

Costaba mucho creerlo. Si lo que Ian decía de Ali era cierto, entonces también lo era todo lo que le contó a Spencer dos días antes en su porche y, por tanto, estaba a punto de descubrir un secreto. Eso supondría que había algo que todas desconocían y que Ian no había matado a Ali, sino que había sido otra persona.

Spencer apretó su mano contra el pecho, como si se le fuese a parar el corazón. «¿Qué mensajes?», le había preguntado Ian aquella otra noche. Si no era él quien enviaba los mensajes en nombre de A… ¿quién lo estaba haciendo?

La nieve derretida traspasó las viejas botas de montar de Spencer y notó que se le mojaban los dedos de los pies. Se quedó mirando el camino de piedra que había en la parte trasera del jardín, justo donde Ali y ella se pelearon. Sus recuerdos se tornaban borrosos después de haberla tirado al suelo. Hace poco, recordó que Ali se levantó y se marchó por el camino, pero no tenía demasiado clara la imagen de lo que sucedió después. Las delgadas piernas de Ali debajo de la falda del primer equipo de hockey, su pelo largo por la espalda, las suelas de sus chanclas de plástico… Había otra persona con ella y estaban discutiendo. Hace unos meses, Spencer estaba segura de que se trataba de Ian, pero ahora intentaba ahondar en los recuerdos y no podía distinguir su cara. ¿Se había aferrado a la idea de que era él porque Mona la había convencido? ¿O porque quería encontrar un culpable y poner fin de una vez a todo esto?

Las estrellas brillaban tranquilamente. Un búho ululaba desde uno de los enormes robles que había detrás del granero. Spencer notó un olor familiar y le dio la sensación de que alguien estaba fumando un cigarrillo muy cerca. De pronto, su Sidekick empezó a sonar.

El eco del tono resonó en el enorme y vacío jardín. Spencer metió la mano en el bolso y silenció el móvil. Sintió cierto mareo al sacarlo. La pantalla avisaba de que había recibido un nuevo correo electrónico de Ian_T.

El estómago se le encogió.

Spencer, nos vemos en el bosque, donde murió ella. Tengo que enseñarte una cosa.

Spencer apretó los dientes. «En el bosque, donde murió ella.» Ese sitio estaba justo al otro lado del granero. Guardó el dibujo en el bolso y dudó por un instante. Después, cogió aire y echó a correr.

30

Fragilidad, ¡tienes nombre de mujer!

Hanna estaba terminando su tercera ronda por la casa de los Hastings en busca de Lucas. Había pasado ya varias veces delante del grupo de jazz, de los borrachos de la barra, de los esnobs que aplaudían las maravillosas obras de arte que colgaban de las paredes... Vio a Melissa Hastings subir las escaleras mientras hablaba por teléfono. Cuando se metió en el despacho del padre de Spencer, le dio la sensación de que estaba interrumpiendo una acalorada discusión entre el director Appleton y él, pero no había rastro de Lucas por ningún lado.

Finalmente se dirigió a la cocina, cuyo ambiente estaba cargadísimo por el vaho y el olor a langostinos, pato y azúcar. Los cocineros estaban muy ocupados desenvolviendo aperitivos y pequeños postres de los carros forrados de papel de aluminio. Hanna tenía la corazonada de que Lucas estaría allí echándoles una mano al sentirse culpable por la cantidad de trabajo que tenían. Sería algo muy propio de él, pero tampoco lo encontró en la cocina.

Volvió a llamarlo por teléfono, pero le saltó el buzón de voz.

—Soy yo —respondió ella tras escuchar la señal—. Tengo mis razones para hacer lo que he hecho. Por favor, déjame que te lo explique todo.

Después, pulsó el botón para colgar y la pantalla de su teléfono se apagó. ¿Por qué no le había contado a Lucas el tema de los mensajes de A antes? En realidad, sabía el motivo: no tenía claro que fueran reales. Cuando empezó a pensar que sí lo eran, le entró miedo de que pasara algo terrible si se lo decía a alguien.

Y por eso había tenido la boca cerrada, pero en realidad estaban sucediendo cosas horribles igualmente.

Hanna buscó la puerta de la sala multimedia y asomó la cabeza, pero por desgracia estaba vacía. La colcha roja de punto, que solía estar perfectamente colocada encima del sofá, estaba ahora tirada sobre los cojines. Había un par de vasos vacíos y unos pañuelos de papel arrugados sobre la mesa de café. Más allá, la extraña escultura de la torre Eiffel se erguía sobre el aparador. Era tan grande que casi rozaba el techo. La antigua foto de Ali, sacada en sexto curso, seguía apoyada sobre ella.

Se quedó mirándola con recelo. Ali tenía en la mano el cartel de la cápsula del tiempo y salía medio riéndose. Noel Kahn estaba detrás de ella y también se reía. A lo lejos podía verse una silueta misteriosa, apenas enfocada en la imagen. Se aproximó y notó un nudo en el estómago. Era Mona. Estaba apoyada en el manillar de su escúter Razor rosa y estaba mirando a Ali por la espalda. Era como ver un fantasma.

Hanna se sentó en el sofá y miró fijamente la silueta de Mona. *¿Por qué me hiciste esto?*, le habría gustado gritar. Hanna nunca tuvo la oportunidad de preguntárselo en persona. De hecho, cuando se dio cuenta de que Mona era A, ya habían ido a la cantera del Ahogado. Le gustaría hacerle tantas preguntas, pero todas ellas se quedarían sin respuesta para siempre. *¿Por qué me odiaste en secreto tanto tiempo? ¿Fue verdad alguna cosa de las que compartimos? ¿En serio éramos amigas? ¿Cómo pude equivocarme tanto contigo?*

Sus ojos volvieron a centrarse en la boca abierta de Ali. Cuando Hanna y Mona se hicieron inseparables en octavo, Hanna se burlaba de Ali y del resto de amigas para demostrarle a Mona que ellas no eran tan estupendas. Le contó que se había plantado en el patio de Ali el sábado, después de que se anunciara lo de la cápsula del tiempo, plenamente decidida a robarle el trozo de bandera.

—Spencer, Emily y Aria también estaban allí —recordaba haberle dicho, poniendo los ojos en blanco—. Fue muy raro, pero lo más extraño de todo fue que Ali salió hecha una furia de su casa y nos gritó que llegábamos tarde. —Hanna había imitado incluso la voz chillona de Ali, a pesar de la punzada que sintió en el corazón al hacerlo—. Luego nos contó que un imbécil le había robado el trozo de bandera, aunque ya lo había decorado y todo.

—¿Y quién se lo llevó? —preguntó Mona, pronunciando detenidamente cada palabra.

Hanna se encogió de hombros.

—Probablemente algún pirado que estuviera montando un santuario de Ali en su habitación. Seguro que por eso nadie devolvió el trozo de bandera a la cápsula del tiempo. Fijo que duerme con él todas las noches y se lo guarda en los calzoncillos durante el día.

—¡Puaj! —chilló Mona con cara de asco.

Tuvo esta conversación con ella a comienzos de octavo, justo cuando comenzaba la cápsula del tiempo de ese año. Tres días después, Hanna y Mona encontraron juntas un trozo de bandera en el tomo de la «W» de una enciclopedia de la biblioteca de Rosewood. Era como encontrar un billete de oro de *Charlie y la fábrica de chocolate*, un buen presagio de que su vida iba a cambiar a mejor. Decoraron juntas el trozo de tela con un enorme «Mona y Hanna, amigas para siempre» con letras grandes y gruesas. Sus nombres estaban enterrados ahora mismo, una metáfora de la farsa que resultó ser su amistad.

Hanna se sentó con tristeza en el sofá mientras brotaban lágrimas de sus ojos. Ojalá pudiera ir a los campos de entrenamiento detrás del Rosewood Day, desenterrar la cápsula de ese año y quemar aquel trozo de bandera. Ojalá pudiera quemar igualmente todos los recuerdos de aquella amistad.

Las luces cenitales se reflejaron en la fotografía. Cuando la miró de nuevo, frunció el ceño. Los ojos de Ali tenían forma almendrada y sus mejillas estaban muy hinchadas. De pronto, aquella chica parecía una Ali de imitación, mientras que la verdadera Ali estaba un poco más a la izquierda. Hanna parpadeó y volvió a ver a la verdadera Ali mirándola fijamente. Se frotó la cara con las manos como si tuviera gusanos por todas partes.

—¡Aquí estabas!

Hanna gritó y se dio a vuelta. Su padre apareció por la puerta, pero no llevaba traje como el resto de los invitados, sino un par de pantalones caqui y un jersey de pico de color azul marino.

—Anda —dijo, tragando saliva—, no sabía que ibas a venir.

—No tenía pensado hacerlo —respondió—. Solo he venido un momento.

Había una sombra a su lado, llevaba un vestido blanco sin tirantes, una pulsera de Swarovski nueva y unos zapatos de satén de Prada con los dedos al aire. Cuando avanzó hacia la luz, se le paró el corazón. Era Kate.

Hanna se mordió con fuerza un carrillo. Por supuesto, Kate había ido corriendo a refugiarse en los brazos de su padrastro y le habría contado todo. Tendría que haberlo visto venir.

Los ojos del señor Marin ardían de indignación.

—¿Es verdad que has dicho por ahí que Kate tiene… un herpes? —dijo, farfullando la última palabra.

—Sí, pero… —respondió Hanna encogiéndose en el asiento.

—¿Qué demonios te pasa? —le preguntó su padre.

—¡Ella estaba a punto de hacerme a mí lo mismo! —protestó Hanna.

—¡De eso nada! —gritó con vehemencia Kate. Su moño francés se había deshecho un poco y algunos mechones le caían por los hombros.

Hanna se quedó boquiabierta.

—Te escuché hablar por teléfono el otro día: «Ya no queda nada. ¡Qué ganas tengo!». Y luego te reíste socarronamente. Sé perfectamente lo que querías decir, así que no te hagas la inocente y buenecita.

Kate soltó un grito de impotencia.

—No sé de qué habla, Tom.

Hanna se puso en pie frente a su padre.

—Pretende acabar conmigo, igual que Mona. Lo planearon todo juntas.

—¿Se te ha ido la olla? ¿De qué estás hablando? —dijo Kate, levantando las manos con desesperación.

El señor Marin levantó una ceja. Hanna se cruzó de brazos y volvió a estudiar la cara de Ali. Parecía estar mirándola fijamente, sonriendo y poniendo los ojos en blanco. Le habría gustado darle la vuelta a la fotografía, o aún mejor, hacerla pedazos.

Kate jadeó ruidosamente.

—Espera un momento, Hanna. Cuando me oíste hablar, ¿estaba en mi cuarto? ¿Escuchaste pausas largas mientras hablaba?

Hanna cogió aire.

—Pues claro, eso es lo que hace una cuando habla por teléfono.

—No estaba hablando por teléfono —dijo Kate con frialdad—. Estaba ensayando para la obra del colegio. Conseguí un papel; si te hubieras molestado en hablar conmigo, te habías enterado. —Negó con la cabeza, alucinada—. Te estaba esperando en casa para salir a dar una vuelta. ¿Por qué iba a estar conspirando contra ti? ¡Creí que éramos amigas!

En el salón, el grupo de jazz dejó de tocar y todo el mundo aplaudió. De la cocina comenzó a manar un fuerte olor a queso azul que le revolvió el estómago a Hanna. ¿Kate estaba ensayando para la obra?

La mirada del señor Marin era mucho más severa de lo que Hanna había visto jamás.

—Voy a ser claro, hija. Has arruinado la reputación de Kate por algo que escuchaste a escondidas detrás de una puerta. No te has molestado siquiera en preguntarle qué quería decir o qué estaba haciendo, sino que te has limitado a contarle a todo el mundo una mentira flagrante.

—Pero yo creía que… —tartamudeó Hanna, pero su respuesta se fue apagando con cada palabra. ¿Qué demonios había hecho?

—Esta vez te has pasado —dijo con tristeza su padre mientras negaba con la cabeza—. He procurado ser comprensivo contigo, sobre todo por lo que pasó el pasado otoño. Te he otorgado el beneficio de la duda, pero no puedes hacer lo que te dé la gana, Hanna. No tengo ni idea de cómo sería con tu madre, pero yo no voy a tolerar actitudes así en mi casa. Estás castigada.

Desde la esquina, Hanna podía distinguir cada una de las arrugas de los ojos de su padre y todas las canas que le habían salido. Antes de que él se fuera de casa, jamás la había castigado. Si alguna vez había hecho algo malo, se había limitado a hablarlo con ella hasta que era capaz de reconocer su error, pero no parecía que ese fuera a ser el caso ahora.

Hanna notó un enorme nudo en la garganta. Quería preguntarle a su padre si se acordaba de todas sus conversaciones o de lo bien que solían pasárselo juntos. De hecho, Hanna quería preguntarle por qué la llamó «cerdita» hace años en Annapolis. No tenía ninguna gracia y él mejor que nadie debía saberlo, pero a lo mejor le daba igual. Mientras a Kate le pareciera todo bien, él estaba contento. Se había puesto de su lado desde que Isabel y ella hicieron acto de presencia en su vida.

—A partir de ahora, solo quedarás con Kate —dijo el señor Marin estirándose el jersey; y comenzó a enumerar cosas con la mano—. Nada de chicos ni amigas. Nada de ver a Lucas.

—¿Cómo? —respondió ella boquiabierta.

La mirada de su padre parecía advertirle de que no le interrumpiera hasta que terminase de hablar.

—No te podrás sentar con nadie en la hora de la comida ni podrás irte por ahí con las chicas después de clase. Si quieres salir por el centro comercial, Kate debe ir contigo. Lo mismo si quieres ir al gimnasio. Si no, te prohibiré más cosas. Lo primero será retirarte tu coche, después te quedarás sin bolsos y ropa nueva hasta que entiendas que no puedes tratar así a la gente.

Hanna notó que el paladar le empezaba a picar. Estaba convencida de que se iba a desmayar de un momento a otro.

—¡No puedes hacer eso! —susurró.

—Claro que puedo —dijo el señor Marin entrecerrando los ojos—. Es lo que pienso hacer. Y sabes quién me avisará si te saltas las normas, ¿no? —Se detuvo unos instantes y miró a Kate, que asintió con la cabeza. Ya lo habían acordado antes, probablemente ella lo había sugerido todo.

Hanna se agarró a un brazo del sofá, completamente alucinada. Kate le daba asco a toda la gente del colegio por culpa de lo que había dicho de ella. Si iba a clase con ella y se pasaban todo el día juntas, la gente empezaría… a hablar. ¡Y pensarían que ella también tenía herpes! Podía imaginar los motes que les iban a poner: las Hermanas Valtrex o las Dos Calenturas.

—Madre mía… —susurró.

—El castigo comienza mañana. Aprovecha ahora para contarles a tus amigos que ya no podrás quedar con ellos. Te espero en casa dentro de una hora. —Sin decir nada más, se dio la vuelta y salió de la habitación. Kate se marchó con él.

Hanna miró algo mareada hacia su izquierda. No tenía ningún sentido, ¿cómo podía haber metido la pata así con lo que escuchó decir a Kate detrás de la puerta? Desde luego, había sonado bastante siniestro lo que había dicho, ¡era muy evidente! Por no hablar de la espantosa risa por lo bajo de Kate… Costaba bastante creerse que estaba ensayando para una estúpida representación de *Hamlet* para el colegio.

Hamlet. De pronto, una luz se iluminó dentro de la cabeza de Hanna.

—¡Un momento…! —gritó.

Kate se dio la vuelta tan bruscamente que casi se llevó por delante una lámpara de Tiffany que había en la mesa junto a la puerta. Levantó una ceja con expectación, esperando para escuchar lo que tuviera que decir.

Hanna se humedeció los labios lentamente.

—¿Y qué papel te ha tocado en la obra?

—Soy Ofelia —respondió con arrogancia, como si pensara que no sabía quién era aquel personaje.

Pero se equivocaba porque había leído *Hamlet* en las vacaciones de Navidad, básicamente porque quería entender los chistes que hacía todo el mundo en clase de lengua sobre la relación del protagonista con su madre. En ninguno de los cinco actos la patética, frágil y monjil Ofelia decía nada remotamente parecido a «Ya no queda nada, ¡qué ganas tengo!». Tampoco se reía por lo bajo en ningún momento. La excusa de Kate de que estaba ensayando era una mentira como una casa, pero su padre se la había tragado enterita.

Hanna abrió la boca y Kate respondió encogiéndose de hombros con frialdad y mucha seguridad en sí misma. Si sospechaba que acababa de pillarla, no parecía importarle demasiado. Hanna ya había recibido su castigo, después de todo.

Pero antes de que pudiera decir nada, Kate sonrió y dijo mientras salía por la puerta:

—¿Sabes qué, Hanna? —preguntó mientras se apoyaba en el quicio de la puerta y le guiñaba un ojo—. Lo mío no era un herpes, es mejor que lo sepas.

31

Todo el mundo es sospechoso

En la cola para entrar en el tocador de abajo había cinco personas cuando Emily e Isaac salieron. Ella bajó la cabeza aunque no tuviera nada de lo que avergonzarse, puesto que solo se habían hecho unos mimos. Una señora delgadísima les dio un empujón y entró cerrando la puerta de un portazo.

Cuando llegaron al centro del salón, Isaac pasó su brazo por los hombros de Emily y la besó en la mejilla. Una señora mayor que llevaba un traje de Chanel les sonrió.

—Qué bonita pareja hacéis —susurró. Emily no podía negarlo tampoco.

El teléfono de Isaac, que llevaba en el bolsillo de la chaqueta, comenzó a sonar en ese instante. Emily cerró los puños inmediatamente pensando que podría ser A, pero después se acordó de que Isaac ya conocía todos sus secretos y no había nada de lo que preocuparse.

El chico miró la pantalla de su teléfono.

—Es el batería de mi grupo —dijo—. Ahora mismo vuelvo.

Ella asintió y le apretó la mano antes de ir a la barra a por un refresco. Había unas chicas con vestidos a juego de color negro haciendo cola para pedir y Emily se dio cuenta de que todas ellas habían estudiado en el Rosewood Day.

—¿Os acordáis de que Ian solía venir a nuestros entrenamientos? —dijo una preciosa chica asiática con unos grandes pendientes brillantes—. Siempre pensé que venía a ver a Melissa, pero quizás le interesaba más Ali.

Emily no pudo evitar escucharlas. Estiró la espalda y fingió que no estaba pendiente de ellas.

—Estaba en mi clase de ciencias —susurró otra chica, una morena con el pelo supercorto y la nariz respingona—. Cuando disecamos el feto de un cerdo, apuñaló a aquel animal como si estuviera encantado de la vida.

—Sí, pero los tíos se ponen muy violentos en esas prácticas —le recordó la otra chica mientras abría su bolso plateado y sacaba un chicle—. ¿No te acuerdas de Darren? ¡Le sacó los intestinos a ese animal como si fueran espaguetis!

Ambas se estremecieron y Emily arrugó la nariz. ¿Por qué todo el mundo se dedicaba a recordar lo raro que era Ian? Le daba la sensación de que la gente estaba reinterpretándolo todo a su gusto. Por su parte, no se creía nada de lo que Ian le había contado a Spencer: que a él le gustaba más Ali que él a ella y que nunca habría sido capaz de hacerle daño. ¿Por qué no podía admitirlo? No había nada peor que un delincuente que huía de su propio juicio, ¿no?

—¿Emily?

El agente Wilden estaba detrás de ella, con aspecto preocupado pero sereno. Aquella noche llevaba un traje negro almidonado y una corbata, en vez del uniforme de la policía de Rosewood, aunque se podía intuir la pistola que tenía escondida bajo la chaqueta. La joven se estremeció con intranquilidad; la última vez que habían coincidido fue en el aparcamiento, a las afueras de la ciudad, cuando él le decía a alguien por teléfono que «no se acercara». No recordaba haberlo visto en el juicio de Ian el día anterior, pero seguro que había estado por allí.

El párpado izquierdo de Wilden tembló ligeramente.

—¿Has visto a Spencer?

—Sí, hará una media hora más o menos. —Emily se colocó un tirante del vestido rápidamente con la esperanza de que no se notase que acababa de estar recostada en el tocador enrollándose con un chico. Miró hacia atrás para ver si seguían allí las chicas mayores de Rosewood, pero ya se habían marchado—. ¿Por qué lo preguntas?

Wilden se acarició la barbilla, que llevaba muy bien afeitada.

—Tengo que contar cuánta gente hay aquí cada media hora más o menos, por si alguien se ha marchado. El caso es que no la encuentro por ninguna parte.

—A lo mejor está en su cuarto —sugirió Emily. La verdad es que ninguna de ellas estaba para muchas fiestas aquel día.

—Ya he mirado —respondió él, tamborileando con los dedos en su vaso de agua—. ¿Estás segura de que no te ha dicho si iba a salir fuera un rato?

Emily se quedó mirándolo y se acordó de pronto del nombre de Wilden. Se llamaba Darren. Aquellas chicas acababan de hablar de un chico con ese mismo nombre que le había arrancado las tripas a un cerdo de forma brutal. Tenía que ser él.

Solía olvidar que Wilden no era mucho mayor que ella, de hecho se graduó en el Rosewood Day el mismo año que Ian y Melissa. Wilden no había sido un estudiante ejemplar como él, sino más bien lo contrario. Era el típico chaval que estaba castigado cada dos por tres. Parecía increíble cómo habían cambiado las tornas ahora: Ian era el asesino y Wilden, el poli bueno.

—Ya sabe que no podemos salir —le dijo con firmeza Emily, volviendo al presente—. Subiré a su cuarto y lo comprobaré yo misma. Seguro que anda por ahí. —Levantó un poco su vestido y subió el primer escalón, tratando de calmar el temblor de sus manos.

—Espera —le dijo el agente.

Emily se dio la vuelta. Encima del policía colgaba una enorme lámpara de araña cuyo reflejo le daba un tono amarillo a sus ojos.

—¿Te han contado Aria o Spencer si han recibido más mensajes?

Emily notó un cosquilleo en el estómago.

—Sí...

—¿Y tú? —le preguntó—. ¿Has recibido algún mensaje?

Emily apenas asintió.

—He recibido dos, pero nada más desde que Ian desapareció.

Wilden puso un gesto extraño, pero apenas le duró unos segundos.

—Emily, no creo que fuera Ian. Los policías que custodian su casa han peinado el sitio. No había ningún teléfono móvil y ya habíamos retirado todos los ordenadores y faxes antes de que lo soltaran. No tengo ni idea de cómo os ha podido mandar los mensajes, todavía estamos investigando su procedencia, pero no tenemos ningún dato definitivo.

La habitación comenzó a dar vueltas. Entonces, ¿los mensajes no eran de Ian? No tenía ningún sentido. Además, si Ian consiguió escaparse de su casa con tanta facilidad para ir a ver a Spencer, seguro que había descubierto el modo de mandarles mensajes con un teléfono secreto. A lo mejor lo tenía guardado en un árbol seco o en un buzón sin uso. O quizás alguien se lo estaba guardando.

Emily se quedó mirando a Wilden mientras se preguntaba por qué no habían pensado en estas posibilidades. De pronto, se dio cuenta de que Spencer no le había contado que Ian la había ido a ver.

—Bueno, creo que sí hay alguna posibilidad de que haya sido Ian… —comenzó a contarle Emily temblando.

Pero la interrumpió el teléfono de Wilden, que comenzó a sonar en el bolsillo de su chaqueta.

—Un momento —dijo levantando un dedo—. Tengo que responder.

Se inclinó hacia un lado, apoyando una mano en el borde de la mesa auxiliar. Emily apretó los dientes, muy molesta. Echó un vistazo a la sala y vio a Hanna y Aria frente a un enorme cuadro abstracto lleno de círculos que se cortaban. Aria acariciaba con nerviosismo la estola que llevaba sobre los hombros y Hanna no hacía más que tocarse el pelo como si tuviera piojos. Emily se acercó a ellas lo más rápido que pudo.

—¿Habéis visto a Spencer?

Aria negó con la cabeza como si pareciera distraída con otra cosa. Hanna también parecía bastante aturdida.

—No, qué va —respondió con tono apagado.

—Wilden no la encuentra por ninguna parte —insistió Emily—. Ha mirado por toda la casa mil veces, pero se ha esfumado. Y al parecer ella no le ha contado nada de lo de Ian.

Hanna arrugó la nariz mientras abría más los ojos.

—Qué raro.

—Spencer tiene que estar en algún lado, no creo que se haya ido sin más —dijo Aria poniéndose de puntillas para echar un vistazo a su alrededor.

Emily volvió a mirar a Wilden, que atendía al teléfono mientras daba un buen sorbo al vaso de agua. A continuación, lo dejó en la mesa y rugió un contundente «no» al auricular.

Miró a sus amigas mientras juntaba sus sudorosas manos.

—Chicas, ¿vosotras creéis que A puede ser otra persona? A lo mejor no es Ian… —dijo para tantear sus opiniones.

Hanna se puso muy tensa.

—No.

—Tiene que ser él —fue la respuesta de Aria—. Todo encaja perfectamente.

Emily se quedó mirando a la rígida espalda de Wilden.

—Wilden me acaba de contar que han registrado la casa de Ian, pero no hay ningún teléfono, ni ordenadores ni nada. No le parece que sea él quien está detrás de todo esto.

—Ya, pero entonces, ¿quién es? —gritó Aria—. ¿Quién querría hacernos esto? ¿Quién está al tanto de dónde estamos y qué hacemos?

—Sí, parece que A es de Rosewood —añadió Hanna.

Emily se apoyó en uno y otro pie, balanceándose en la alfombra afelpada.

—¿Y tú cómo lo sabes?

Hanna se pasó las manos por las clavículas, que llevaba al aire, y dirigió una mirada perdida hacia el enorme ventanal del salón de los Hastings.

—Tengo un par de mensajes, pero no sé si son auténticos. En uno de ellos pone que A pasó su infancia en Rosewood, como nosotras.

El corazón de Emily comenzó a latir con fuerza.

—¿Y ponía algo más en esos mensajes?

Hanna se retorció como si Emily le estuviera clavando una aguja en el brazo.

—Una tontería sobre mi hermanastra, nada importante.

Emily jugueteó con su collar de plata con forma de pez. Tenía la frente empapada de sudor. Quizás A no era Ian... pero tampoco tenía por qué tratarse de un farsante. Cuando Emily se enteró de que Mona era la primera A, la pilló completamente por sorpresa. Es verdad que Ali y las demás se habían portado un poco mal con ella, pero no peor que con tanta otra gente... Y de muchos, Emily ni se acordaba. A lo mejor alguien muy cercano estaba tan enfadado con ellas como lo estuvo Mona. ¿Y si ese alguien estaba en la fiesta?

Echó un vistazo a la sala. Naomi Zeigler y Riley Wolfe salieron de la biblioteca y se quedaron mirándolas. Melissa Hastings apartó la vista y puso cara triste. Scott Chin apuntó su cámara hacia Emily, Aria y Hanna. Por su parte, Phi Templeton, la mejor amiga de Mona y una loca del yoyó, se dirigió hacia la biblioteca, pero se detuvo un instante para observar de reojo a Emily.

Emily se acordó inevitablemente de la comparecencia de Ian. Habían salido del juzgado después de que mandaran a Ian a prisión sin fianza y estaban contentísimas de que todo hubiera terminado, pero ella vio una silueta en una limusina aparcada en la acera de los juzgados. La mirada de quien estaba dentro le resultaba muy familiar, aunque prefirió pensar que todo eran imaginaciones suyas.

Tan solo de pensarlo le daban escalofríos. *¿Y si no tenemos ni idea de quién es A? ¿Es posible que nada sea lo que parece?*

El teléfono de Emily comenzó a sonar. Después el de Aria y luego el de Hanna.

—Dios mío —suspiró Hanna.

Emily recorrió la habitación con la mirada. Nadie estaba mirándolas en ese instante y nadie tenía ningún teléfono en la mano.

No tenía otra elección: sacó el Nokia del bolso mientras sus amigas seguían sus movimientos con gran nerviosismo.

—Mensaje nuevo —susurró Emily.

Hanna y Aria se arremolinaron junto a ella y Emily pulsó el botón de «Leer».

Todas os habéis ido de la lengua y alguien tiene que pagar el pato. ¿Queréis saber dónde está vuestra amiga? Pues mirad por la ventana trasera porque puede ser la última vez que la veáis... —A.

Todo comenzó a temblar y el aire se llenó de un olor a perfume floral terriblemente empalagoso. Emily miró a las chicas con la boca absolutamente seca.

—¿Será la última vez que la veamos, para siempre? —repitió Hanna parpadeando a toda velocidad.

—No puede ser verdad... —A Emily le pareció que su cabeza estaba rellena de bolas de algodón—. Spencer no...

Salieron corriendo a la cocina y miraron por la ventana que daba al granero. El patio estaba vacío.

—Tenemos que hablar con Wilden —dijo Hanna y regresó adonde lo habían visto por última vez, pero no había ni rastro de él. Solo estaba su vaso de agua vacío en la pulcra mesa auxiliar.

El teléfono de Emily volvió a sonar. Había recibido otro mensaje y todas se juntaron para leerlo.

Salid ahora o cumpliré mi palabra. —A

32

Si estáis calladitas, ninguna resultará herida

Hanna, Aria y Emily salieron por la puerta trasera al frío y húmedo patio. El porche estaba bañado por una luz anaranjada cálida, pero en cuanto Hanna dio un par de pasos, no fue capaz de ver nada. A lo lejos, se oía un ruido sordo. Los brazos se le pusieron de piel de gallina y Emily no pudo contener un gemido.

—Por aquí —susurró Hanna mientras señalaba hacia el granero.

Las chicas empezaron a correr, con un poco de suerte no llegarían demasiado tarde.

El suelo estaba resbaladizo pero algo blando, así que los taconazos de cintas de Hanna se quedaron clavados en el barro. Sus amigas jadeaban detrás de ella.

—No sé cómo ha podido ocurrir —dijo Emily, con la voz ahogada por las lágrimas—. ¿Cómo es posible que Spencer se haya dejado convencer por Ian, o quien sea A, para venir sola hasta aquí? ¿Cómo ha podido ser tan tonta?

—¡Chist! ¡Quien sea nos va a oír! —siseó Aria.

En cuestión de segundos cruzaron el enorme jardín hasta el granero. El agujero en el que Ian había enterrado el cuerpo de Ali estaba a la derecha. La cinta reflectante de la policía todavía ondeaba en la oscuridad. El bosque estaba más allá y había un hueco entre los árboles que parecía una siniestra entrada. Hanna sintió un escalofrío.

Aria relajó los hombros y se adentró en el bosque la primera, con los brazos estirados hacia adelante para poder guiarse mejor. Emily la siguió y Hanna cerró la fila por detrás. Las hojas húmedas acariciaban los tobillos desnudos de las chicas, las ramas afiladas y dentadas arañaban sus brazos haciéndoles rasguños. Emily metió un pie en un hoyo y soltó un grito. Cuando Hanna levantó la vista, no pudo ver el cielo: las hojas habían formado un dosel sobre sus cabezas y estaban atrapadas.

Escucharon otro quejido. Aria se detuvo y miró hacia la derecha.

—Por aquí —susurró apuntando en esa dirección. Su pálido brazo brilló en la oscuridad. Se recogió los bajos del vestido y empezó a correr. Hanna la siguió mientras temblaba de miedo. Las ramas continuaban atacando su delicada piel. Un arbusto gigante y lleno de espinas la empujaba hacia un lado y no se dio cuenta de que había tropezado con algo hasta que sus rodillas tocaron el suelo y se golpeó la cabeza contra el barro. Notó un ruido seco en su brazo y el dolor la atravesó entera. Intentó no gritar, así que apretó fuerte la mandíbula y una mueca de dolor se dibujó en su cara.

—¡Hanna! —Aria detuvo sus pasos—. ¿Estás bien?

—Sí, sí… —Tenía los ojos cerrados, pero el dolor parecía remitir. Movió el brazo y estaba bien, solo un poco entumecido.

Volvieron a escuchar un quejido, esta vez más cerca.

—Id a buscarla —dijo Hanna—. Ahora os alcanzo.

Durante unos segundos, ni Aria ni Emily se movieron, pero el quejido se convirtió de pronto en un grito.

—¡Vamos, marchaos! —insistió.

Hanna se dio la vuelta y comenzó a mover los brazos y las piernas lentamente. La cabeza le daba vueltas y el suelo olía a excrementos de perro. Sentía un hormigueo en la nuca y estaba algo entumecida por el barro frío. Los pasos de Aria y Emily se fueron apagando paulatinamente hasta que dejó de oírlos. Los árboles no hacían más que moverse, como si estuvieran vivos.

—¿Chicas, estáis ahí? —dijo Hanna con voz frágil. No obtuvo respuesta. El quejido había sonado muy cerca, ¿dónde se habrían metido?

De repente pasó un avión por el cielo, pero las luces parpadeantes apenas podían distinguirse. Un búho ululó con tono bajo pero enervante. Aquella noche no había luna. De pronto, Hanna comenzó a plantearse si habían cometido un error. Estaban solas en el bosque por culpa de un mensaje que les había enviado Ian. Habían picado igual que Spencer. ¿Quién podría asegurar que Ian no estaba escondido entre las sombras cercanas, dispuesto a matarlas a todas? ¿Por qué no habían esperado a Wilden para que las acompañara?

Los arbustos al otro lado del claro comenzaron a moverse y se escucharon pisadas firmes entre las hojas. El corazón de Hanna comenzó a bombear con fuerza.

—¿Aria? —Pero nadie respondió.

Una rama crujió de pronto. Y luego otra. Hanna se quedó mirando en la dirección en la que sonaron, había algo entre los arbustos. Contuvo la respiración un instante, ¿a lo mejor era Ian?

Hanna se apoyó en los codos para incorporarse. Entre los árboles surgió una silueta que agitó las ramas. Trató de ahogar el grito en su garganta. No eran Aria ni Emily… pero tampoco era Ian. No podía distinguir si aquella persona delgada y algo bajita era un chico o una chica. Se detuvo en medio del claro y se quedó mirando fijamente a Hanna, como si le sorprendiera verla allí. Tenía puesta una capucha y no se le veía la cara, parecía la personificación de la muerte.

Hanna intentó arrastrarse por el suelo, aunque su cuerpo se quedó hundido inútilmente en el suelo. *Voy a morir, se acabó todo.*

—Chist… —La persona misteriosa se llevó un dedo a la boca.

Hanna clavó las uñas en el suelo medio helado mientras sus dientes castañeteaban de miedo. La sombra se alejó tres pasos y, sin más, se dio la vuelta y desapareció sin hacer ningún ruido al caminar. Como si todo hubiera sido un sueño.

33

Alguien sabe demasiado

El quejido se oía cada vez más cerca, pero luego volvía a alejarse, como si alguien estuviera rebotándolo con un espejo. Aria atravesó el bosque sin mirar adónde iba o comprobar si se había alejado demasiado. Cuando se dio la vuelta, se percató de que la casa de los Hastings estaba muy lejos, tan solo era ya un punto brillante que se distinguía entre las ramas de los árboles.

Cuando llegó a un pequeño barranco, se quedó helada. Había un montón de árboles doblados y entrelazados que habían crecido salvajemente. Delante de ella había uno abierto por la mitad y se había formado una especie de asiento entre los dos troncos. Incluso cuando Aria, Ali y las demás eran amigas, apenas venían a este lugar. Una de las pocas veces que Aria había estado allí fue cuando se coló en casa de Ali para robarle la bandera de la cápsula del tiempo.

Después de que Ali fuera al patio trasero y les contase a las cuatro que alguien le había robado la bandera, cada cual se marchó por su camino con gran decepción. Aria atajó por ese mismo bosque para llegar a casa y, al pasar junto a unos árboles de aspecto fantasmagórico (quizás estos mismos), vio salir corriendo a alguien en dirección contraria. No pudo ponerse más contenta cuando se dio cuenta de que era Jason.

El chico se detuvo con cara de culpabilidad y dirigió la mirada a algo que asomaba por el bolsillo delantero de su chaqueta. Aria también miró y vio que llevaba una tela azul del mismo tono que la bandera del Rosewood Day que había colgada en todas las clases. Tenía dibujos por todas partes y palabras escritas con una letra redonda e infantil.

Aria se acordó de dónde había estado y lo que Ali les había contado. «Llegáis tarde, alguien me ha robado la bandera… y estaba decorada y todo.» Señaló al bolsillo de Jason y le preguntó si eso no era…

Jason miró a Aria y luego a la bandera, completamente indefenso. Sin decir una palabra, le dio la tela a Aria y desapareció entre los árboles para regresar a la casa de los DiLaurentis.

Aria volvió a casa corriendo. La bandera de Ali le quemaba en el bolsillo. No tenía ni idea de qué quería Jason que hiciera con ella, ¿devolverla o decorarla? ¿Tenía que ver con la pelea tan rara que habían tenido Ian y él unos días antes en el colegio? Durante los días siguientes, esperó a encontrárselo para preguntarle si había pensado algo y qué debía hacer ella. A lo mejor Jason se había dado cuenta de que eran almas gemelas y le había dado la bandera porque se la merecía. El caso es que nunca llegó a recibir ninguna instrucción por su parte, ni siquiera cuando la dirección del Rosewood Day anunció por la megafonía que faltaba un trozo de bandera y que debía personarse en secretaría quien la tuviera. ¿La estaba poniendo a prueba? ¿Se suponía que Aria lo sabía o no? Si hacía lo correcto, ¿Jason y ella estarían juntos para siempre?

Cuando Aria se hizo amiga de Ali, se sintió tan avergonzada que no se atrevió a contarle todo el asunto, así que se limitó a esconder el trozo de bandera en su armario y no volvió a mirarlo. Si buscara la caja de zapatos al final del armario en el que ponía «Reseñas de libros viejos», podría encontrar todavía el trozo de tela de Ali completamente decorado.

Escuchó unos pasos detrás de ella. Aria saltó y se dio la vuelta. Los ojos de Hanna brillaban en la oscuridad.

—Chicas, acabo de ver la cosa más rara que…

—¡Chist! —interrumpió Aria. Una oscura sombra al otro lado del barranco llamó su atención. Agarró con fuerza el brazo de

Emily e intentó no soltar un grito. De pronto se vio un destello que rebotó en el suelo. Aria se tapó la boca con la mano mientras suspiraba temblorosa pero aliviada.

—¿Spencer? —preguntó, dando un paso indeciso en el barro.

Spencer llevaba un chubasquero que le llegaba por las rodillas y unas enormes botas de montar que golpeaban sus pantorrillas desnudas. Dirigió la linterna hacia ellas, que miraron a la luz como un animal fascinado por los focos de un camión en medio de la carretera. Tenía el pecho de su vestido negro totalmente cubierto de barro y fango, al igual que la cara.

—Menos mal que estás bien —dijo Aria avanzando unos pasos.

—¿Qué demonios haces aquí? —gritó Emily—. ¿Te has vuelto loca?

La mandíbula de Spencer comenzó a temblar y bajó la mirada, fijándola en algo que había en el suelo.

—Esto no tiene sentido —explicó con voz apagada, como si la hubieran hipnotizado—. Me ha llegado un mensaje suyo.

—¿De quién? —susurró Aria.

Spencer dirigió la linterna hacia un enorme bulto que había a su lado. A Aria le pareció que era un árbol caído o un animal muerto, pero la luz desveló que… tenía piel y no pelo. Era una mano humana pálida y cerrada en un puño. En uno de los dedos tenía un anillo similar al de graduación de Rosewood Day.

Aria dio un salto hacia atrás y se tapó la boca con la mano.

—¡Dios mío!

Spencer dirigió la luz hacia la cara de aquella persona. A pesar de lo oscuro que estaba todo, Aria pudo distinguir que la piel de Ian estaba azulada, sin oxígeno. Tenía un ojo abierto y el otro cerrado, como si estuviera lanzándoles un guiño. En su oído y en los labios había sangre seca, y su pelo estaba lleno de barro. Tenía marcas en el cuello, como si alguien lo hubiera agarrado con fuerza para estrangularlo. Su aspecto era frío y rígido, parecía llevar muerto mucho tiempo.

Aria parpadeaba sin parar, sin entender qué era lo que estaban viendo. Se acordó de que Ian no había aparecido en el juicio el día anterior. Los policías habían salido de los juzgados con el firme propósito de encontrarlo, pero probablemente llevase allí todo este tiempo.

Emily respiró agitadamente. Hanna se alejó un paso dando un grito de desesperación. Todo estaba tan silencioso en el bosque que resultaba muy fácil escuchar cómo Spencer tragaba saliva, temblorosa. Comenzó a negar con la cabeza.

—Estaba así cuando llegué, os lo juro —sollozó.

Aria tenía mucho miedo de acercarse a Ian y se quedó mirando su mano inmóvil, casi segura de que en cualquier momento la levantaría para agarrarla. Todo estaba completamente en silencio, reinaba la calma, pero podría jurar que escuchó a alguien reírse a lo lejos.

De pronto, el teléfono de Aria, que llevaba en su pequeño bolso con forma de concha, comenzó a sonar. Soltó un gritito de sorpresa, y a continuación sonaron los de Spencer y Emily. El teléfono de Hanna, que tenía guardado en su bolso lleno de barro, también sonó.

Las chicas se miraron las unas a las otras en la oscuridad.

—No puede ser… —dijo Hanna sosteniendo el aparato con las puntas de los dedos, como si le diera miedo tocarlo.

Aria miró la pantalla de su Treo con incredulidad. «Mensaje nuevo.»

Observó a Ian de nuevo. Tenía los brazos torcidos y su preciosa cara estaba vacía de expresión, sin vida. Templando, miró a la pantalla y se obligó a leer el mensaje.

Tenía que marcharse. —A

¿Qué pasará luego?

Pues sí, Ian está muerto. A nuestras cuatro amigas probablemente les gustaría estarlo también. El padre de Hanna la odia, a Spencer la han desheredado, Aria es un completo desastre y Emily ha entrado y salido del armario tantas veces que ya no sabe ni dónde está. Lo siento mucho por ellas, pero así es la vida. Bueno, así es la muerte, en el caso de Ian.

Supongo que lo pasado, pasado está, que hay que perdonar y olvidar, y todo eso. Pero ¿qué gracia tendría? Estas zorras han tenido todo lo que querían y me voy a asegurar de que ahora reciban lo que se merecen. ¿Es demasiado horrible lo que estoy diciendo? Lo siento, pero estas pequeñas mentirosas saben de sobra que la verdad es desagradable y que siempre duele. Seguiré vigilando… ¡Besos!

—A.

Agradecimientos

Estoy encantada de poder escribir los agradecimientos de otra entrega más de la aventura de *Pequeñas mentirosas*. Quiero darle las gracias a todas las personas de Alloy que me han ayudado a que cobre forma el escalofriante y emocionante mundo de Rosewood: Josh Bank y Les Morgenstein, que aportan unas ideas increíbles, Sara Shandler, tan amable e inteligente, Kristin Marang, que ha acercado *Pequeñas mentirosas* a nuestros fans en línea, y Lanie Davies, que ha cuidado de *Malicia* desde el primer momento con las sugerencias más ingeniosas y perspicaces que podía encontrar. ¡Gracias a todos por vuestro apoyo a la saga! No encuentro las palabras para expresar mi gratitud. Gracias también a Jennifer Rudolph Walsh de William Morris y a todo el equipo de HarperCollins: Farrin Jacobs, Elise Howard y Gretchen Hirsch. Con vuestra ayuda, estos libros brillan de manera especial. También quiero mandar todo mi cariño a mis padres, Shep y Mindy, a mi hermana Ali y a su gato asesino Polo. También a mi marido Joel por leer una vez más los borradores del libro y aportar algunos consejos a lo largo del proceso. Por último, pero no por ello menos importante, quiero mandar un fuerte abrazo a mis maravillosos primos: Greg Jones, Ryan Jones, Colleen Lorence, Brian Lorence y Kristin Murdy. ¡Un hurra por el trabajo en equipo y las proezas venideras!